शिकस्त

वाणी प्रकाशन
21-ए, दरियागंज, नई दिल्ली-110002
फोन: 23273167, 23275710, फैक्स-23275710
e-mail : vani_prakashan@yahoo.com
vani_prakashan@mantraonline.com

शिकस्त

सीमा शफ़क

वाणी प्रकाशन का लोगो
विख्यात चित्रकार मकबूल फिदा हुसेन
की कूची से

ISBN 81-8143-146-4

वाणी प्रकाशन
21-ए, दरियागंज, नयी दिल्ली-110002
द्वारा प्रकाशित

प्रथम संस्करण : 2004

मूल्य : 175.00

शुभम् ऑफसेट, शाहदरा, दिल्ली-110032
में मुद्रित

SHIKAST
by Seema Shafaq

समर्पित

प्रजीव, तारन, शुभु, गुंजन को
और उन्हें भी, जिन्होंने बिखरी हुई
चीजों को समेटने-सहेजने का शऊर मुझे सिखाया।

अनुक्रम

शिकस्त

ट्रक के पहियों ने रफ़्तार पकड़ी ही थी कि धूल का एक तेज बगूला उठा और गर्द ही गर्द मेरी आँखों में भरती चली गई थी। हथेलियों की ओट से आँखें ढाँपते मैंने धूल के उस बगूले को बेलफ्ज़ सौ दुआंएँ दी थीं जिसने मेरी आँखों में उतरी नमी, जो धीरे-धीरे गाढ़े आँसुओं में तब्दील हुआ चाहती थी, का इल्ज़ाम चुपचाप अपने सर ले लिया था। ज़ाहिर था मैं बेदाग छूट गई। जभी ना मेरे चेहरे पे नज़रें डालते रजत ने मुस्कुराते हुए कहा था, "अब तो खुश हो ना रुकु।"

"हाँ...बहुत खुश।" मैंने पूरी ताक़त लगाकर सिर हिलाया था और चुपचाप गेट के भीतर आ गई थी। मेरे पीछे-पीछे लेबर का पेमेंट करके रजत भी, धूल से अटे बालों में उँगलियाँ फिराते और धप-धप की आवाज़ के साथ कपड़े झाड़ते।

"सो फाइनली वी हैव गाट रिड ऑफ दिस हेल" लान में मकान मालिक की फोल्डिंग चेयर पे पसरते रजत मेरी तरफ उम्मीद से देखकर कहते हैं और मैं आँखें चुरा लेती हूँ। रजत की बात के जवाब में इस शहर पे हमेशा की तरह सौ लानतें भेजने का चलन आज मुझसे कैसे भी निभ नहीं पा रहा । एक वक्त था जब मैं बेनुक़्त रजत को इस बात के लिए सुनाती रही हूँ कि उन्हीं की 'लिनियेंट अप्रोच' के चलते कम्पनी हमें यहाँ रख पाई जहाँ आने के लिए कोई भी एक्जीक्यूटिव तैयार नहीं था। रजत सुनते-सुनते थक जाते तो उलझ पड़ते, "ऐसे कहीं एक पूरे शहर से अदावत निभती है रुकु...? फिर इससे भी बुरी परिस्थिति में लोग रहते हैं...हम तो देखो सबसे अच्छी लोकेलटी..."।

"खाक लोकेलटी"...मैं फट पड़ती, "सारा दिन कोठियों के बाहर गार्ड्स और उनके कुत्ते देखते रहो...फिर पूरा दिन कोई एक जगह कैसे रह सकता है...स्टेशन जाना हो तो वो देखा है डिप्टी का पड़ाव...पता नहीं कैसा तो डिप्टी था जो ऐसी जगह पड़ाव डाल के रहा लिया।" रजत हैंड्स अप कर जाते।..."प्लीज़, प्लीज़ रुकु सारा शहर तो डिप्टी का पड़ाव नहीं...।"

एक तन्ज़िया मुस्कुराहट मेरे होठों पे खेलने लगती, "नहीं-नहीं सारा शहर डिप्टी का पड़ाव कहाँ...पटकापुर भी तो है जहाँ तुम्हारे बास का घर है। सिविल लाइन्स

भी जहाँ तुम्हारे बाइक के पीछे बैठे बम्बई से आए तुम्हारे प्राडक्ट मैनेजर पे किसी ने नगर बस की खिड़की से ऐन मुँह पे पान मसाला थूका था। है न सब..." बोलते-बोलते मैं रो ही तो पड़ती...। खूब जानते हुए कि 'दुख हुआ करते हैं कुछ और बयाँ, बात कुछ और हुआ करती है' का मैं जिंदा सबूत हूँ। इस शहर से मेरी कोई दिली रंजिश या घृणा नहीं बल्कि इस शहर से पहले उस छोटे से शहर में (जहाँ पूरे दस बरस बिताए मैंने) गहरे तक उतर गई मेरी जड़ों के उखड़ जाने का गम मुझे इस शहर से कोई उन्स होने ही नहीं देता। तो फिर आज जब उसी छोटे से जन्नत जैसे शहर के लिए घर का मालो-असबाब ट्रक में लद कर गया है तो ये अनमना उखड़ापन क्यूँ? तबादले की खातिर 'आफ द वे' जाकर किए अपने अनथक प्रयासों का सिला महज़ एक तसल्ली भरी मुस्कुराहट जो रजत मुझसे माँग रहे हैं, मुझसे बन क्यूँ नहीं पड़ी रही...। अनमने से रजत अँगूठे से हथेली पर जमी धूल रगड़ते, पहले बोगनबेलिया की झाड़ी पे सिर झुकाए बैठी चिड़ियों को देखते हैं फिर सामने स्लाइडिंग विंडो के पास बिखरे चावलों को जिनका एक दाना भी तो नहीं चुगा गया। मेरी आँखें रजत की आँखों का पीछा करते उन उदास चिड़ियों पे मुंजमिद हो जाती हैं जो मेरी सुबह से शाम तक की साथी रही हैं, मेरी इकलौती मीत जिन्हें रजत हमेशा 'फूहड़ औरतें' कहा करते रहे जो या तो खाती हैं या बकर-बकर बोलती हैं।

"देखो रुकु ये भी उदास हैं..." रजत बुदबुदाते हैं और मैं चौंक जाती हूँ...। 'भी' से तुम्हारा क्या मतलब...चाहती हूँ पूछूँ पर हौसला नहीं होता। फिर करती ये हूँ कि एक झटके से कुर्सी से उठकर भीतर आ जाती हूँ...पूरा घर खाली है बच्चों का कमरा...दरवाजे पर अभि का लगाया सलमान खान का आलमोस्ट न्यूड पोस्टर यूँही लगा है मुठ्ठियाँ ताने। महसूस होता है जैसे खाली दीवारों पे झल्लाकर घूँसे चला रहा है। अलमारियों से उतरे अखबार, रजत के वेस्टपेपर्स, मीनाकुमारी का फटा पोस्टर, बच्चों के टूटे खिलौने, प्लाई छोड़ चुका कैरमबोर्ड जिसे यहीं छोड़ जाना तय हुआ...और भी कितना कुछ अटरम-सटरम...सब यूँ जैसे ये घर कभी तरतीब से था ही नहीं...बसा बसाया घर जहाँ आपने बरस बिताए हों दम भर में खाली होते ही माज़ी की यादों की रक्सगाह भर रह जाता है...सोचती हूँ और पेशतर इसके कि दम घुटता महसूस हो, ढीठों की तरह कन्धे उचका देती हूँ।

"रुकु थोड़ा ऊपर के शैल्फ और टाँड़ चैक कर लोगी प्लीज..." रजत खाली अलमारियाँ टटोल रहे हैं...।

मैं कैसे कर लूँ...तुम खुद देखो..." पलटकर कहती हूँ तो पाती हूँ फाइनल पड़ताल करते ट्वीन ब्लेड्स का पूरा पैकेट अभी-अभी हाथ लगा है रजत को। उनकी आँखों में ठीक ऐसी ही खुशी भरी है जैसे मेरे बेटे अभि को झाड़ियों में खोई गेंद मिल जाने पर होती है।

"मोटा हूँ इतना...पता चला मेरे चढ़ने से अलमारी का कब्जा ही उखड़

गया...तुम चढ़ो यार।"

"मैं कैसे...कोई टेबल नहीं...कुछ नहीं...गिर नहीं जाऊँगी...या तो तुम सहारा दो...तब ना चढ़ूँ।" मैं झल्लाती हूँ...।

वो हँसते हैं। वही बच्चों जैसी निश्छल हँसी जिसके चलते वो ताश में सौ दफ़ा हारे हैं। उनके लाल गाल देखकर मैं फौरन ताड़ जाती हूँ कि कौन सा इक्का उनके पास है और बस गेम मेरा। पर इस वक्त ये हँसी... "हँसने की क्या बात है इसमें–"

"हँसूँ नहीं...ऐसी इन्कलाबी बातें करती हो...नज़्में कहती हो और टाँड़ पे चढ़ने के लिए मेरा सहारा चाहिए...मान लो रुकु...अब तो मान लो मुझे।"

"शटअप..." मैं खिसियाई सी जबाव देती हूँ, "टाँड़ पे चढ़ना और इन्कलाब लाना दो कतई मुख़्तलिफ बाते हैं..." उनकी हँसी को अनसुना करते मैं उनके कंधों पर हाथ टिकाए पहले ऊपर के शेल्फ देखती हूँ और फिर उन्हीं की हथेलियों की छत पर पंजे टिकाए उचककर टाँड़ पे झाँकती हूँ।

"कुछ नहीं...खाली कन्टेनर्स पड़े हैं" कहते हुए फिर काँपते पैरों से रजत का भरपूर सहारा लिए नीचे उतर, आती हूँ...।

"तो सब ठीक है कुछ भी नहीं...छूटा सब चला गया" बोलते इत्मिनान से मेरा सर थपकते वो टॉवल उठाए बाथरूम की तरफ बढ़ जाते हैं और मैं तेजी से किचन के रुख। धूल से अटे दुपट्टे को मुँह में दबाये तेज रुलाई रोकते मेरी समझ में नहीं आता कि ये 'आउट बर्स्ट' क्यूँ? ठीक तो कहा रजत ने 'सब चला गया...कुछ भी नहीं छूटा...।' दो दिन पहले बच्चे मामा के साथ हरिद्वार चले गए हैं...सारा सामान अभी-अभी गया है। बचा खुचा मेरे और रजत के साथ अटैची और बड़े ब्रीफकेस में चला जाएगा। ...मैं और इस खाली घर पे रोऊँ...ऐसे छिछोरे जज़्बात मेरे? कल कोई और ट्रक आएगा ये घर बस जाएगा...। रही स्मृतियाँ, सब धुल-पुछ जाता है। क्या है मेरा यहाँ, कौन है मेरा... चिड़ियाँ और बस ये चिड़ियाँ...जिन्हें भूख से मरना कितने दिन गवारा होगा। कोई दाना डालेगा ठीक...नहीं डालेगा तो अपनी परवाज़-पंख जो अपने हैं...। लेकिन ये अपने घुटने मुड़ते से क्यूँ महसूस हो रहे हैं मुझे...कौन सी हकीक़त है जो मुझे झुका देने पे आमादा है और मैं हूँ कि...। तभी याद आता है...'तुम मुझे इसलिए अच्छी लगती हो दी कि तुम दुखों को ग्लैमराइज नहीं करतीं। तुम्हें जो तोड़ दे वो सचमुच का दुख होना चाहिए।' याद करती हूँ और एक तेज हूक भीतर उठती है। अचानक मेरे कानों में वो हँसी गूँजने लगती है। वही जंगली हँसी बारहा जिसे सुनते मुझे लगा है मानों किसी नन्हे की रिमोट के वाल्यूम पे रखी उँगली दबे तो फिर दबती चली जाए। बीस-तीस के हर्फो को पार करता वाल्यूम और फिर उसका यूँ अचानक चुप हो जाना मानो किसी ने धीमे से म्यूट पे उँगली छुआ दी हो। याद करती हूँ और फिर मेरे मुड़े घुटने कैसे भी सीधे नहीं होते...वहीं दीवार से टेक लगाकर बैठ जाती हूँ। ...कैसा घाव...जिसपे दिनों की कोशिश के बाद जो

जरा मरा सा खुरंड जमाया था मेरी लाख एहतियातों को धता बताते हुए उखड़ ही तो गया है। ज़ख्म की लाली साफ़ नज़र आ रही है। किस शिद्दत का दर्द... कैसी पीड़ा मर्मान्तक...उफ़्...।

'रिया...रिया'–बुदबुदाती हूँ...और फिर धीमी चाल से कमरे में आकर टॉवल से गीले बाल रगड़ते रजत के काँधे पर हाथ धरती हूँ।

"आय वांट टू मीट रिया रजत, ...आई मस्ट...।" रजत मुझे जिन निगाहों से देखते हैं, उसके बाद मेरा निगाहें झुका लेना अलग एक बात पर आवाज़ किसी तरह फूटती है मेरे हलक़ से... "सब ठीक, पर मुझे उससे मिलना है।"

"अब...? पागल हो...तीन घंटे बाद ट्रेन है।"

"पर तीन घंटे तो हैं..."

"नहीं मुझे स्टाकिस्ट के यहाँ जाना है एन्वायस क्लीयर करवाने उसकी, फिर बैंक...नो वे...कोई सवारी भी नहीं। मुझे तो खुद विजय लेने को आ रहा है...।"

"तुम समझते क्यूँ नहीं रजत..."

अब वो तमतमाते पलटते हैं..."विकाज़ देयर इज नथिंग टू अण्डरस्टैण्ड फार।... तुमने तय किया तुम उसे ...नहीं मिलोगी...उसकी फोन काल्स का जवाब देना बंद किया तुमने। बच्चों से, मुझसे दस बार 'नहीं हो' कहके झूठ बुलवाया तुमने, तो अब क्या...व्हाट्स देयर टू अण्डरस्टैण्ड रुकु ...हँ...।" कार का हार्न बजता है बाहर और मेरी सारी गुहारों पे तेजाब की कूची फेरते बैक पॉकेट में पर्स ठूँसते रजत बेपरवाही से गेट से निकल जाते हैं...और मैं शिला सी धरी की धरी रह जाती हूँ।

याद आता है...कि डेढ़ बरस पहले सिमरन जी के घर पार्टी में पहली बार जब मैंने रिया को देखा था तो उसकी यूँही पसरे पत्थर की तरह बैठे रहने पर खौल-खौल गई थी...। पार्टी की गहमागहमी, मेहमानों का हुजूम...भागी बत्ती जेनरेटरों की भड़भड़ में खुद मेहमान होते भी भरपूर मेज़बानी निभाते वो निठल्ली बैठी लड़की मेरी आँखों में किरकरी सी चुभ रही थी। हद तो तब हुई जब इतनी बुजुर्ग सिमरन जी को बैठे-बैठे एक कोल्ड ड्रिंक और समोसे का आर्डर दिया था उसने... 'और हाँ जरा सॉस डाल के...' का दुमछल्ला भी लगाते। मैंने घुटनों पे हाथ रखके उठती सिमरन जी को रोका था, खुद समोसा और ड्रिंक बढ़ाते, पर भरपूर आवाज़ में सुनाते भी 'या तो मीनाकुमारी के पाँव थे या फिर आपके हैं। जमीन पर मत उतारिएगा मैले-वैले हो जाएँगे।' मेरे करीब खड़ी सिमरन के चेहरे पर ही नहीं...आसपास बैठे तमाम लोगों के चेहरे पर जैसे खड़िया पुत गई थी। अलबत्ता उस लड़की के चेहरे पे मुस्कुराहट मजीद गहरी हो गई थी। वहीं बैठे उसने खुद को घसीटा था और दो बुरी तरह टेढ़ी टाँगें और लुंज-पुंज पाँव मेरे सामने कर दिए थे ये कहते 'मैं उठूँगी तो बाकी लोगों को इतने छोटे कमरे में डिस्टर्ब होगा' मेरे पूरे जिस्म में थरथरी भर गई थी। सिमरन ने किसी तरह बात सम्हाली थी...। "इनसे मिलो रुकु–रिया चटर्जी। 'रजिस्ट्रार ऑफ कम्पनीज' के दफ़्तर

में काम करती हैं और रिया—ये रुकु...बताया था ना ये नज़्में लिखती हैं अच्छी, सुनवाऊँगी..." मुझे कुछ होश नहीं कैसे सिमरन जी मुझे हाथ पकड़कर अकेले अलग कमरे में ले गईं और कैसे मैं उस नीम बेहोशी की हालत में, जब कि मेरी आँखें बेतरह फर्श में कोई सूराख तलाश कर रही थीं जो फैलते-फैलते इतना बड़ा हो जाए, कि मेरा कुछ वजूद उनमें गर्क हो जाए। कुछ सुनाती रही थी और रिया वण्डरफुल, लवली-यार करके मेरा हाथ दबाती रही थी। पार्टी खत्म हुई। मैं लौट आई पर उसके बाद दिनों मेरे दिल की कैफियत कुछ ऐसी थी कि जब आदमी धरती चाँद सितारों से ही नहीं, ज़िन्दगी की पहली जरूरत हवा और पानी तक से भी बदज़न हो जाता है...। बेहद उदास और इस कदर शदीद नफरत होती खुद से कि जी चाहता हादसों से भरे इस शहर में कोई हादसा मुझपे भी पेश आ जाए जिसमें मेरी दोनों टाँगें जाती रहें...। फिर सिमरन ने ही समझाया था, "बच्चे, दुनिया का कोई कानून नहीं जो कहता हो ज़हीन या हिस्सास लोगों को गलती से भी गलती करने का हक नहीं। मैंने कहा है उसे...आएगी वो कल तुझसे मिलने...।"

दूसरे दिन वो आई थी। रिक्शा ऐन गेट के भीतर लाकर रिक्शा से ही बरांडे में अपने जिस्म को किसी कुशल एक्रोबेट की तरह लुढ़काते। कुछ इस तपाक से जैसे घर उसका हो और मिलने मैं आई हूँ। उसके आने और लौट जाने के दरम्याँ उसके और बच्चों के ठहाके थे...वो और बच्चे बस...मैं कहीं थी ही नहीं। अपनी टेढ़ी-मेढ़ी टाँगों पे गुंजन को 'आटे बाटे दही चटाके' गाकर गुदगुदाती वो लड़की जितनी रिलैक्सड थी मेरे गुनाह का अहसास उतना तीखा होता जा रहा था। आँखें चुराते कभी खाना, कभी मैंगो शेक सर्व करती मैं जल्द से जल्द उसके लौट जाने की ख्वाहिश कर रही थी। पर देर शाम लौटी थी वो... रिक्शा में बैठकर मुझसे और मुझसे जो इकलौता संजीदा जुमला उसने कहा था वो बस ये कि, 'मुझे जेबों वाले लंबे कुरते पहनने चाहिए, कि मैं बेतरतीब लिबास में ठीक लगती हूँ।' मैंने सुना था और उसके बढ़े हाथ पर हथेली टिका दी थी...। क्षमा इतनी सहज होती है उस दिन उस पल से पहले कब जानती थी मैं।

सब याद आ रहा है। यादें, स्मृतियाँ किसी की नहीं जानतीं, मुझे हमेशा जानलेवा लगती हैं। बुरी बात ये कि इक इकलौती याद भी कभी एक सफ़े की शक्ल में नहीं होती जिसे आप उलट-पलट देखें...फिर मुट्ठी में दबा मसल पीठ पीछे उछालकर हाथ झाड़ ले। इक इकलौती याद भी कमबख़्त मोटे पन्नों की तह की तरह होती है अँगूठे और तर्जनी के बीच दबी। बेतवज्जही में छूट तो जाए, सफ़े ही सफ़े बिखर जाते हैं। अब भाग-भाग कर बटोरते फिरिए या सुबुकसर होकर उन बिखरे सफ़ों के दरम्याँ चुपचाप बैठ जाइए। ठीक मेरी तरह...। अकेले उधड़े से घर में भूत की तरह अकेली बैठी सोचती हूँ और फिर हैरान भी होती हूँ, रिया को लेकर इन पन्नों में आखिर दर्ज क्या है? कुल जमा तीन मुलाकातें... उस पार्टी वाली को छोड़कर दो और। दोनों ही

दफ़ा वो मेरे घर आई। मज़हकाख़ेज सही पर सच ये भी है इस एक-सवा बरस में मैंने उससे उसके घर का पता भी कभी नहीं पूछा। औकात भर मैं उससे मिलने से बचने की कोशिशें करती रही हूँ। इसमें बावजूद उसकी सहज क्षमा के कभी भी अपने किए से ना उबर पाने की शर्म तो थी ही उससे भी बड़ी तल्ख सच्चाई ये थी कि वो बेहद खूबसूरत, गज़ब की जामाज़ेब लड़की जो बिस्तर पे बैठे अपने रूखे उलझे बालों और बकवास करती आँखों से किसी के भी ईमान के लिए इम्तहान का मुश्किल पर्चा साबित हो सकती थी, फर्श पर उतरते ही बत्तख में तब्दील हो जाती। वो रिक्शा में आती। लौटती तो मैं रिक्शा गेट के भीतर ही मँगा देती पर कभी रिक्शा ना मिलता और मुझे उसे छोड़ने मॉडल टाउन के गेट तक जाना पड़ता तो मुझे लगता मैं जैसे किसी झील के किनारे-किनारे चल रही हूँ अपने डैने पानी की सतह पर फटक-फटक कर तैरती बत्तख से बोलती बतियाती...। लोग रुककर देखते। कोई रहम से च-च-च की आवाज़ के साथ तो कोई ज़लील फब्ती भी कसता। वो तो आदतन बेपरवाह तैरती रहती पर उसका यूँ बत्तख से लड़की और लड़की से फिर बत्तख बन जाने का मोज़्ज़ा मेरी रूह मेरी आँखों पे बेतरह बार गुजरता और मैं बस बेपानी की उस झील में गप् गुड़्म हो के रह जाती। वो कोई पहली अपाहिज लड़की नहीं थी जिसे मैंने देखा था... उससे भी बुरी हालत में मैंने लोगों को देखा है ज़िन्दगियों को लाश की तरह ढोते... पर मैंने उसे जब भी देखा...कुदरत का ये मज़ाक मेरी समझ से परे गुज़र गया। पूर्व जन्म के कर्मों के फल के साथ गहरी ठंडी साँस का छौंक और बस जिन्दगी की तमाम तल्ख हक़ीकतों पे इत्मिनान भर लाने की जानी-पहचानी रवायत से किस कदर बगावत पे आमादा हो जाता था मन।

"इस्केपरुट...तुम्हारा कितना बड़ा फन सही पर इस बार गया बेकार" रजत मुस्कुराते मुझे खिजाते जब दूसरे तीसरे दिन रिया का फोन हमारी लैंडलेडी के यहाँ आने लगा। तब मेरे यहाँ फोन अभी नहीं लगा था पर जल्द ही उम्मीद थी। आशा आंटी से बेहद अच्छी ट्यूनिंग के चलते या रिया को चूँकि उन्होंने देखा तो शायद रहम, जो भी हो उन्होंने मुझे फोन पे बुलाने में कभी कोताही नहीं बरती। 'कैसी हो दी' से शुरू हुआ संवाद न जाने कितने गली कूचों में भटकता अटकता...'पता है कल क्या हुआ। ...जानती हो दी' 'अच्छा ये मदर टेलर्स कितना बकवास है मेरे कुर्ते का गला...' वगैरह...वगैरह ऐसी बातें...। मैं बेवकूफों की तरह रिसीवर थामे सुनती रहती हालाँकि मेरा शुमार उन लोगों में कतई-कतई नहीं होता जिनकी शख्सियत पर कमगोई जेवर की तरह फब्ती हो। हाल ये कि दस मिनट लगातार चुप हो जाऊँ तो मेरे अज़ीजों को दुश्मनों की तबीयत नासाज़ होने का अन्देशा होने लगता है। पर उससे बातों का सिलसिला या छोर मेरी पकड़ में नहीं आता था... जाने क्यूँ।

फिर सिमरन को बताया था तो हैरान हुई थीं बहुत 'अच्छा ऐसी मेहरबान तुझ पर...। वो तो बहुत रिजर्व चुप्पी लड़की है पर चल अच्छा है...ओस कुड़ी नू कोई

पसन्द ते आया।' रिया से अपने अजीबोगरीब रिश्ते की बाबत सोचती हूँ, तो उसकी धुरी में सिमरन जी खड़ी नज़र आती हैं। रिया के बारे में मेरी मालूमात का ज़रिया वही थीं। उन्होंने ही बताया था... माँ और फिर बाप की मौत के बाद दो भाइयों और भाभियों से भरे पूरे घर में अपने कमरे में बन्द रहने वाली वो लड़की कितनी अकेली थी। अभिजात परिवार में अपनी-अपनी प्राइवेसी मेनटेन रखने के तईं बंद दरवाजे अमूमन बन्द ही रहते। रात को डाइनिंग टेबल पर टेबल कर्टसी निभाने की दिक्कत और कौन नहीं जानता खाना खाते हुए बोलना कितना भद्दा लगता है...चुप...चुप और चुप...।

"कैसे हैं भाई भाभी? ऐसी हालत में तो शी शुड बी गिवन स्पेशल अटेंशन..." मैंने कहा और सिमरन जी फट ही पड़ी थीं, "भाई न कह, काल हैं कमीने... बेगानी लड़कियों से क्या गिला...नहीं बोलते ना बोलें...पर जान अज़ाब कर रखी है गरीब की।"

"क्यूँ..." मैं हैरान हुई थी।

"अरे...माँ तो कई बरस पहले गई...बाप ने भाइयों, भाभियों के रंग-ढंग देखे तो हटिया का इतना बड़ा तीन तल्ले का मकान रिया के नाम कर दिया। कुछ पैसा भी...। बस वही मकान वही पैसा ज़हर की गंदल हो गया है। खुद अच्छे कमाते खाते हैं पर उसके मकान में रहते हैं और गुर्राते हैं...। दबाव डालते हैं कि रिया वो मकान उनके नाम कर दे...। वजह बताते हैं कि कल को इसकी मान लो शादी हो गई तो...?"

"तो कहीं शादी की बात चलाई गई?" मैंने पूछा था?

"शादी—मजाक ना कर बेटा...अच्छी भली लड़कियों में लोग कज़ निकालते हैं...चलती-फिरतियों को चप्पलें उतरवाकर चलवाकर देखते हैं...। इस बाजार में जहाँ पुट्ठे से लेकर दाँत तक गिनकर लड़कियाँ ढोर-डंगर सी बाजार में बेची जाती हों वहाँ इस जिन्दा तल्ख हकीकत को कौन...!" सिमरन की आवाज़ में ज़माने भर की छटपटाहट थी।

"फिर भी कोई जो खुद थोड़ा ऐसा हो या कोई बेरोज़गार। रिया जॉब में है... थोड़ी बहुत कमी अगर किसी में...तो...।"

मैं बोलते-बोलते रुक गई थी। ज़हर से भरी मुस्कुराहट जो सिमरन के ज़िन्दगी और प्यार से लबरेज़ होंठों पे कतई नहीं फबती मैंने उस रोज देखी थी।

"की थी बेटा...वो कोशिश भी करके देख ली। चार एक बरस हुए जागरण में एक सुबह खबर पढ़ी मैंने। एक लड़का जो ट्रेन से गिरकर टाँगें कटवा बैठा था डॉक्टरों से ज़हर के इंजेक्शन की फरियाद कर रहा था। मैं हैलेट गई थी...। रिया को ये सोच कर साथ ले गई थी कि उसे दिखाऊँगी, बताऊँगी... कि देखो ऐसे भी जिया जाता है बशर्ते जिन्दगी से मुहब्बत हो और जीने का शऊर। पहले तो वो सुनता ही नहीं था...। मैं दिनों जाती रही पुत्तर... फिर बीमार पड़ गई...बुढ़ापे का शरीर...रिया

फिर अकेली गई...कई बार...दो महीने या शायद ढाई... वो लड़का अस्पताल में रहा...फिर डिस्चार्ज हो गया...। मुझसे कभी कभार फोन पे बात होती थी। फिर जाने क्या हुआ क्या नहीं...पहले तो मैं समझी इत्तफाक है पर जब रिया और आशीष अक्सर 'अचानक' इकट्ठे आने लगे तो मेरे मन ने ना जाने कितने सपने बुन डाले। तब तब आशीष की नौकरी नहीं लगी थी। मेरे यहाँ आते...घंटों पिछले कमरे में बैठते...मुझे सुख मिलता उन्हें साथ देखकर। फिर साल बाद शायद आशीष की इंटरव्यू काल आई भोपाल से...चला गया...कई दिन आया दिखा नहीं...मैंने रिया से पता करवाया तो उसको भी पता नहीं था। फिर उसके घर फोन किया तो पता चला उसका सेलेक्शन बैंक के लिए हो गया और वो तो माँ को लेकर कब का ज्वाइन करने चला भी गया। मैं थोड़े दिन बाद जिगरा करके उसके घर रिश्ते की बात करने गई...जानती है उसका वो कमीना बाप जो अस्पताल में 'आप तो भगवान हो जी' करके मेरे पैर पकड़ता था कितनी रुखाई से पेश आया। मैंने कहा, आप खुद फैसला ना लो जी...आशीष से पूछो वो दोनों मिलते रहे हैं...प्यार करते हैं...। दिनों बाद चिट्ठी आई रुकु जिसमें आशीष ने इस बात का सख्त बुरा मनाया था कि मैं बिना उसे बताए रिश्ते की बात लेके गई... हालाँकि वो शुक्रिया अदा करता है कि घोर पीड़ा, विपत्ति और अकेलेपन के जिस दौर में मैंने और रिया ने उसे सम्हाला... वो क़भी भूलेगा नहीं वो अहसान, पर अहसान के बदले जिन्दगी तो गिरवी नहीं रखी जाती...। रहा प्यार, तो होता है सिमरन आंटी...हर फेज़ की तरह लाइफ में एक ये फ़ेज भी होता है।"

"कब की बात है ये"—स्तब्ध आवाज में पूछा था मैंने।

"अभी यार...अभी ढाई...तीन महीने पहले सारा किस्सा पाक हुआ...अब तो सुना है दो टाँगों वाली घोड़ी भी मिल गई उसे...सगाई हो गई...। इन हरामज़ादे मर्दों के पास फ़ेजों की कमी थोड़ी ना है...एक गया तो दूसरे से...चेंज ओवर जो इनके पास है...।"

"रिया तो सिमरन जी..." मेरी बात काटते सिमरन ने दुपट्टे से भीगी आँखें पोंछी थीं..."कुछ मत पूछ...मैं और मेरा रब्ब जानता है बस या फिर वो लड़की जिसपे गुजरी ...ना पूछ।"

मैंने नहीं पूछा था लेकिन चीजें मेरे सामने यूँ नुमायाँ हो गई थीं जैसे दिनों से चीकट धुँधले आईने को किसी बाशऊर औरत ने अखबारी कागज़ से जम कर रगड़ पोंछ डाला हो...हरेक अक्स साफ-साफ। और यकबयक वो रिया की बातें जिन्हें मैं आमफहम समझा करी सोचा करी मेरे लिए बेहद-बेहद मानीख़ेज हो गईं।

इत्तफाकन ये वो वह भी था जब बयालीस साल उस शहर में गुज़ारकर सिमरन हमेशा के लिए मोहाली शिफ्ट कर रही थीं, जाहिर है बिरसे में एक टूटी-फूटी बुरी तरह घायल आत्मा मुझे सौंपकर और वो भी इस अहद के साथ कि उसकी मरम्मत

के लिए मैं जो खप्पचियाँ इस्तेमाल में लाऊँगी वो लोहे की ढली नहीं होनी चाहिए...। मोटी-मोटी बातें अमूमन मेरे सर के ऊपर से गुजर जाती हैं। पर इसे मैंने कुछ यूँ समझा था जैसे स्नोफीलिया से बेहाल 'अब मरी तब मरी' जैसे हालत में डॉक्टर से रूबरू होते ही मैं बता देती हूँ "सिडिटिवस मुझे सूट नहीं करते और एंटीबायटिक्स तो मैं खा ही नहीं सकती...पर कुछ कीजिए, हाय बड़ी तकलीफ में हूँ।"

सिमरन जी चली गई थीं...अकेलेपन और अजनबियत के उस हड्डियाँ कँपा देने वाले बीहड़ में क्या तो हाल होता मेरा अगर रिया की आवाज़ में छुपी वो अपनेपन की धूप का सेंक मुझे न छूता...। अपने सेल्फ का कौन सा हिस्सा छाँव में रखने की एहतियात या हिमाकत बरतती मैं और क्यूँ...रफ़ता-रफ़ता मैंने अपना पूरा वजूद उस धूप के हवाले कर दिया...। 'तोको और ना मोको ठौर' जैसी स्थिति से गुज़रती हम दोनों जैसे उस शहर में होने का अर्थ पा गई थीं...। कोई है जिसे आपकी जरूरत है। कोई एक...जिसके बिना आप अकेले हैं का अहसास जीवन को कैसे नई मानी दे देता है कोई मुझसे पूछे....। आप बिना किसी से मिले, उससे महज आवाज़ से कैसे जुड़े रह सकते हैं वो भी इस तरह कि बूँद-बूँद कर उसका वजूद आपके ही नहीं आपके अरीब-करीब के लोगों में उतरकर दिल की मिट्टी इस कदर नम कर दे कि उसमें से रिश्तों के अँखुए झाँकते नज़र आने लगें। 'कोई मुझसे पूछे।'

दिनों तक 'क्या बनाया क्या पकाया' बच्चों की बातें वगैरह माने पूरे दिन की तफ़सील उसे बयान करते मुझे कभी ये नहीं लगा कि मैं उसे देख नहीं रही सिर्फ सुन रही हूँ। छोटी-छोटी बातें...छोटे-छोटे क्षण एक दूसरे से बाँटते हम जी रहे थे। सचमुच। रजत को सबसे ज्यादा सुकून मिला था जिनकी जान को मैं हर वक्त पड़ी रहती थी। उससे बोलते-बतियाते...बेसाख्ता बेतहाशा हँसते...। अपनी किसी नज़्म का मफ़हूम या कहानी का प्लाट उससे डिस्कस करते रफ़ता-रफ़ता हम एक-दूसरे के बिल्कुल सामने आ गए थे। सिमरन की छाया पहले धुँधलाई फिर धीरे-धीरे बिल्कुल लोप हो गई..., मेरी तरफ से भी, क्यूँकि सिमरन या आशीष किसी का जिक्र वो अपनी तरफ से कभी नहीं करती थी। अलबत्ता सिमरन की हिदायत मुझे बहरहाल याद थी और मैंने कोई वादाखिलाफी की नहीं...। क्यूँकि जीवन को उल्टा सीधा जैसा मैं तब तक समझ पाई थी कि कोई भी दर्द या तकलीफ जो दूर से छोटी सी गली भर नजर आती है वो दरअसल एक शुरुआत होती है...उसके पार जो मैदान होता है उसका क्या कीजे?...मैदान। ...इतना...इतना...इतना बड़ा कि जिसके अंत पे क्षितिज नज़र आने लगे। बढ़ते जाइए...बढ़ते जाइए...लाख साइंसदाँ चिल्लाते रहें कि सुनो क्षितिज जैसी कोई चीज एग्ज़िस्ट ही नहीं करती, होती ही नहीं। ये तो दूरी है जो क्षितिज का गुमाँ देती है। सिमरन ने ये दूरी नापी थी। मैं ये नहीं करूँगी कभी नहीं करूँगी। ...वो मेरे साथ जितनी देर है हँसे...खिलखिलाए...खुश रहे बस' इतनी भर सीधी-सीधी ख्वाहिश थी मेरी...। पर दिन बीतते ना बीतते मुझे समझ आने लगा कि खासी बेहूदा

कोशिश कर रही हूँ मैं। वो मुझसे बात करना चाहती है सचमुच की बातें, महज़ चटर-पटर नहीं...। इतना भी समझ आने के बाद का जो वक्त मैंने रिया के साथ गुजारा उसने मुझपे जीवन भर के लिए फाश कर दिया कि कोई भी ऐसा सरोकार जिसकी शुरुआत आपके दिल से होती हो उसे निभाना भर नहीं होता उससे प्यार भी होना चाहिए...। देर से समझ आया पर जब आ गया तो उसके बाद का वक्त जैसे नन्ही रानी हो गया जिसने लालपरी से खूब बड़े-बड़े पंख उधार लिए और फर्र-फर्र उड़ने लगा।

सब ठीक तो था, सब सही...फिर क्यूँ मैंने...क्यूँ...?

"किसी की भलाई के लिए ही सही उसे पीड़ा पहुँचाने का दायित्व देवताओं को निभाना चाहिए। तुम तो सौ फीसदी इन्सान हो रुकु।" लगातार पिछले दो महीनों से रिया की फोन काल्स इग्नोर करते, बच्चों से रजत से "नहीं हूँ" कहकर झूठ बुलवाते उकता गए रजत का अपना तर्क था और मेरा अपना एक ही जवाब... "तुम नहीं समझोगे..."

"तुम समझाओ तब न समझूँ–...जब से ट्रांसफर की बात हुई है तुम लगातार उससे कटती चली गईं रुकु। जिस लड़की से घंटो-घंटों बात करके फोन एंगेज करके तुम मेरी जान हलकान किये रहीं...रिया ये रिया वो...जिसके दुख तुम्हें रातों की नींद तज देने की हद तक तोड़ते सालते रहे उसके साथ ऐसा सुलूक–कोई एक वजह रुकु...कोई एक।" मैं सुनती रहती–चुपचाप और फिर वही एक जवाब..."तुम नहीं समझोगे...।"

उस दिन जब खुशी से छलकती आवाज़ में रजत ने मुझे तबादले की खबर सुनाई और बच्चों का सेशन खत्म होते ही शिफ्ट करने का ऐलान किया तो उनका मुँह पागलों की तरह ताकते मैंने सिर्फ 'रिया' और 'रिया' के बारे में सोचा था। अपने कमरे में बन्द दरवाज़ों के परे फोन के करीब बैठी वो लड़की जिसकी दुनिया से मेरे दख़ल और मेरी दुनिया में जिसकी पैठ का हाल ये था कि उसी की सुनते दिन उगता–उसी को पूछते रात उतरती...। बुरा वक्त था बहुत बुरा वक्त...। हटिया से फ़ूलबाग करीब था जहाँ उसका दफ्तर था। पर उसी की एक साथी ने महज़ अपने रिक्शा के बीस रुपए बचाने के लिए बर्रा ब्रांच में उसका तबादला करवा दिया था जिसके स्टे को लेकर वो जूझ रही थी। तभी उसकी बड़ी भाभी ने नीचे के उस पोर्शन में जहाँ वो रहती थी, के तीन में से दो कमरों में अपने ताले लगा दिए थे जो तब खुलते जब उनका लोफर भाई कभी आता और दिनों टिका रहता। एक चुम्मे के बदले में यू.पी॰ और बिहार दे देने की पेशकश वाले गाने गूँजने लगते...चोली...दरजी वगैरह-वगैरह उन दिनों माहौल पर छाए रहते। रिया दिन-रात कुढ़ती...अपने शरीर से लाचार वो लड़की जिस तनाव से जूझ रही थी वो सब मेरे जीवन का हिस्सा भी थे...। मेरा खून खद्दा खाने की हद तक खौलता जानते-बूझते कि मैं कुछ नहीं कर

सकती। एक हालिया टूटे प्रेम सम्बन्ध, पाँच साल की बेहतरीन दोस्त से बिछोह, विभागीय तनाव और घर वालों के नारकीय व्यवहार तौर तरीकों के तनावों की मूसलाधार बारिश में भीगती उस लड़की के लिए कुछ भी करने में लाचार मैं अलबत्ता उस नन्ही चिड़िया को अपने स्नेहिल पंखों की ओट में लेकर बौछार की शिद्दत को कुछ कम तो कर ही रही थी। सो व्हाट...मिट्टी डाल यार, गोली मार...ऐसे लफ्ज़ों का इस्तेमाल उसके साथ खूब-खूब करते रात की तीरगी में मैं सोचती कि पति के काँधे पर सर टिकाए गर्म बिस्तर में अगल-बगल सुकून से सोए बच्चों और सुख-सुविधाओं से सम्पन्न इस छोटे से घर में इत्मिनान की जिन्दगी जीते उस अकेली लड़की को जिन्दगी के अहम मसलों में ऐसे मशवरे देती मैं याने उसकी चोटों पे कोमल-कोमल खप्पचियाँ लगाते मैं अपने भीतर हर बार कड़ाक की आवाज़ के साथ टूटता कुछ क्यूँ महसूस करती हूँ...। दिनों की जद्दोजहद के बाद समझ में आया था कि ये सिर्फ दोस्ती नहीं...'आय वाज़ इन लव विद हर'।

जीवन ऐसे चल रहा था। लगा यूँ ही चलता भी रहेगा पर अचानक तबादले ने मुझे सन्न की उस हालत में खड़ा कर दिया था जब मुझे ये लगने लगा कि इसके लिए मैं उसकी जवाबदेह हूँ। भयंकर बेचैनी, बेहद-बेहद उदासी के आलम में मुझे समझ आ रहा था कि हर चीज़ की तरह वक़्त के भी दो चेहरे होते हैं एक वो जो मनचाहा साथ मिलने के बाद परी की तरह उड़ता है, खरगोश की तरह भागता है। दूसरा उसी के साथ पैरलल चलता हुआ धीमी मगर सधी रफ्तार से कछुए की तरह। वही कछुआ जिसने तेज रफ्तार खरगोश को रेस में हरा कर तारीख में अपना नाम दर्ज करवा लिया था। मेरी समझ में कुछ नहीं आ रहा था। न मैंने उसे बताया था। फिर मैंने सोचा था—सिमरन के जाने के बाद उनका कैजुअल जिक्र भी रिया ने कभी नहीं किया—मैं कोई बात करती भी तो बात बदल देती वो। कल इसकी वजह समझ आके भी मुझे परेशाँ नहीं करती थी पर आज ये बात दिन रात मुझे कोंचती और फिर मैं जाने क्यूँ अनमनी बेहद अनमनी उखड़ी-उखड़ी होती चली गई...। दिनों वो नाकाम कोशिश करके बच्चों से रजत से बात करके हार गई थी। शायद इसलिए धीरे-धीरे उसके फोन आने बंद हो गए थे और मुझे उस पुरानी रोमन कहावत पे यकीन आ गया जो कहती है 'अनुपस्थित से प्रेम असम्भव है।'

ख...टा...क...गेट खुलने की आवाज़। चौंकती हूँ। रजत हैं शायद...। पर नहीं ये उनका गेट खोलने का तरीका नहीं। खिड़की से ताकती हूँ...अनु...अनु सेठी सामने के घर में रहती है...। भीतर आती है और चिपट जाती है...। "मैं ब्यूटी पार्लर जा रही थी...याद आया कि आप आज जा रहे हो...सोचा मिल आऊँ।" प्यारी गुड़िया सी लड़की...।

उसे देखती हूँ और सोचती रहती हूँ कुछ। मुझे यूँ विस्फारित आँखों से ताकते देख वो हैरान होती है..."समथिंग रांग?"

"नहीं"...मैं गहरी साँस भर कर अब सचेत होती हूँ, "अनु तू कितने बजे खोलती है पार्लर..."

"साढ़े दस तक...क्यूँ...?" उँगलियों में गाड़ी की चाबी का गुच्छा नचाते वो जवाब देती है।

"मुझे फूलबाग तक छोड़ देगी!"...उसकी कलाई घड़ी देखती हूँ पूरे नौ पैंतीस बज रहे हैं।

"क्यूँ नहीं चलिए...मैं पार्लर की चाबी नौकर को दे दूँगी। सुबह ऐसे भी कस्टमर नहीं होते। मैं आपको ले जाऊँगी, ले भी आऊँगी...डोंट वरी...आप तैयार..." मेरे हुलिये पे मेरी अब नज़र पड़ती है और मैं सूटकेस खोल कर झपाटे से सूट निकालती हूँ और अनु को सूटकेस बन्द करने को कह बाथरूम में तेजी से घुस जाती हूँ।...

बीस मिनट बाद मैं अपने को जिस बड़ी-सी इमारत के सामने खड़ी पाती हूँ वो लगता है ज़मानों से नहीं पुती। अनु मुझे ड्राप करके प्लाज़ा चली गई है कुछ क्रीम वगैरह खरीदने 'आधे घंटे बाद मैं आपको यहीं नीचे से ले लूँगी।' मैं अन्दर आती हूँ। ...दस बज रहे हैं पर कहीं कोई गहमागहमी नहीं...लोगों का हुजूम भीड़? कहीं छुट्टी तो नहीं?...और आगे बढ़ती हूँ..."कहाँ जाना है...?" हूबहू इमारत की तरह ही जर्जर मनहूस चेहरा, इमारत पे उगे पीपल और घास के तिनकों की तरह खूँटी सफेद दाढ़ी उगाए शख्स मुझसे पूछता है...। "रिया चटर्जी से...मिलना है...।" मैं जवाब देती हूँ।

"चटर्जी...अच्छा वो...वो ही..." कहते वो कोहनियों को घिसटने की मुद्रा में करके मुझे देखता है सवालिया निगाहों से...। और मैं बड़ी मुश्किल से अपने को ज़ब्त करती हूँ कि एक झन्नाटेदार झापड़ उसके गाल पर खींच दूँ...। "हाँ वहीं...।" ज़हर उगलती आवाज़ में जवाब देती हूँ और वो मुझे तीसरे माले के दाहिने तरफ के पहले ही दरवाजे में चले जाने को कह मुँह में भरा पान मसाला वहीं सीढ़ियों के पास थूक देता है...।

सीढ़ियाँ चढ़ रही हूँ। गन्दी...गलीज़ थूक से, पान की पीक से लिपटी लिथड़ी दस सीढ़ियाँ। फिर मोड़ आता है...दस और। स्नोफीलिया बढ़ गया है। रेलिंग थामते हाँफते रुकती हूँ और सोचती हूँ...थोड़ा चैन मिले तो टेस्ट करवाऊँ।

बीस सीढ़ियाँ पार करते ही ऐन सीढ़ियों से जुड़ा दरवाजा...जो थोड़ी दूर गैलरी की शक्ल में जाता है फिर किसी बड़ी लाइब्रेरी के हाल की तरह। कागज ही कागज़, फाइलें बीमार पीली जर्द फाइलें...दीवार से सटी छत को छूती अलमारियाँ। कुछ के शीशे टूटे हुए, कुछ की प्लाई गायब...और फिर मुझे वो नज़र आती है...आफशेड सूट पे दमकता राजस्थानी दुपट्टा ओढ़े कुर्सी से धँसी, फाइल पे निगाहें टिकाए...। मैं तेज-तेज साँस लेती हूँ। उस मुर्दा इमारत में जीवन का एकमात्र चिह्न, मेरी रिया...। थोड़ी देर खड़े रहने के बाद आवाज देती हूँ 'रिया'। वो चौंककर सिर उठाती है...थोड़ी देर मुझे अपलक ताकने के बाद वो मेरे रुख यूँ लुढ़कती आती है

जैसे मैं कोई विक्ट्री मार्क हूँ जिसे उसने पहले दौड़ के न छू लिया तो कोई मैडल उसके हाथ से निकल जाएगा। मैं बैठती हूँ और उसे बाँहों में भर लेती हूँ..."मैं जानती थी तुम आओगी दी...मैं जानती थी...।"

उसकी अजीबोगरीब रफ्तार से किसी तरह मुड़े घुटने मिलाती मैं उसका हाथ थामे-थामे कुर्सी तक आती हूँ। "बैठो...बैठो दी"...बेतरह उत्साह से छलकती आवाज़ ...ना कहीं कोई टूटन न आँखों की गीली कोरें...आवाज़ में कहीं कोई तलखी भी नहीं ...सारे अन्दाज़ यूँ ही हो कर रह गए...।

"क्या देखे जा रही है ऐसे रिया..." मैं मुस्कुराती हूँ।

"तुम्हें दी...मैं जानती थी तुम आओगी।"

उसकी आवाज़ की पुख्तगी, उसका ये विश्वास मुझे फाँस की तरह अपने कलेजे में गड़ता महसूस हुआ था...मैंने बात पलटी–''मैं शायद जल्दी आ गई...अभी तो कोई आया नहीं, तू कैसे...?"

वो मुस्कुराती है, "हाँ कभी तुझसे ये जिक्र नहीं हुआ ना दी, मैं तो हमेशा पौने दस आती हूँ?"

"क्यूँ...?"

"जो सीढ़ियाँ चढ़ के तुम आई हो वो बीस सीढ़ियाँ चढ़ने में मुझे पूरे दस मिनट लगते हैं दी...दस बजे या दस पाँच से लोग आने लगते हैं...कहीं हाथ दब जाए या इसलिए थोड़ा जल्दी...फिर पाँच मिनट कपड़े यहाँ वहाँ से साफ करने में लगते हैं...।" वो मुस्कुराते हुए बताती है।

"ये सीढ़ियाँ तू ऐसे..."

"सो व्हाट...ये तो रोज का काम है...।" बुत बनी बैठी मैं उसकी 'सो व्हाट' को कैसे भी डाइजेस्ट नहीं कर पा रही। ...और वो है कि सवालों की झड़ी लगा देती है...बच्चे, रजत...सब कैसे हैं वगैरह-वगैरह। मैं किसी तरह संयत आवाज़ में जवाब दे रही हूँ।

"छोटू दो चाय लाओ जरा..." पास से गुजरते एक ठीक-ठाक से डीलडौल वाले शख्स को जो छोटू के अलावा सब कुछ हो सकता है, वो टोकती है...।

कमरे में धीरे-धीरे गहमागहमी शुरू हो गई है...लोग धीरे-धीरे आ रहे हैं...उचटती निगाह से हमें ताकते। हम दोनों अब चुप हैं बिलकुल चुप...। अपनी निगाहें सामने बाबा आदम से भी शायद कुछ वक्त पहले की घड़ी पे डालती हूँ...। जालों और धूल से अटे शीशे के पार फिर वो ही सरकता कछुवा। उँगलियों में जकड़ा पेपरवेट कस कर मुट्ठियों में भींच लेती हूँ।

"मैडम...वाधवा एंड वाधवा की फाइल दे दीजिए जरा..."

छोटू सिर पे खड़ा है....।

"चाय...क्या हुई?"

"बनाने को बोल दिया...शुक्ला जी ने तुरंत पहले फाइल लाने को बोला है।"

और फिर मैं अपनी आँखों के सामने ही तो देखती हूँ लोहे की ये ऊँची अलमारी के बिल्कुल किनारे पड़ी फाइल रिया निकालती है। कुर्सी से मेज–मेज से...अलमारी को पकड़ के लगभग किसी कुशल नटिनी सी झूलती हुई...मेरी 'अरे मैं...मुझे बता ...गिर जाएँगी 'मैं निकाल देती हूँ' को कतई अनसुना करते...वो जैसे हवा में तैर रही हो। पंजों के नीचे कहीं कोई हथेली नहीं...ना पैर टिकाने के लिए कोई कांधा। 'तुम सहारा दो तब न चढ़ूँ...' मुझे याद आता है और मैं हथेलियों से मुँह ढाँप लेती हूँ।

"घबरा गईं...अरे आपकी सहेली...मैडम...ये तो ऐसे ही फुर्ती से काम करती हैं..." छोटू और रिया दोनों हँसने लगते हैं...मैं रुआँसी हो उठती हूँ, "अभी गिर जाती तो...किसी का सहारा नहीं ले सकती?"

"सहारा...क्यूँ...मुझे क्या हुआ है...?" वो अपनी बाँहें मेरे सामने फैलाकर उलट-पुलटकर दिखाती है मुझे...।

छोटू चला गया पर कोई और चाय के दो गिलास रख जाता है...। मुझमें इतनी हिम्मत भी लगता है अब बाकी नहीं कि चाय का गिलास अपनी हथेलियों में थाम सकूँ...किसी तरह काँपती उँगलियों से गिलास उठाती हूँ और हलक जल जाने की परवाह किए बगैर पी जाती हूँ।

"चलूँगी अब...झटके से उठते हुए सफाई देती हूँ...यहाँ करंट बुक शाप तक आई थी, सोचा तुझे मिल लूँ...फिर मिलते हैं..." मैं पेशतर इसके कि वहीं फट पड़ूँ, कोई कोना चाहती हूँ अकेला। मेरे उठते वो हाथ बढ़ाकर मेरी उँगलियाँ पकड़ लेती है और दूसरे हाथ से कागज़ का पुर्जा बढ़ा देती है...

"इसपे पता लिख दो दी...फोन नम्बर भी, मैं तुम्हें फोन करूँगी...चिट्ठी लिखूँगी।"

"कौ...कौन सा पता...?"

"उस जगह का जहाँ तुम जा रही हो...।" मेरी टूटती टाँगों में अब कतई दम नहीं...धम् से कुर्सी में धँस गई मैं...।

"रिया मैं...मैं रिया...।" मैं बुरी तरह रो रही हूँ।

"कुछ मत कहो दी...मैं तुम्हें जानती हूँ...मैंने कहा था न–छोटी मोटी बात नहीं ...तुम्हें जो तोड़ दे वो सचमुच का दुख होना चाहिए...बस अफसोस, ये दो महीने तुमने यूँही ज़ाया कर दिए...।"

"सिमरन भी तो...मैं भी ऐसे ही बिसर जाऊँगी तुम्हें, मुझे भी याद नहीं करोगी तुम...रिया...?"

वो मेरी हथेलियाँ दबाती है...कुछ नहीं कहती पर सामने की ऊँची-ऊँची अलमारियों पे निगाहें टिका देती है और फिर नीचे देखती है अपने पाँवों की तरफ...। सारे सवाल हो चुके सारे जवाब मिल गए...उठ खड़ी होती हूँ उसे रोकते

"तू बैठ मैं चली जाऊँगी।"

कमरे से बाहर आती हूँ...सीढ़ियों के ऐन ऐज पे खड़ी थोड़ी देर जाने क्या सोचती हूँ। थूक और पीक से लिपटी बीस सीढ़ियाँ...मेरे फिर सामने हैं। मरे कदमों से दो-तीन सीढ़ियाँ उतरती हूँ। ...अचानक मेरी निगाह रेलिंग पे 'सहारे' के लिए टिके अपने बाएँ हाथ पे जाती है। मैं चौंककर यूँ हाथ हटाती हूँ जैसे सुर्ख लोहा छू लिया हो...फिर सधे कदमों से मुस्कराते हुए सीढ़ियाँ उतर जाती हूँ।

नूर

"बेजी पहले मुझे लगाइए मेहँदी," "ना—बेजी पहले मुझे",— "परे हट पहले मैं आई थी"—की आवाजों से गोरी बेजी का पूरा आँगन गूँज रहा था, जो अपने हाथों में सिलाई थामे ना जाने कब से इन जल्दी-जल्दी वालियों की हथेलियों में सूरज, चाँद, तारे, बेल-बूटे, मोर-मोरनी उकेर रही थीं। सधी उँगलियों की पोरें रत्ती-भर भी तो इधर-उधर नहीं होतीं। एक हथेली आगे से हटती है कि दूसरी बेजी की आँखों के सामने आ जाती हैं। होंठों से इन हथेलियों को चूम कर बेजी एक हथेली पर अब पूरा चाँद बना रही हैं। हथेलीवाली शरमा रही है। वह जानती है यही मेहँदीवाला चाँद लेकर उसे अपने चाँद की बाँहों में कैद रहना है रात भर। मेहँदी वाले हाथ, चूड़ियोंवाले हाथ तो आसमाँ के चाँद को भी किस कदर प्यारे हैं। तभी तो इन तमाम मेहँदी रचे हाथों की खुशबू में बसे एक लोटा पानी की ख्वाहिश में वह सालों साल से उगता आ रहा है। बदले में वह उन्हें सौभाग्यवती रहने का आशीष दे के जाता है। इस लेवा-देवी में चाँद का पलड़ा यकीनन भारी है क्योंकि ए गाँव की सुहागनें, अल्हड़ें तो कुएँ पर खड़े पहचानवाले को भी जल्दी से पानी न दें। ऐसे में कितने-कितने घूँट पानी वो एक ही रात में इनके मखमली हाथों से पी जाता है। यही वजह है कि शायद कि साल भर से पहले चाँद को प्यास नहीं लगती। पता नहीं यह करवा का चाँद कब से निकल रहा है। गोरी बेजी के वक्तों में भी यही था। करवा चौथ के दिन गोरी बेजी को दम लेने की फुरसत नहीं होती। सच तो यह है कि करवे की एक रात पहले से जब तमाम गाँव की औरतें सरगी का सारा सामान सुबह के लिए तैयार कर, मरदों को हुक्का थमाकर और बच्चों की पीठ पर—'मर भी जाओ, अब मुझे मेहँदी लगवाने जाना है', कहके दोहत्थड़ जमा देने के बाद अपने-अपने घर से गीली मेहँदी के भरे डोंगे लेकर गोरी बेजी के घर की तरफ लपक लेती हैं, उस लम्हा गाँव में 30 साल पहले ब्याही रुकमनी भी हाल की ब्याही बहू सी शरमाकर अपनी काम से, दिन-रात की ढोर-डंगरों की मशक्कत से लगभग घिसी-छिली हथेलियाँ बेजी के सामने कर देती है और लम्हे ही तो लगते हैं जब वो हथेली मेहँदी की खुशबू और बेजी की मुहब्बत की नमी से 30 साल पहले जैसी गुदाज हो जाती है, जिसे चूम कर रौनक सिंह ने

कहा था पहली रात—'तेरे हाथ कितने सुन्दर हैं।'

50 या शायद 60 साल गुजर गए गोरी बेजी को मेहँदियों में हथेलियों को डुबोते इन सुहागनों की। न चाँद थका और गोरी बेजी ने तो थकना सीखा ही नहीं था। गोरी बेजी जिन्हें देखकर सर्दियों की धूप का गुमाँ होता है। उनके सन से सफेद बालों की चमक चेहरे की धूप से मिलकर सफेदी का एक समन्दर बहा देती है। तिस पर सर का सफेद मलमल का दुपट्टा झमक-झमककर जैसे उनके फरिश्ता रूह होने का ऐलान करता लगता है। दूधिया सफेद गोरी बेजी जो ब्याह के जब इस गाँव में आई थीं तो मुँह दिखाई के वक्त कितनी औरतों के कलेजे हौल गए थे। रूप की ऐसी बाढ़? भरे-भरे होठों पर किताबों, तस्वीरों में भी कभी-कभार दिखाई पड़ने वाला असली काला तिल। रंग तो गोरा था ही तिस पर गाल ऐसे सिन्दूरी जैसे न पौ फटी हो, न रात ही डूबी हो, ऐसी गोरी बेजी जिसके मायके नम्बरदार थे। छः भाइयों की इकलौती बहन, गोरी बाप की सिर चढ़ी थी। माँ कब मर गई थी याद नहीं, विधवा बुआ के साए तले पली गोरी को अलबत्ता माँ की कमी महसूस भी नहीं हुई फिर। घर की चारदीवारी में तमाम आज़ादियाँ मयस्सर थीं गोरी को। छतों-छतों कूदकर सहेलियों के घर यूँ गिट्टे भी बजा आती थी गोरी, बुआ के तमाम पहरों की ऐसी तैसी करके अक्सर। पकड़े जाने पर एक ही सजा मिलती थी। सारे डंगरों को पानी पिलाने की, जो दरअसल भाइयों की बेपनाह मुहब्बत की वजह से अमल में आई ही नहीं कभी।—'पानी का लोटा तो भरा उठता नहीं बुआ इस मरजानी से बाल्टी क्या उठाएगी'—कहकर कभी पहला, तो कभी दूसरा भाई हँसता हुआ डंगरों को पानी पिला देता। किसी ने ऊँची आवाज में कभी डाँटा ही नहीं उसे। डाँट पड़ती तो ऐसी जैसे किसी ने जरा सी निबौली पर ढेरों गुड़ चिपका दिया हो। रात 12 बजे भी बर्फी की हुड़क उठने पर भाई हलवाई की दुकान पर दौड़ जाते और फिर बमुश्किल आधा टुकड़ा खा गोरी वही दोना जब भाई की तरफ बढ़ा देती तो मुहब्बत के बेशुमार समन्दर आँखों में लिए वह उसके सर को थपक देते 'तेरा घर भगवान करे धूप में हो ससुराल में, जब देखो तंग करती है।' एक मौका आया था ऐसा जब गोरी ने रो-रोकर आसमाँ सर पर उठा लिया था। जाने कहाँ से काला साटन का सूट सिलवा बैठी थी लड़की। बुआ ने मना भी किया था। पर मानी कहाँ थी वह, फिर उसपे जब हनीफ दरजी के यहाँ से सुनहली गोटा लगवा कर सुनहरे काम वाली चुन्नी ओढ़े गोरी बुआ के सामने खड़ी हो गई थी तो बुआ ने जाने कितने पल दोनों हाथ छाती से बाँधकर पलकें मूँदे रखी थीं। गोरी हैरान थी कि बुआ रो क्यों रही हैं। 'बुआ, आँखें खोलो देखो मुझे बताओ कैसी लगती हूँ मैं? बुआ की आँसुओं से भीगी आँखें खुलीं और अगले पल गोरी बुआ की छाती से लगी हुई थी। 'फिर कभी काला सूट न पाई पुत्तर।' काँपती आवाज में बुआ बोली थी। क्यों? के जवाब में बुआ की बाँहों की जकड़ और बढ़ गई थी 'मेरी दुर्गा को नजर लग जाएगी, दुनिया बहुत बुरी है' रोती बुआ को अलग

कर जाने किस तुफैल में गोरी आँगन में बैठे भाइयों और बाप की तरफ भी वहीं 'कैसी लगती हूँ'—का सवाल ले के लपकी थी कि तभी बड़के की दहाड़ गरजी– 'उतार के आ'...। सकते में खड़ी गोरी भाइयों का मुँह देखती रह गई थी। फिर जब अंदर भागी तो सूट उतार के घंटों रोती रही... उसकी रुलाई तब रुकी जब मिर्च की तीखी गंध से सारा घर भर गया था। खाँसते-खाँसते, आँसुओं से लाल आँखें लिए जब वो बाहर निकली तो देखा बड़ा बीर मिर्ची की धूनी के पास बेअसर खड़ा है। गंध से भी अजाना धुएँ से भी अजाना भाई छाती से लगी बहन को पा कर चेता था। फिर गोरी के सिर पर हाथ रख बुदबुदा उठा था– 'रब्ब सुख्ख रक्खे बीरी।' (बहन भगवान सब कुशल रखे।)

काले सूट में लिपटी साक्षात् दुर्गा अपने रूप से अगर बाप-भाइयों को चौंधिया गई थी तो उसकी गज भर की परादें में लिपटी चोटी की लम्बाई ने जैसे उनका कन्धा हिलाकर कह दिया था– 'बाबुल मेरे दूसरे घर जाने का बख्त आ गया है।' उस दिन के बाद किसी रात बाप के हुक्के की चिलम ठंडी न हुई। भाइयों की चारपाइयों की अदवायन रोज कसे जाने पर भी ढीली रहती। रात भर की करवटों से और होता भी क्या? बुआ के ठंडे-ठंडे हौकों से सारा घर भर गया, फिर अचानक बुआ ने गिट्टे एक दिन ले लिए थे उसके हाथ से और रेशम के तागे पर पिरी सूई पकड़ा दी थी। तागे बदले पर एक उसी सूई से न जाने कितने तकियों, चादरों, रूमालों पर ऐसे खूबसूरत कसीदें काढ़े गोरी ने कि लाड़ के मारे सैकड़ों दफा बेऔलाद बुआ की छातियों में दूध उमड़ आने को होता।

गोरी को फिर रफ्ता-रफ्ता सब समझ में आने लगा था। बाप-भाइयों की देर रात-रात तक होने वाली गुफ्तगू ने कुछ समझाया तो बुआ की दिन पर दिन बढ़ती नसीहतों ने रही सही कसर पूरी कर दी और फिर एक दिन गोरी ने मौका मिलने पर भी छत की मुंडेर पर सहेली के घर जाने को रखा पैर जो वापस खींचा तो फिर दुबारा कभी टापी नहीं मुंडेर उसने। बस रात-बिरात कभी छत के ऊपर जाकर धीमी आवाज में गोरी गुनगुनाने लगती तारों को सुनाकर, चाँद को सुनाकर–

सारी रात तेरा तकनी हाँ राह
तारया तो पुच्छ चन्न वे
वे तेरी खातर मैं होई हा तबाह
सारयां तो पुच्छ चन्न वे।

(सारी रात मैं तेरा रास्ता देखती हूँ, तारों से पूछ मेरे चन्दा, तेरे खातिर मैं बरबाद हो गई हूँ, सबसे पूछ मेरे चन्दा।)

फिर कुछ रोज बीते और नम्बरदारों का घर रिश्तेदारों की गहमागहमी से भर गया। सहेलियों ने गोरी से कत्तई अजीब किस्म का हँसी-ठट्ठा करना शुरू किया। नामुराद, बेशर्म हल्दी मलती कैसी-कैसी जगह छू देती गोरी को कि कानों तक लाल भभूका

हो जाती वह। बुआ काम के बोझ से दबी भी सैकड़ों दफा पनियाई आँखों से गोरी की तरफ ताक लेती। कड़ाहियों, हलवाइयों से जूझते छहों भाई इधर-उधर से गुजरते तो झट बहन की जफ्फी भर लेते। बाप तो बोलता ही नहीं था। बस बहुत हुआ तो अपना काँपता हाथ बेटी के सिर पर रखकर मुँह फेर लेता। मुश्किल से बस फिर बाप के हलक से दो बोल फूटे थे गोरी की विदा के वक्त। ''जिस घर डोली जा रही है पुत्तर, वहाँ से तेरी अर्थी ही देहरी फलाँघे। घर की मरजादा रखनी है बेटा...'' बाप की फरमाबरदार गोरी ने कलाई पर बँधे कलीड़ो के साथ बाप की बात भी चुपचाप बाँध ली थी।

छः भाइयों की इकलौती बहन, नम्बरदार की बेटी गोरी जिस आँगन में उतरी, वहाँ सास, ससुर, ननदों, देवरों का जमघट था, जाने कितने अच्चे-बच्चे थे घर में। हाँ, वह चाँद तो था ही जिसका रास्ता गोरी जाने कब से देखती थी और उस रोज जब देर रात गए गोरी की चूड़ियों की छनक यकबयक तेज से तेज होते धीमी और धीमी पड़ गई तो बिस्तर के पास पड़े गोरी के गोटा लगे दुपट्टे में गोरी का चाँद चाँदी के सिक्के सा बँध गया था चुपचाप। चार बजे बुआ की नसीहत याद करके गोरी उठ गई थी...। उसने पूछा था ''कहाँ जा रही है इतने भोर?'' गोरी फुसफसाई थी, ''बुआ ने कहा था ससुराल में तड़के उठना है।" "पर तू सोई कहाँ जो उठेगी'' कह कर उस निर्लज्ज ने गोरी को फिर पास खींच लिया था। अपने चेहरे के बिल्कुल पास तपते गोरी के चेहरे को अपनी मर्दाना हथेलियों में भर कर पूछा था उसने—''तुझे कुछ देने को जी चाहता है। कुछ माँग न मुझसे...।'' शरमा कर गोरी ने आँखें बन्द कर ली थीं... ''माँग न कुछ मैं कहता हूँ।'' और फिर बन्द आँखों में दो सच्चे मोती भरे गोरी ने जो माँगा, वह देने का वायदा कर कतरि ने जिस तरह गोरी को बाहों में भरा तो गोरी को लगा कि जैसे ए बाहें कतरि की नहीं बल्कि उसके बाप की हैं। क्या माँग बैठी थी गोरी,। ''देखो मुझे कभी मरजादाहीन न होने देना। बापू ने कहा था।'' हाथ बढ़ाकर कतरि ने फिर अपने हाथ से चाँद बँधा दुपट्टा उठाकर गोरी के सिर पर ढक दिया था। और मुँह अँधेरे गोरी अपने घर के आँगन को निहारने निकल पड़ी थी। थोड़ी देर की मेहनत के बाद आँगन में छाई लौकी की बेल के पीछे झाड़ू मिल गया था गोरी को।

कतरि के घर का आँगन ऐसे तो न चमकता था पहले। पीतल पर सुनारों को सोने का गुमाँ हो जाए ऐसी जगमगाहट, पहले कहाँ थी बर्तनों में। गोरी की छन-छन करती चूड़ियों भरी कलाइयों, मेहँदी वाले हाथों के परस से सारा घर जैसे सोना हो चला था। सास बलाएँ लेती न थकती थी। ननदों के मुँह से भाभी लफ्ज कैसे भी पल को न छूटता था। ब्याह को तीन महीने हुए थे पर ससुर ने एक बार गोरी के हाथ से तुलसी की पत्ती डली चाय जो पी तो गोरी की सास को भूल गया कि वह भी कभी चाय बना के पिलाती थी कतरि के बाप को। जिससे कभी पानी का भरा

लोटा न उठता था वह गोरी आनन-फानन में आँगन के कुएँ से बाल्टी यूँ खींच लेती जैसे कोई झुककर जमीन पर गिरी कपास उठा ले। बकौल दोस्तों के कतरि की लाटरी लग गई थी। पता नहीं कितने दिन हो गए थे उसे ठेके पर गए। फिर भी गबरू के पैर शराबियों से लड़खड़ाते थे... आँखों के लाल डोरे उसके पक्का शराबी होने की चुगली खाते थे रोज...। पर ए जिस बोतल की शराब थी वो सैकड़ों-सैकड़ों घूँट पीने पर भी खाली नहीं होती, किससे कहता कतरि। सास-ससुर का बिस्तर बिछा के पानी से भरी गड़वी ले के जब गई रात गोरी कतरि के पास आती तो चाह के भी उसे दीवानावार बाँहों में भरे कतरि इस देरी की शिकायत न कर पाता, कहा तो था उसने और दे भी दिया कर्तानेे ने वचन "मुझे मरजादाहीन न होने देना।"

महीने गुज़रे और एक दिन जाने कैसे.... कुएँ से बाल्टी खींचती गोरी के हाथ से रस्सी छूट गई। उधर बाल्टी दीवारों से टकराती तल से जा लगी और इधर गोरी सुबह के लीपे ताजे आँगन में मुँह के बल पड़ गई, सास चिल्लाई, ननदों ने उठाकर खाट पर डाला, पानी की बूँदें मुँह पर पड़ी तो गोरी ने आँखे मिचमिचाई...। सास की आँखें गोरी की आँखों में लम्हे भर को गड़ गईं। बस फिर क्या था... पल्लू में बँधे आने को गोरी के सिर से वार ननद के हाथ में देती बोली—वह "जा ब्राह्मणी को दे आ। पहली वार है बहू की... " फिर लाड़ से गोरी के सिर पर हाथ फेर कर बुदबुदाई— "मुझे पोता चाहिए पुत्तर।"

चढ़े दिनों में गोरी का रूप कहर बरपा रहा था। आस-पड़ोस वालियाँ कहती भी थीं, देवी का वास है इसमें, देखो तो कैसा तेज है। हाँ दुर्गा थी वो, देवी थी वो, पर वो जमीन ही तो थी जिसमें कतरि ने जो बीज बोए थे, उसकी फसल जब दूसरी दुर्गा की शक्ल में गोरी ने इस खानदान को दी तो दिनों सास की त्यौरियाँ चढ़ी रहीं। ननदों ने गुड़ में डलने वाले बादाम पाँच सात कम कर दिए। ससुर ने ठंडी साँस भरके 'जो भगवान की मरजी' कुछ यों कहा जैसे घर में कोई मौत हो गई हो। हाँ, कतरि ने जब उस रेशम की पूनी जैसी बेटी को गोद में भर के चूमा तो गोरी की बेनींद आँखों को उस रात तसल्ली से नींद आई थी।

सिलसिला फिर वही था। वही झाड़ू-बुहार, वही लिपा-पुता आँगन, वही कुआँ, वही बाल्टी, वही काम के बोझ से लगभग दबी गोरी पर नहीं थी तो बलाएँ नहीं थीं। मुहब्बत के तमाम लफ्ज़ एक बेटी पैदा करने के गुनाह ने सुखा डाले थे। पर गोरी शिकायत करना कहाँ जानती थी। थकान से चूर गोरी एक घड़ी की फुरसत में जब दुर्गा को अपनी छातियों का दूध पिलाती तो एक-एक घूँट में जैसे एक-एक लम्हे की थकान से निजात मिल जाती। नन्हे हाथों को अपनी मुट्ठियों में भींच वह रोज रात को सोने से पहले एक बेहतर सुबह की ख्वाहिश करती जो फिर नहीं हुई तो नहीं हुई।

एक साल बीता, दो साल बीते, तीन चार फिर, पाँच साल। सास की आँखें बाट

जोहती रहीं पर फिर गोरी के हाथ से पानी की बाल्टी खींचते रस्सी नहीं छूटी। कल की लाडो गोरी 'ए' हो के रह गई, 'नी', (अरी) होकर रह गई। कर्तारे ने फिर ठेके जाना शुरू कर दिया। पीकर वो सधे कदमों से घर आता। एक बार भरपूर हरी होकर बंजर हो गई जमीन को कैसे भी फिर बीज नहीं सका कर्तार। 'सारे दोस्तों के बेटे थे, मैं ही क्यों निपूता हूँ।' पर कौन समझाता उसे कि वही जमीन थी पर मुहब्बतों वाले अहसास नहीं थे अब। फिर रुष्ट दुर्गा कैसे फल दे देती। देवी तो मनौतियों से मानती है ना।

समय का चक्र चलता रहा। फिर जिस दिन ए वाकया हुआ उस दिन करवा चौथ था। लाल सालू में लिपटी गोरी उस वक्त मेहँदी लगा रही थी पास-पड़ोसवालियों के। सब जानती थीं गोरी भाभी मेहँदी और कोई नहीं लगा सकता। जाने कैसा असर था जैसे उसके हाथों में कि बेढब पिसी मेहँदी की पत्तियाँ भी हथेलियों में सूरज उगा जाती थीं। गाढ़ा-गाढ़ा सूरज। अभी थोड़ी देर पहले चूड़ियोंवाली आकर दर्जनों चूड़ियों से कलाई भर गई थी गोरी की। करवा चौथ पर गोरी का उत्साह जैसे बाँध तोड़ता दरिया हो जाता है। घूँट पानी नहीं पीती। शाम को कहानी कहके पड़ोस की औरतों को मायके का सीखा गीत—'सारी रात तेरा तकन्नी हा राह तारया तो पूछ चन्न वे'—जरूर सुनाती। शहद के जिस दरिया से वो आवाज निकलकर आती थी उसके मिठास में छिपे दर्द को पहचानती औरतें आँसुओं से नहा उठतीं। बाज दफा रोक देती—'ना गा भाभी कलेजा हौलता है।' तभी सास ने बुलाया था पास उसे। आज फिर से वो, ऐ और 'नी' से अचानक 'लाडो' 'पुत्तर' हो गई थी। ससुर भी पास ही बैठा था। कर्तारे भी वहाँ बैठा मंजी का बान छील रहा था। सास ने रुक कर कहना शुरू किया—'देख पुत्तर, तेरे से शिकायत नहीं, पर वंश तो चलाना है।' गोरी की सवालिया निगाहें सौ उलझनें समेटे घूँघट की ओट से कर्तारे पर टिक गई थीं पर वो चुप था। हाँ सास चुप नहीं थी ''आज करवा चौथ है, शगुन भेजना है रूल्दु की लड़की को। तू भी बनी रह वो भी रहेगी, बहनों की तरह रहना।'' तभी जैसे बिजली तड़क गई थी। दुर्गा के कई रूपों में काली का रूप कैसा उतर आया था उस बेजुबान में। कर्तारे के सामने जाकर खड़ी हो गई थी वो। पूछा था उसने—तुम क्या कहते हो? कर्तारे ने महीनों की माँ-बाप से उधार ली हिम्मत बटोर जैसे-तैसे कहा—माँ ठीक कहती है, बेटा तो जरूरी है वंश के वास्ते।"

''पर मैंने जिस कोख से बेटी दी क्या वहाँ से बेटा नहीं दे सकती?'' ए सवाल कोई भी आम औरत होती तो पूछ बैठती पर वह नम्बरदारों की बेटी थी, आन-मान की घुट्टी पीकर बड़ी हुई गोरी के मुँह से दो बोल फूटे थे, ''मैंने तुम्हें कहा था ना मुझे मरजादाहीन न होने देना।'' उसके बाद कयामत से पहले कयामत हो गई थी। ऐसा तो कभी देखा न सुना। वो भी सुहागनों के करवा चौथ वाले दिन, घर की उसी दीवार पर जहाँ नई ब्याही गोरी बहू ने अपनी दोनों हथेलियों को लाल रंग में डुबो

कर छाप लगाई थी उसी दीवार पर अपनी चूड़ियों से भरी कलाई दे मारी थी गोरी ने और तब तक मारती रही जब तक एक-एक चूड़ी टूट नहीं गई। कतरि को आँखें झपकना भूल गई थीं। सास के मुँह में जैसे दही जम गया था। चूड़ियों की किर्चें पूरे आँगन में बिखेरकर काली ने अपने मन्दिर के कपाट बंद कर लिए थे। फिर सास की चीख-पुकार सुनकर पास-पड़ोसवालियों के खूब दरवाजा पीटने पर सफेद दुपट्टा ओढ़े जिस गोरी ने दरवाजा खोला उसकी आँखों में सीधे देखने की ताब किसमें थी। बेटी को छाती से लगाए वो घर की दहलीज यू लाँघ गई थी जैसे यूँ ही कोई पड़ोस के घर से निकल रहा हो। सास समझाती रही लोगों को—"ऐ लो मैंने ऐसा क्या अजूबा कर दिया था। बेटे को निपूता रखती, फिर पहले भी सौ दफा गाँव में ऐसा हुआ। मैंने तो कहा था बहनों की तरह...।" पर किसी ने नहीं सुना—छँटती भीड़ ने जिन आँखों से कतरि और उसके माँ-बाप को देखा उसका एक ही मतलब होता है—"थू है तुम पर, तुम्हारी ज़ात पर।"

जिस आँगन को अपने मेहँदी रचे हाथों से गोरी लीपती रही वह तो छूटा गोरी से। पर सारे गाँव के लोगों के दिल इस दुर्गा का मन्दिर हो गए थे। वह हरेक की बेटी थी, हरेक की बेटी। मान का जो तेज उसके चेहरे से टपकता था उसे लिए वह ठेके के सामने से भी जब कभी बेटी का हाथ थामे गुज़र जाती तो शराबी अपनी बोतलें इधर-उधर छुपाने लगते, आँखें नीची कर लेते। छः भाइयों की बहन नम्बरदार की बेटी ने जीजा का सर कलम करने के लिए उठाया भाई का गँड़ासा, ए कह के झुकवा दिया था "एक बंदा दो बार कैसे मर सकता है बीरा, छड्ड मरे-मराए नूँ की मारना।" छोड़ मरे मराए को क्या मारना। उनके साथ मायके लौट जाने की बात उसने यों ठुकरा दी थी—"तुझे याद नहीं पिताजी ने मेरी विदा के बख्त कहा था, जिस गाँव मेरी डोली आई वहाँ से अर्थी जाएगी बीर।" गाँव के ना जाने कितने लोगों को कै दिन लगे भाइयों की आँखों के आँसू सुखाने में।

फिर बुआ की सिखाई दस्तकारी गोरी की रोटी का सहारा हो गई थी। दरी, खेस, चादरें कातती लड़कियाँ गोरी के उस घर का आँगन भरे रहतीं, जिसे इस गाँव ने अपनी इस दुर्गा बेटी को दे दिया था। महीने बीते, साल बीते, न जाने कितने बेल-बूटे उँगलियों ने उकेरे। हाँ, उसकी अपनी बेटी की शादी का सारा सिलाई-कढ़ाई का काम गाँव की बहुओं, बेटियों, भाभियों ने काम से जैसे-तैसे वक्त बचा कर किया। उधर रूल्दु राम की बेटी भी खैर कतरि के घर आई पर हुआ यूँ कि सोने से जगमगाते बर्तन फिर पीतल के हो गए थे। जमाने हो गए थे आँगन को लीपे। एक दिन सुबह सास के टोकने पर रूल्दू की बेटी चिल्लाई थी, "चुप कर बुढ़िया, मैं गोरी नहीं जो चूड़ियाँ फोड़ निकल जाऊँ मैं तो तेरी छाती पर मूँग दलूँगी।"

सोलह बरस की ब्याही गोरी भाभी आज पचहत्तर या शायद अस्सी साल की गोरी बेजी हैं। वो कभी स्कूल-मदरसे नहीं गई थीं। किसी सभा-सोसाइटी में 'विमनलिब'

की बात नहीं सुनी थी। लेकिन मर्द को सौ उतरनोंवाला लिबास होने पर भी झट नायाब खीनखाब समझकर पहननेवाली औरतों के लिए गोरी बेजी औरतों के हक में लिखी गई मुकम्मल किताब का जो अव्वल स़फा बन गई जिसपे बड़े-बड़े हरफों में लिखा है– 'उतरन मत पहनो भले ही रेशमी हो।' कैसा नूर से दपदप करता रंडापा काटा उन्होंने जिसके सामने सौ सुहागनों का तेज भी फीका था।

करवट

खुदा गर अब भी सलामत है तो बस फिर वही गवाह भी कि दिसंबर की उस खून जमा देने वाली ठंडी सुबह जब मैंने उसे कंपनी गार्डन में ओस टपकते अशोक के दरख्त तले बनी पत्थर की सिल पर औंधे मुँह लेटे देखा था तो मारे खौफ और अंदेशे के मेरी रूह यूँ कब्ज हो गयी थी कि मैं फिर एक लाश देख रही हूँ गोकि देर तक उसे घूरते मैंने उसके नीले ब्लेजर में लिपटे मँझोले जिस्म में न तो कोयी जुंबिश महसूस की थी, ना ही बेंच से आधी बाहर लटकती उसकी मजबूत, रोएँदार शहतीर ऐसी टाँगों में जो कि नीली पतलून के ऊपर चढ़ आने के बायस उघड़ी हो आयी थी, उस छोटे-से मकोड़े के रेंगने से वो तेज हरकत जिसकी कि मैं धड़कते दिल से उम्मीद कर रही थी। उम्मीद के जिसके चलते मेरा ख्याल बस एक वहम साबित हो कि 'मैं एक लाश देख रही हूँ।' देर तक उसे बुत बने ताकते मैं थक गयी तो मैंने उसके गिर्द चक्कर लगाने शुरू कर दिए थे। सिल के इस तरफ उसकी लंबी बाजुओं के क्रास से बने तकिए पर उसका सिर टिका था, जिसपे छाए घने काले घुँघराले बालों को मशरूम स्टाइल में बड़े सलीके से तराशा गया था। पैरों में पड़े कीमती 'काफ-शू' और ब्लेजर की आस्तीन से झाँकती घड़ी के चमकदार डायल से उसकी माली-हैसियत का खूब अन्दाज लगाया जा सकता था। मैंने और तेज नजरें दौड़ायी थीं और बस मैं उछल पड़ी थी। बेंच के नीचे की तरफ एक बैग पड़ा था, जिसकी पतली जिल्द के तले मोटी-मोटी किताबों के नुकीले सिरे यूँ नुमायाँ हो रहे थे जैसे दुबले-पतले जिस्म से उभर आयी कॉलर बोन।

तो ए माजरा है... ए कोयी स्टूडेंट है...। स्टूडेंट... ए ख्याल दिमाग में आते ही मैंने यकबयक उसके पतलून और ब्लेजर को गौर से फिर देखा था और बस एक घुटी-घुटी आह मेरे भीतर से निकल गयी थी। ए तो... अरे हाँ ए तो ध्रुव की स्कूल ड्रेस है। मेरे बेटे की स्कूल ड्रेस। नीला ब्लेजर... नीली पतलून... मैं तेजी से फिर सिल के इस रूख आयी थी और घुटनों के बल झुककर बाँहों के क्रास के बीच बनी पतली-सी फ्रॉक से मैंने उसकी कमीज के कलर का अंदाज लगाना चाहा था और अंदाज पाते ही समूची सिहर गयी थी। वही ऑफ शेड कमीज और लाइनों वाली टायी।

मेरा जिस्म एकदम शल हो गया था और पाँच बरस पहले ऐसे ही सुबह की सैर के वक्त कानपुर के जे. के. टेंपल में गुजरा वो वाकिआ माजी के तमाम वरक पलटता मेरे जेहन में यूँ कौंध गया जैसे तमाम वरकों पे वही और बस वही एक हादसा दर्ज हो। वो भी ऐसी ही ठंडी सुबह थी। महीना गालिबन जनवरी का था क्यूँकि ठीक याद नहीं पड़ता। आज मैं अकेली हूँ पर उस दिन रचित साथ थे। टेंपल के चारों तरफ दो चक्कर लगाते ही हमेशा की तरह थककर मैं हाँफने लगी थी और रचित ने 'तुम बैठो बड़ी बी मैं जरा और दौड़ लूँ' कहके हँसते हुए उस लम्बी सड़क पे अपनी रफ्तार पहले से तेज कर दी थी जो टेंपल के पिछवाड़े से आगे वाले गेट को जोड़ती थी। मैं खिसियायी-सी थोड़ी देर यूँही बैठी रही थी, फिर जरा जो साँसें दुरुस्त हुईं तो मैंने अपने जिस्म के गिर्द शॉल को कसकर लपेटा था और सड़क के साथ बने उस मैदान के रुख हौले-हौले बढ़ने लगी थी 'जिसके सीने में पलाश खिलने के दिनों में आग दहकती है' जैसा कुछ शायराना जुमला बोल के मैं दिनों रचित से अपना मजाक उड़वा चुकी थी। सूखे पलाश के दरख्तों के तले से गुजरते ही कुछ दूर पाँच-सात सीढ़ियों की कतारें बनी हुयी थीं, जिन पर टिन शेड पड़े हुए थे। शायद यूँ कि घूमते-घामते बारिश या फिर तेज धूप में लोग पनाह ले सकें। वही वो मुझे नजर आया था। इसी तरह उकड़ूँ लेटा हुआ! बाँहों के क्रास पे इत्मिनान से सिर टिकाए। यूँ ना उसके पैरों में जूते थे। ना जिस्म पे दामी ब्लेजर... बुरी तरह घिसे-फटे बदरंग स्वेटर के तले पहनी पन्नी ऐसी टेरीलीन की कमीज का हाल भी कमोबेश स्वेटर ऐसा ही था। पतलून की जगह एक भद्दी-सी हाफ नेकर। मैं हैरान थी ऐसी जानलेवा ठण्ड में कोयी ऐसे बर्फ जैसे सर्द फर्श पे कैसे लेटा रह सकता है। मैं उसे देर तक घूरती परेशान होती रही थी। कुछ समझ में नहीं आया तो पहले तो मैंने अपना शाल उसके बदन पर चादर की तरह ओढ़ा दिया था और फिर तीन-चार सीढ़ियाँ चढ़कर रचित को इशारे से बुलाया था। वो आए, उन्होंने जाने क्या देखा-समझा कि एकदम संजीदा हो गए थे, "तुम हटो यार, ए साले ऐसे ही नशा करके पड़े रहते हैं..." लेकिन मैं अड़ गयी थी, "नहीं, तुम हिलाओ इसे... या किसी मन्दिर के अटेंडेंट को बुलाओ। ऐसे तो ए ठंड में अकड़ जाएगा।" बोलते-बोलते मैं तेजी से बढ़ी थी और रचित के रोकते-रोकते मैंने उसे तेजी से पेट से पीठ के बल पलट दिया था। पन्द्रह-सोलह बरस का लड़का, जिसके गोरे चेहरे पर चाकू-सी तीखी नाक तले बालों की एक नामालूम-सी पड़ती लकीर खिंच रही थी, खुली आँखों मुझे ताक रहा था। मैं नाक के करीब अपनी हथेली लायी तो अपनी खाल पर मुझे हल्की-सी भी गर्माहट महसूस नहीं हुयी थी। फिर भी पता नहीं किस उम्मीद में मैंने उसका सीना मलना शुरू किया ही था कि रचित ने मुझे झटके से खींचा था और घसीटते हुए सीढ़ियाँ उतार लाए थे। लगभग भागते हुए स्कूटर की तरफ और फिर सीधे घर।

"यू कुड सेव हिम... ही वाज जस्ट सिक"।

मैं उनसे बेतरह नाराज थी। पर ए नाराजगी दूसरे दिन टूट गयी थी, जब जे. के. टेंपल में एक लड़के की लाश पाए जाने की खबर मैंने सुबह के अखबार में पढ़ी थी। मरनेवाला किसी टेनरी में काम करता था और नशे का आदी बताया जाता था। मौत का वक्त रात बारह या एक के बीच। रात को बकरी के बच्चे की तरह रचित के पेट में सिर धँसाए मैंने रूआँसी आवाज में पूछा था, "तुमने मुझे कहा क्यूँ नहीं कि वो...मैं बेकार में ही कोशिश करती रही...।"

मेरे काँपते जिस्म के गिर्द अपने बाजू कसते रचित की अपनी आवाज कितनी उदास थी, "हैलेट हस्पताल के बाहर 'लाश के वास्ते' खड़ी गाड़ियाँ देख के तुम अधमरी हो जाती हो सना। ऐसे में कहीं मैं तुम्हें बता देता तो तुम्हें...घर तक कैसे लाता। मैं तो देखते ही समझ गया था...तुमने देखी नहीं उसकी आँखें? ...पत्थर थीं बिल्कुल। मुर्दा और जिंदा आँखों का फर्क बड़ा साफ होता है, आँखों से सब कुछ पता चल जाता है...सना...।"

बरस-पर-बरस बीतते चले गए पर वो दो पथरायी आँखें मेरे दिलो-दिमाग पे यूँ नक्श हो गईं कि किसी सूरत नजात नहीं। दीवारों पे कीलों के उखड़ जाने से बने गड्ढों से वही आँखें सुबह-शाम घूरतीं मुझे। रोशनदान की दरारों से, मेलों-ठेलों-ब्याह-शादियों में नंगे पाँव बिजली के बड़े-बड़े हंडे सिर पर उठाए चलते बच्चों के धड़ जो भी होते पर चेहरे बदल जाते...वही एक चेहरा और वही दो आँखें। कभी-कभी मुझे लगता मेरा दिमागी संतुलन बिगड़ गया है...उन दो आँखों ने मेरा पीछा कभी नहीं छोड़ा...। अब फिर वही...लेकिन तभी काले आसमान को चीरती एक बर्क गुज़र गयी हो जैसे...। उसकी आँखें मैंने देखी थीं पर इसकी तो अभी देखी नहीं।... 'मुर्दा और जिन्दा आँखों का फर्क बड़ा साफ होता है सना।' ए ही कहा था न रचित ने।

मैंने तेजी से उसकी रुख कदम बढ़ाया था कि रुक गयी थी। अपने अगल-बगल आगे-पीछे ताका था। दूर गोल सड़क पर गुजरता कुछ बूढ़ों का सुस्त छोटा-सा काफिला। उधर दूर तोपों के करीब जिस्म को रबड़ की तरह तोड़ते-मोड़ते कुछ नौजवान...। मुझसे कुछ दूर घास में से सूखी, जर्द पत्तियों का झंखाड़ बटोरता माली। किसी की नजर मुझ पर नहीं। कोयी मुझे नहीं देख रहा। मैंने एक लम्बी साँस ली थी और फिर तेजी से उसके करीब जाकर उसे झंझोड़ डाला था दोनों हाथों से..."ऐयी... ऐ...उठो...उठो" और झंझोड़ते ही तेजी से पीछे हट गयी थी कि अगर लाश ही हो और टप से गिरे तो कमअजकम मुझे न छुए।

'गॉड इज इन द हैवन एण्ड एवरीथिंग इज राइट विद अस' जाने किसकी मसल है, नहीं जानती मैं। अलबत्ता ए जानती हूँ कि सुकूनो-इत्मिनान को अपनी रगों में इससे पेशतर मैंने कभी ऐसे दौड़ता महसूस किया हो याद नहीं पड़ता, जब सिल पर सिल हुआ पड़ा वो बेहद खूबसूरत जिंदा आँखों, साँवले चेहरेवाला लड़का हड़बड़ाकर उठा था और थोड़ी देर बदहवास मुझे घूरने के बाद खासी तल्ख आवाज में बोला था,

"क्या हुआ...ए क्या तरीका है...आपने क्यूँ उठाया मुझे ऐसे?" उसकी आवाज में तल्खी से कतयी बेपरवाह मैं खुशी-से लरजते अपने दिल को कैसे तो जब्त किए थी कि अपने सामने बैठे इस गुस्ताख पर सजीले बबुआ जैसे बच्चे को शिद्दत से अपनी छाती से भींच लूँ और अपनी ममता की सारी गर्माइश देकर उसकी ठंड सोखता की तरह सोख लूँ। मैं अपलक उसे ताक रही थी। मुझे महसूस हो रहा था जैसे दीवारों की दरारें, रोशनदान के तमाम सूराख भर गए हो। पाँच बरस पहले देखी उन मुर्दा आँखों में जैसे किसी आशीर्वाद किसी वरदान से जान पड़ गयी हो...! मौत जिन्दगी से पाँच बरस बाद ही सही, हार तो गयी। पाँच बरस बाद ही सही खौफ की वो किताब बन्द तो हुयी जिसके सफहे-सफहे पर बस वही एक हादसा लिखा था जो जिन्दगी की और तमाम छोटी-बड़ी खुशियों पे काले भद्दे रंगों में लिखे शीर्षक की तरह हावी था। शीर्षक जो बाज औकात दफा किताब से ज्यादा याद रहते हैं।...काबिज़ रहते हैं। मुझे महसूस हो रहा था जैसे मौत की छाती पर बैठकर ज़िन्दगी कहकहे लगा रही हो...।

"ऐसे क्यूँ लेटे थे तुम, बीमार पड़ जाते तो? इतनी ठंड में इतनी ठंडी सिल पर...? जमीन पर पड़े अपने बैग को उसने झाड़कर उठाया था तो ब्लेजर पर बने 'स्कूल लोगो' पर नजरें टिकाए मैंने उससे पूछा था।

"आपसे मतलब, आपको क्या?" उसने ढिठायी से हाथ मलते जवाब दिया था और उठ खड़ा हुआ था।

"कहाँ जा रहे हो...?" कहते मैंने उसकी कलायी थाम ली थी, "बैठो, मेरे पास थर्मस में चाय है... पी लो तुम्हें ठंड लग रही होगी...।" पूछते ना पूछते मैंने झट करीब रखी थर्मस उठायी थी और प्याले में चाय उँड़ेली थी।

"आप मुझे चाय क्यूँ पिला रही हैं...?" ठंड से काँपते उसकी आँखें कप से उठते धुएँ के पार मेरे चेहरे पर जाने क्या तलाश रही थीं।

"कहा तो...तुम्हें ठंड लग रही होगी...इसलिए...जाने कितनी देर से लेटे थे तुम यहाँ...। गर्म चाय पीओगे तो जरा राहत मिलेगी। इसमें अदरख भी है...?" मैंने कप उसकी तरफ बढ़ा दिया था तो उसने जरा हिचकते फिर थाम लिया था। थामते ही उसने कप के हैंडिल को छोड़कर समूचा कप अपनी हथेलियों में गर्माइश के लिए जकड़ा तो मुझे अपनी नसों में गर्मी घुलती महसूस हुयी थी।

उसने खामोशी से चाय पी थी और मैं खामोशी से उसे चाय पीता देखती रही थी। चाय खत्म करके वो फिर उठ खड़ा हुआ था। मैंने सोचा कि वो जा रहा है पर कप अब भी उसके हाथ में था।

"कप दे जाओ..." कह के मैंने हाथ बढ़ाया तो उसने फिर हिलाया था।

"नहीं आंटी...मैं कप धोकर लाता हूँ, यहीं पास में नलका है। मैं अभी आया।" वो पलटा था और दाहिनी तरफ चल पड़ा था। दाएँ हाथ में कप झुलाते अलमस्त

बिगड़ैल घोड़े जैसी चाल उसकी ढिठायी, आवाज की तल्खी-तल्खी से भी कहीं सिवा आवाज जो कहीं बचपन और जवानी की दहलीज के ऐन दरम्याँ हड़बड़ायी हिचकी-सी खड़ी थी...मुझे गहरी अपनयीयत का अहसास दिला रही थी। मेरे ध्रुव से दो-एक बरस बड़ा, पर ध्रुव की काठी कमजोर है। कद भी इतना निकलता हुआ नहीं। शायद आठवीं या नौवीं जमात में पढ़ता होगा। पर स्कूल के बजाय यहाँ क्या कर रहा है। स्कूल से भागा हुआ है तो क्यूँ...? किसी लड़की-पड़की से मिलने-मिलाने का चक्कर... या फिर घरवालों ने कुछ कहा-सुना न हो। नहीं जानती क्यूँ पर उसके लौटने तक मैं उसके बारे में एक गहरी जिज्ञासा से भर गयी थी। उसके बारे में रायी-रत्ती जान लेना चाहती थी।

"आंटी आपके लिए कप धो लाऊँ", कोयी अच्छे संस्कारवाला बच्चा ही कह सकता है। वरना आजकल के बच्चों में इतनी तमीज कहाँ। यूँ ही भीतर एक चोर ख्वाहिश जागी थी कि जरा बस्ता टटोलकर देखूँ तो...कोयी नशे-वशे की चीज...पर उसे लौटता देख मैंने ए ख्याल फौरन छोड़ दिया था।

कप उसने मुझे थमा दिया था। मैं उम्मीद कर रही थी कि कप थमा के वो फिर उठ चलने के लिए बैग काँधे पे टाँग लेगा, जो मुझे स्कूल बैग कम, किसी तूल-तवील सफर पे निकले अंग्रेज खानाबदोश का किट-बैग ज्यादा लग रहा था। तीन-चार सौ से कम क्या होगा। मैं अन्दाज लगा ही रही थी कि वो मेरे करीब बेंच पर बैठ गया।

मैंने दोबारा थर्मस में से चाय उँड़ेली तो बमुश्किल आधा कप भरा था।

"और लोगे...!" मैंने फिर उसे पूछा तो उसने मना कर दिया और बोला, "जानती हैं आप, मैं तो चाय पीता ही नहीं। अम्मी चाय पीने से बहुत गुस्सा होती हैं। आज बहुत ठंड है और आपने इतने प्यार से पिलायी तो मैं मना नहीं कर सका।"

मैं हँस पड़ी थी, "जब आराम से ठंड में पड़े सो रहे थे, तब ठंड नहीं लग रही थी...। जानते हो तुमने मुझे कितना डरा दिया था। मैंने सोचा...मैंने सोचा..." कहते-कहते मैंने अपनी जबान दाँतों-तले दबा ली थी।

"आपने क्या सोचा...मैं मर गया...।" उसकी आवाज में मौसम की खुनक घुल गयी थी।

"नहीं...नहीं...तो।"

"नहीं... आपने यही सोचा होगा... ऐसे कितना अच्छा होता अगर मैं सचमुच मर जाता।" उसने नम आवाज में कहा तो मेरी उँगलियाँ ही नहीं...उनमें अटका कप भी काँप गया।

"ऐसे क्यूँ कहते हो। अब अगर ठीक महसूस कर रहे हो तो जाओ...स्कूल जाओ। कहो तो मैं छोड़ आऊँ। सेंट फिलिप्स में पढ़ते हो ना...मेरा बेटा भी वहीं पढ़ता है। तुम कौन-सी क्लास में हो?"

"सेवंथ में...आंटी, सेवंथ सी..."

"तुम्हारा नाम क्या है...?" मैंने गहरी उत्सुकता से पूछा तो उसने बताया था, "अली... अली रज़ा ज़ैदी आंटी..." तमाम पेड़ों की तमाम पत्तियों पर टँके ओस के कतरे-कतरे बीनकर जैसे किसी ने बड़ी-सी देगची में भरकर मेरे सर पर उलट दिए हों और बस मेरी सारी अपनयीयत, सारी ममता जैसे एक लम्हे में सर्द हो गयी। फ्रीज हो गयी। गुस्से से मेरा पूरा वजूद एकबारगी को यूँ काँप गया था जैसे कोयी बेशऊर कपड़ों से लदी रस्सी पर से अनाप-शनाप कपड़े खींचता चला जाए और रस्सी बौखलायी बदहवास-सी हवा में देर तक काँपती रह जाए।

अली रज़ा...अली रज़ा... ए ही तो ...ए ही नाम तो मेरे कानों में पिछले दिनों जहर बनकर टपकता रहा है। और उस दिन तो इसके जिक्र ने जैसे मेरा दम ही निकाल दिया था। जब दोपहर 12 बजे फोन की कर्कश घंटी बजी थी और मैंने फोन उठाया था।

"आप सना जी बोल रही हैं...?" पूछनेवाले की आवाज से मैं बिल्कुल अनजान थी पर एक लम्हे में तमाम तार जुड़ गए जब उसने हिचकते हुए कहा था, "मैडम मैं रिचर्ड बोल रहा हूँ, सेंट फिलिप्स स्कूल का क्लर्क...आपके बेटे ध्रुव को कुछ साँस की प्रॉब्लम है क्या...?"

"नहीं...बिल्कुल नहीं...ही इज ऐबसल्युटली फिट...मैं चीख रही थी, क्या हुआ उसे...।"

"क्या है मैडम...उसे साँस लेने में तकलीफ हो रही है...उसका पैंट भी पेशाब से गंदा हो गया। हमने डॉक्टर को बुलाया है...पर वो आपसे बात करना चाहता है।" मेरी साँसें जैसे सलीब पर टँग गयी थीं– "माँ...।" जाने किन कंदराओं से निकलकर वो आवाज आ रही थी जिसकी बुलन्दी का आलम अलबत्ता ए कि छत में सूराख हो जाए। मैं कहना ए चाह रही थी, 'मैं अभी आयी बेटा बस अभी' पर जाने कैसे मेरी आवाज में अजीब कठोरता उभर आयी थी, "देखो ध्रुव...अपने को सम्हालो... तुम्हें कुछ नहीं हुआ। तुम जब डरते थे बचपन में तब शूशू करते थे... मुझे बताओ।"

फोन के दूसरी तरफ थोड़ी देर चुप्पी छायी रही थी... फिर धीरे-धीरे अटकती आवाज में ध्रुव ने जो मुझे बताया वो ए कि उस रोज स्कूल में मैगी के पैकेट बाँटे गए थे। ध्रुव के बैग से मैगी का पैकेट उस लड़के अली रज़ा ने निकाल लिया था जो स्कूल डेस्क पर कोहनी टिकाकर हथेलियों की चोट से अपनी ठोड़ी मजबूत करता जब-तब बच्चों को धमकाया करता था, "बेटा समझे रहो... इस क्लास में पत्ता भी अली की रज़ा से हिलता है।" ध्रुव ने मैगी वापस माँगी तो उसने साफ इनकार कर दिया था। ध्रुव ने टीचर से शिकायत की तो मैगी का पैकेट टीचर ने उसे अली से वापस तो दिलवा दिया पर तब ध्रुव की जान पर बन आयी जब दो साल के फेलियर, सेहत में उससे सवाए अली रज़ा ने उसे इंटरवाल में कॉलर पकड़कर धमकी दी थी, "निकलो बेटा स्कूल से... काटेंगे तुम्हें।" डर से काँपता ध्रुव वहीं क्लास में गिर बेहोश हो

गया था।

मैंने ध्रुव से बात की थी और फिर रिचर्ड को घटना की पूरी तफसील बयान की थी और पूछा था, "शुड आयी कम?" जवाब में उन्होंने कहा, "नहीं मैडम, हम कार से उसे चपरासी के साथ भेजते हैं और आप घबराइएगा नहीं... हम देखेंगे कि ए सब फिर कभी ना हो।"

पूरा एक घंटा मैं बारजे पर टँगी रही। ऐसी बेचैनी कि हाय रब्बा...क्या करूँ, कहाँ जाऊँ। मेरी जान मेरे बच्चे में अटकी थी। कभी चप्पल पहनती कि स्कूल जाऊँ पर फिर सोचती अगर वो वहाँ से चल पड़े तो...फिर स्लीपर पहन लेती। कुछ समझ में नहीं आ रहा था। वक्त को जैसे किसी ने बेड़ियाँ लगाकर खूँटे से बाँध दिया हो। कुछ समझ में नहीं आया तो कर्नलगंज अन्नदा बुआ को फोन लगाया। ध्रुव की हालत उन्हें बयान की थी, तो उन्होंने पूछा, "पर हुआ क्या?" मैंने पूरी बात उन्हें बतायी तो बस जैसे ही अली रज़ा का नाम मेरे मुँह से निकला, बुआ फट पड़ी "और क्या...बस यही कसर बाकी रह गयी अब... यहीं खाएँगे यहीं डकारेंगे और हमारी गर्दन दबाएँगे, ए लोग। भला पाँच बरस की उम्र में जो अपने बच्चों को मुर्गी-बकरे हलाल करना सिखाएँ, उनसे हमारे बच्चे गुंडयी में मुकाबला करेंगे। कारगिल में देखा नहीं...क्या हुआ। ए क़ौम ही गन्दी है। वो तो इस देश की मिट्टी...हवा क्या लगी इन्हें कि मीर और ग़ालिब हो गए ...चंगेज खान की औलाद। तुम भी बड़ी नजमें-पजमें लिखती हो...दस दफा कहा है हिन्दी में कविता लिखा करो।" बेनुक्त बुआ जाने किसे सुना रही थीं। कोयी और दिन होता तो ऐसी बेहूदा बातों पर मैं बुआ के वो लत्ते लेती कि सारा हिसाब-किताब इसी एक जन्म में निपट जाता। सात पुश्तों का चक्कर ही ना रहता पर पता नहीं क्यों उस दिन मुझे बुआ की बात अच्छी नहीं तो कतयी बुरी भी नहीं लगी थी। ममता के अतिरेक में आदमी अच्छा-बुरा, गलत सही सब भूल जाता है और मैं उस वक्त निखालिस माँ थी। बेचैन, पगलायी बारजे पर बदहवास घूमती माँ। जिसे अपने बच्चे के सलामत लौट आने के अलावा और कुछ याद ना था। बच्चा जिसकी किसी जालिम अली रज़ा ने साँसें रोक दी थीं। हाथ-पाँव ठंडा दिए थे और उसे इस कदर खौफजदा कर दिया था कि पैंट में उसका...। गहरी नफरत से भरे मैंने जमीन पर थूक दिया था और बुदबुदायी थी...'कमीना, चंगेज खान की औलाद।'

ध्रुव घर लौटा था... पर अपने पैरों पर नहीं, चपरासी की गोदी में सवार। लॉबी में पड़े तख्त पर उसे लिटाकर मैंने उसके हाथ-पाँव मले थे। गीला पैंट और चड्ढी उतारकर उसे दूसरी पतलून पहनायी थी। रिचर्ड ने डॉक्टर का प्रिस्क्रिप्शन मेरे हाथ पर रख दिया था।

"हम तो बहुत घबरा गए थे मिसिज शर्मा।" रिचर्ड ने कहा तो मैं असल मुद्दे पर आ गयी थी।

"और वो...अली...अली रज़ा, उसका क्या?"

"वो ...अरे उसकी ना पूछिए...उसका तो हवायी जहाज बना दिया प्रिंसिपल हेनरी ने...। बॉस्केटबॉल ग्राउंड में लिटाकर पेट के बल जो उसकी पिटायी की। बस समझ लीजिए बेंत ही तोड़ दिया। यही नहीं...एक महीने के लिए स्कूल से भी एक्सपेल्ड कर दिया।" रिचर्ड बता रहे थे और मुझे एक-एक लफ्ज अपने दुखते दिल पर टकोर की तरह लग रहा था।

"पहले भी वो मेरे बेटे को धमकियाँ दे चुका है। एक बार उसने कॉपी देने से मना किया तो बोला, समझे रहो बेटा... हम लतीफ खान की भतीजे हैं, जानते हो ना लतीफ खान को। बहुत बड़े नेता, हमारे चचा हैं। बताइए सातवीं जमात का बच्चा और ऐसे तेवर। ऐसे भी आप दो-दो साल के फेलियर बच्चों को रखते क्यूँ हैं'। मेरे भीतर का लावा उबल-उबलकर बाहर आ रहा था।

"रखना क्या मैडम, हम तो उसे निकाल ही रहे थे पर उसकी माँ हेनरी सर के हाथ-पैर जोड़े तो...ऐसे भी...शी इज ए विडो...यू सी...।" रिचर्ड ने कंधे उचकाए थे।

वो लोग चले गए थे तो मैंने ध्रुव की तरफ देखा था। मुझे लगा वो सो रहा है, सो मैंने उसे जगाया नहीं था...पर उसके करीब लेट गयी थी...फिर ना जाने कब मेरी आँख भी लग गयी थी। पता नहीं मैं कितनी देर सोयी रही हूँगी पर जब उठी तो सूरज आँगन के जाल से परे सरक चुका था, माने चार बज गए थे। मैं किचन में गयी थी। दूध गुनगुना किया, फिर लेकर लौटी तो ध्रुव को हिलाना चाहा था, कि मुझे लगा जैसे उसकी समूची देह काँप रही हो...मैंने उसे छुआ तो वो सिहरकर रह गया था। मैंने उसके बालों में उँगलियाँ फिराते उसके चेहरे को छुआ तो उसकी आँखें भीगी हुयी थी। मैंने उसके चेहरे को छाती में भींच लिया था, "डरो मत...अब डरो मत...देखो उसे सजा मिली तो...अब वो तुम से कभी बदतमीजी नहीं करेगा।" मैं उसे दिलासे दे रही थी कि वो फट पड़ा था..."मैं अपने लिए नहीं रो रहा माँ...मुझे कुछ नहीं हुआ है।"

"तो...।"

"मैं...मैं तो अली रज़ा के लिए रो रहा हूँ। उसे प्रिंसिपल ने कितना मारा, तुम देखती तो... तुम तो घोड़े की पीठ पर चाबुक पड़ता नहीं देख सकतीं...उसे तो हेनरी सर ने इत्ती ऊपर-ऊपर से स्टिक उठाकर मारी...कितना बुरा लगा मुझे। सोचता हूँ मैं मैगी का पैकेट उसे दे ही देता तो उसे ऐसी मार तो ना पड़ती...मैं नहीं जानता था माँ, बात इतनी बढ़ जाएगी...इट वाज़ सो बैड। ध्रुव हिचकियों से रो रहा था और मैं सोच ए रही थी कि जिस अली रज़ा ने अब-तब धमकियों से, घूँसे-थप्पड़ों से मेरे बेटे क्या, क्लास के तमाम बच्चों का जीना हराम कर रखा हो, उसके लिए मेरे बेटे के मन में ऐसा रहम, ऐसी क्षमा। कितना हिलक-हिलककर रो रहा है, उसके लिए मासूम। ए रहम, ए क्षमा, ए बर्दाश्त हमारे ही खून में है। हमारी बपौती है। भला

पाँच-पाँच बरस की उम्र में अपने बच्चों से मुर्गी-बकरे हलाल करवाने वाले क्या सिखाएँगे उन्हें ए दया ...ए ममता...ए क्षमा। ध्रुव के लिए मेरा मन अकीदत से भर गया था और अली के लिए नफरत कहीं ज्यादा शिद्दत से।

वही अली रज़ा जिसकी रजा के बिना क्लास में पत्ता नहीं हिलता था, टपकती जर्द पत्तियों के तले हुकूमत से बेदखल हुए निजाम सा सिर झुकाए बैठा था। जिसे कहीं ठीया नहीं था। ना घर में, ना स्कूल में। 'बाहर निकलो, काटेंगे तुम्हें बेटा आज'। कहकर मेरे बेटे को डरानेवाला अली रज़ा अपने मर जाने की दुआएँ माँगता हुआ। मैंने मुस्कुराना चाहा था पर जाने क्यूँ मुस्कुरा नहीं पायी थी। मैंने कहना चाहा था 'हुँह...चंगेज खान की औलाद' पर कह नहीं पायी थी।

"आपने बताया नहीं आंटी...आपका बेटा कौन सी क्लास में पढ़ता है?"

उसने अपना सवाल दोहराया था तो मैं सच कहते-कहते रुक गयी थी और उल्टा सवाल दाग दिया था।

"तुम वही अली रज़ा हो ना जिसकी हेनरी सर ने अभी पाँचेक-रोज पहले ग्राउंड में पिटायी की थी। लतीफ ख़ान के भतीजे...है ना, वो ही अली रज़ा।"

सुनते ही उसका चेहरा ऐसे आसमान की तरह हो गया, जिस पर से कयी रंगों के बादल छोड़ते फाइटर प्लेन गुजर गए हों।

"आप...आप कैसे जानती हैं ये सब।"

"मैं...मैंने बताया ना मेरा बेटा भी उसी स्कूल में है। उसने ऊपर की गैलरी से सब देखा। उसी ने घर आकर बताया। एक भी बच्चे ने तुम्हारे हक में गवाही नहीं दी अली। क्या करते हो, क्यूँ करते हो ए सब। ए मारपीट, ए बच्चों को धमकाना-डराना। लगातार फेल होते हो। स्कूल का बच्चा-बच्चा तुम्हें बैड ब्वॉय के नाम से जानता है। क्यूँ करते हो ऐसा अली।" मेरी आवाज में कहीं कोयी ताना नहीं था। ए एक उदास आवाज थी, "क्यूँ बच्चों को लतीफ खान की धमकी देते हो...क्यूँ तुम..."

मेरी बात तेजी से काटते हुए वो बोला था, "आंटी मैं तो लतीफ खान को जानता भी नहीं।"

"फिर..."

"किसी का कौल उठवा लीजिए, मैं तो लतीफ ख़ान को जानता भी नहीं। वो तो एण्ड्रूज स्कूल के नौवीं क्लास के फहात खान के चचा हैं। मैंने तो इलेक्शन में देखा था उन्हें। फहात उनके साथ जीप में बैठा था, पीछे दो-दो बन्दूकें लिए बड़ी-बड़ी मूँछोंवाले लोग। क्या शान से बैठा था फहात। मुझ पर उसका बड़ा रोब पड़ा। बस तब से मैं भी झूठ-झूठ सबसे कहने लगा।"

"पर क्यूँ, क्या मिलता है तुम्हें इस टुच्ची दादागिरि से, जिसने तुम्हें सरेआम जानवर की तरह पिटवाया। स्कूल से निकलवाया।"

"............"

"बोलो अली...बोलो...।"

"आंटी सच्ची बात तो ए है कि मैं पढ़ना ही नहीं चाहता... मुझे स्कूल बिल्कुल अच्छा नहीं लगता।"

दिल में हालाँकि मैंने सोचा था कि तुम्हारी उम्र में स्कूल किसे अच्छा लगता है मियाँ। तुम्हें तो सिर्फ बुरा लगता है, मेरा तो जी करता था कुल इमारत टीचरों समेत तोपदम कर दूँ, पर ज़ाहिरा पूछा था, "क्यूँ...?"

"बस नहीं लगता..."

"फिर भी...कोयी खास वजह।"

उसने बेचैनी से पहलू बदला था। जैसे सोच रहा हो कि बताए या ना बताए पर फिर जब मैंने उसका चौड़ा हाथ हथेलियों में भींच लिया तो उसने चुपचाप घुटने टिका दिए।

"तीन बरस हुए आंटी अब्बू का इन्तकाल हुए। घर में मैं, अम्मी और दो बहनें हैं। सायमां, मुझसे दो बरस बड़ी और हुमा मुझसे छोटी। हमारी चौक में दो दुकानें हैं आंटी। एक आटाचक्की और एक लोहे के सामान की। सब अब चचा लोग सम्हालते हैं। जिन दुकानों से अब्बू गल्ला भरकर नोट लाते थे, अब वहाँ से आधा भी नहीं निकलता। मैं तो बहुत छोटा था तब से अब्बू के साथ दुकान जाया करता था छुट्टी में। मुझे सब पता है, मुझे सब आता है। मैं तो मशीन का पट्टा भी खुद से बदल लेता हूँ। हजार मर्तबा अम्मी से कह चुका हूँ, मुझे बस एक नौकर देकर काम सम्हलवा दो, पर वो सुनती ही नहीं। मेरा इतना दिल लगता है काम में पर अम्मी की एक रट–'पढ़-लिखकर बड़े आदमी बन जाओ'। आप बताओ आंटी अब्बू बस आठ जमात पढ़े थे तो क्या बड़े आदमी नहीं थे। हमारा तीन तल्ले का मकान है। पहले गाड़ी भी थी। मैं समझाता-समझाता हार गया पर अम्मी नहीं सुनती। समझती नहीं कि मैं बड़ा हो गया हूँ...देखो आंटी..." वो जोश में उठकर खड़ा हो गया था पर फिर जैसे कोयी निढाल पड़ जाए, यूँ बैठते बुदबुदाया था, "मैंने भी तय कर लिया, नहीं पढ़ूँगा। जबर्दस्ती कितना पढ़ा लेगी। दो मर्तबा फेल हो चुका हूँ। इस दफा भी हूँगा ही। देखता हूँ कौन से स्कूल की ताकत है जो मुझे अपनी चौहद्दी में कैद कर ले। बस फिक्र मुझे अम्मी की है, कहीं जो उन्हें पता चल गया कि मुझे छमाही पेपरों के वक्त स्कूल से निकाल दिया गया तो वो तो ...यूँ ही बीमार रहती हैं। ऐसे भी रोज़े से है।...।"

"तो रोज यहाँ आते हो...।"

"तब क्या...और कहाँ जाऊँ, टिफिन साथ लाता हूँ, खाकर जाँ-ताँ पड़ा रहता हूँ।"

"पर तुम दादागिरी करते क्यूँ हो। छोटे बच्चों को मारना-पीटना...। नहीं पढ़ना,

मत पढ़ो, पर सबको परेशान...।”

मेरी बात काटते वो तेज आवाज में बोला था, “आप उन्हें बच्चे मत कहिए। सबके सब बदमाश हैं। मैं तो किसी से पहले बोलता ही नहीं था, लड़ता नहीं था। पर सबके सब मुझे फेलियर-फेलियर कहकर चिढ़ाते थे। पिद्दी-पिद्दी से लड़के 'अब ओ चूतिए' कहकर छेड़ते थे। कोयी कागज की गोली बनाकर मारता। टीचर मारते तो सब हँसते थे। एक बार तो एक लड़के ने मेरे पीछे कम्पास ही चुभा दिया था। बस फिर एक दफा मैंने एक चूजे की जमकर धुलायी कर दी। बाकियों के भी कान खड़े हो गए। पहले मैं गुस्से में करता था पर फिर मुझे खूब मजा आने लगा। सब डरते मुझसे। चाहे हर टर्म में फेल होऊँ पर हिम्मत नहीं किसी की जो मुझे फेलियर कहे...ऐसे भी मैंने सबको लतीफ ख़ान का रोब दे रखा था। सब ठीक चल रहा था, पर उस पिल्ले के चक्कर में सारी इज्जत मिट्टी में मिल गयी।”

“कौन पिल्ला...” मैंने हैरानी से पूछा था।

“अरे वही आंटी, ध्रुव पुंज। साला एक बार हाथ तो आए, मार-मारकर लुंज-पुंज ना बना दिया तो मेरा नाम अली रज़ा नहीं। मैं दो दिन गया भी उसके पीछे। पर उसका टैंपोवाला उसे ऐन क्लास के बाहर से उठाता है। पर कितने रोज बचेगा। कमीना, शाहरुख खान का बाप।” अपनी जाँघों पे टिकी कोहनी से ठुड्डी मजबूत करता वो अपने भीतर के तमाम तारीक लुके-छिपे कोनों में मुझे जैसे ऊँगली पकड़कर घुमा रहा था और मैं स्तब्ध-सी उसके पीछे-पीछे चुपचाप चल रही थी।

“पर तुमने उसे इतना धमकाया, मारा कि वो दहशत से बेहोश हो गया । कितनी खराब हालत हुयी उसकी। जानते हो डॉक्टर बुलाना पड़ा। पैंट में उसका पेशाब निकल गया और तुम उसे ही पिल्ला और ना जाने क्या-क्या कह रहे हो...ए तो सरासर चोरी और सीनाजोरी है। मेरे बेटे ने बताया सब...। सब कहते हैं वो तो बड़ा मासूम-प्यारा बच्चा है।” अपने पर ज़ब्त की तमाम कोशिशें मुझे अपनी आवाज की भरसक मुलायिमत से कामयाब होती लग रही थी कि वो बिफर गया था।

“वो सीधा है...! अरे आंटी आपको मालूम नहीं...किसी को मालूम नहीं। वो तो कोबरा है...ऐसा डसा उसने मुझे...। मर्दों की तरह लड़ता तो बात थी। जानती हैं आप, मैंने जब उसे इंटरवल में धमकाया तो अकड़ के खड़ा हो गया, बोला, बहुत हुआ अली... अब हमसे नहीं उलझना और हमें क्या काटोगे तुम... बेटा आज तुम्हारा फकीर ना बनवाया तो...। आपने तो उसे देखा नहीं। मेरे तो कन्धे तक भी नहीं आता। मुझे हँसी आ गयी कि क्या करेगा ए। पर आंटी मैं तो हैरान रह गया जब मेरी आँखों के सामने पानी की भरी बोतल उसने अपनी पैंट पर लुढ़कायी और पट्ठा क्लास में आते ही चित हो गया। हाथ-पैर पटक के टीचरों-लड़कों को इकट्ठा कर लिया। पहले तो मेरी समझ में कुछ आया नहीं। पर जब समझ आया तो मैं फिर करता भी क्या। मैं चीख-चीख कर भी सबको सच्चायी बताता तो कौन यकीन करता कि वो पिल्ला

बीमार-यीमार कुछ नहीं, ऐक्टिंग कर रहा है...फिर मैगी वाली बात तो सब जानते थे। बस... इसी से...” उसकी आवाज का अंगारे से राख में तब्दील होना खूब महसूसते मैं अवाक् सोचती रह गयी।

अवाक्... यानी दुनिया मेरे गिर्द ऐसी बदल गयी... उलट-पुलट हो गयी और मुझ बेवकूफ को खबर भी ना हुयी। मेलों-ठेलों में आज भी पापा से जिद करके धनुष, ढाल, तलवार, तीर खरीदनेवाला, मेरा बालिश्त भर बेटा कब समझ गया कि आज के वक्तों में से असलहे खेलने की चीज है। धनुष की डोरी टूट जाती है, तीरों-नेजों के फल टेढ़े हो जाते हैं। तलवारें जंग खा जाती हैं—बन्दूकों, तोपों के निशाने इक जरा-सी हाथ की लरज़िश से चूक जाते हैं। कोयी भी हथियार चाहे कितना ही सोफिस्टिकेटिड, ख़तरनाक क्यूँ ना हो... इन्सानी दिमाग का मुकाबला नहीं कर सकता। दिमाग जो चाहे कर दे। ध्रुव के लिए जिन्दगी की अपनी लड़ाइयाँ हैं, उनसे जीतने के अपने तौर-तरीके...।

अभी कुछ रोज पहले ही तो मैंने उसे सुकरात की कहानी सुनायी थी...। कहानी का अंत इन लफ्जों के साथ हुआ था, ‘तो ए हुआ उस महान, सच्चे आदमी का अन्त’। ध्रुव जैसे ख्वाब से जागा हो, ऐसे चौंककर उसने पूछा था मुझसे, “माँ सुकरात अगर अपने दोस्तों की बात मान लेते और जेल अटेंडेंटों को रिश्वत दे के भाग जाते तो...।”

मैं मुस्करायी थी विजयी भाव से, “तो फिर वो सुकरात ना होते...।”

“नहीं...आप मुझे ए बताओ कि उसे ऐसा करके क्या मिला।”

“उसे ...उसे सुख मिला ना...अलौकिक सुख...देखो सदियों बाद भी कोयी ध्रुव पुंज उसकी कहानी सुन रहा है। वो इतिहास के पन्नों में जिन्दा तो है।”

वो हँसा था फीकी हँसी, “वो इतिहास के पन्नों में जिन्दा है, तो ए देखने आ रहा है?”

मैंने लगभग मेरे हाथ से फिसल ही चले सच को फिर भी थामना चाहा था, “पर देखो वो सच के लिए जिया। उसकी लड़ायी झूठ के खिलाफ थी...”

“तो मम्मा...उसकी मौत से फिर झूठ खत्म हो गया, कोयी झूठ नहीं बोलता अब...कोयी झूठ काम नहीं करता अब...।”

मैं चुप हो गयी थी, उसके सीधे-सीधे सवाल का मुझे कोयी सीधा-सीधा जवाब नहीं सूझा था। तब नहीं समझ आया था पर अब आता है कि वो झूठ की सेलेबिल्टी जानता है। उसका आदर्श मेरे सुनाए किस्से-कहानियों के नायक नहीं क्यूँकि ए वो दौर नहीं। मैं कहीं बाकी नहीं...कहीं शेष नहीं...।

अगर कहीं कोयी आत्मा है तो मुझे उसमें कोयी काँटेवाला कीड़ा रेंगता हुआ महसूस हो रहा था, बेहद बेचैनी। पर तभी मुझे याद आया था...“मैं तो अली रज़ा के लिए रो रहा हूँ जानता कि उसे इतनी मार पड़ेगी तो मैगी का पैकेट मैं उसे दे देता...।

बात इतनी बढ़ जाएगी...नहीं पता था मुझे...।" यही कहा था ना ध्रुव ने और मुझे अचानक अपनी घुटती हुयी साँसों में एक इत्मिनान की साँस टकती महसूस हुयी थी। किसी लोहे ऐसी चट्टान पर अभी भी तन्हाँ ही सही उम्मीद का एक फूल बाकी तो है। चट्टान किसी एक जगह से जरा-सी ही सही...भुरभुरी तो है...।

मैं सन्तुष्ट हूँ। ध्रुव की तरफ से पूरी तरह...। फिक्र मुझे अपने सामने बैठे अली रज़ा की है जो आज भी अपनी लड़ायी बाजुओं के जोर पर लड़ रहा है। जिसके दिमाग पर दिल काबिज है। दिल जिसने आज तक कोयी जंग नहीं जीती...। आज तो सिर्फ दो दिसम्बर है यानि अभी तो पूरे चौबीस दिन बाकी हैं। यहाँ इसे ऐसे छोड़ दिया जाए तो कोयी भी इसे बरगला सकता है। अगर एक कप चाय के एवज में मैं इसका भीतर-बाहर खँगाल सकती हूँ... तो फिर कोयी भी। इस दौर में पहले ही थके, हारे, बदहवास, हताश, बरगलाए अली रज़ाओं की कौन कमी है जो ए एक अली रज़ा और... मैं तेजी से उठ खड़ी हुयी थी।

"चला जाए अली..." मैं उसकी आँखों में गहरे झाँकती हूँ।

"अच्छा आंटी...खुदा हाफिज...आपसे मिलकर बहुत खुशी हुयी...अच्छा लगा...।" वो उठ खड़ा होता है। चेहरा बुरी तरह उदास।

मैं हँसती हूँ "खुदा हाफिज़ दो बजे कहना, जब अपने घर जाओगे। छुट्टी के वक्त...अभी तुम मेरे साथ मेरे घर चल रहे हो।"

"मैं...मैं कैसे...मैं तो आपको...मेरा मतलब आप तो मुझे जानती भी नहीं...।"

"उससे क्या होता है...तुम मेरे बेटे के स्कूल में पढ़ते हो...तुम्हारा नाम अली रज़ा है, इतनी पहचान काफी नहीं। बस थोड़े दिन की बात और है। तब तक एकस्पेलेशन पीरियड भी खत्म हो जाएगा। अभी तुम यहाँ पार्क में नहीं भटकोगे...मेरे साथ मेरे घर चलोगे।" कहते मैं थैले में थर्मस, कप रखती हूँ। वो बैग उठाकर चुपचाप उठ खड़ा होता है पर कदम नहीं बढ़ाता।

"चलो भायी..." मैं उसे ठेलती हूँ तो वो हौले-हौले बढ़ने लगता है।

अचानक मैं रुकी थी, "ऐसा है अली...मैं धीरे-धीरे आती हूँ। तुम बेटा रिक्शा तो देखो तब तक...ए बैग मुझे दे दो।"

"रिक्शा क्यूँ...।"

"अरे भयी, प्रयाग स्ट्रीट यहाँ से बहुत दूर है...मैं पैदल थोड़े ना जाऊँगी।"

अचानक वो जोश से भर गया था, "रिक्शा क्यूँ, मेरे पास साइकिल है ना मैं आपको ले चलूँगा। मैं तो बड़े-बड़े लड़कों को बिठा लेता हूँ...वो उधर पेड़ के पीछे खड़ी है। मैं अभी लाया।" वो तीर की तरह गया, आँधी की तरह लौट आता है साइकिल थामे।

हम दोनों पैदल-पैदल पार्क के गेट पर पहुंचते हैं कि तभी वो फिर बीच राह रुक जाता है।

"एक बात बार-बार आप भी भूल जाती हैं, मैं भी...आपने ए तो बताया ही नहीं

कि आपके बेटे का नाम क्या है, वो कौन-सी क्लास में पढ़ता है?"

"बता दूँ..." मैं ठहाका लगाती हूँ।

"हाँ...बताइए ना।"

"उसका नाम है ध्रुव पुंज...क्लास सेवेन्थ सी...वही जिसे उसका टैंपो वाला ऐन क्लास के बाहर से उठाता है। शाहरुख खान का बाप...।"

"जी...।" वो अचकचाया-सा खड़ा है।

"जी हाँ, पता चल गया? चलें अब।" मैं बेतरह हँस रही हूँ।

वो बिल्कुल मेले में खोए बच्चे जैसा परेशान मुझे ताक रहा है। भरी हुयी आँखें, अब छलकीं...तब छलकीं। मैं कहूँ कुछ उससे पहले वो लपककर मेरी कलायी थाम लेता है...उसके होंठ कुछ कहने को होते हैं पर आवाज सुनायी नहीं पड़ती।

"चलो अली..."

"एक बात कहूँ आंटी..."

"हाँ...बोलो..."।

"......"

"बोलो भायी...साथ नहीं चलोगे, बस ए नहीं मानूँगी...इसके अलावा कुछ भी कहो..." कहते मैं उसकी साइकिल पर थर्मसवाला थैला टाँग देती हूँ।

"नहीं आँटी...वो बात नहीं..."

"तब..."

"आंटी आप बहुत अच्छी हैं, बिल्कुल मेरी अम्मी जैसी, उतनी प्यारी।" भरी आँखें छलक ही तो पड़ती हैं।

मैं कुछ नहीं कहती। चुपचाप उस सरूकद को अपने करीब करते हौले से पहले उसकी आँखें पोंछती हूँ, फिर पीठ थपथपा देती हूँ।

देर बाद उसकी साइकिल के कैरियर पर बाजुओं में उसका बैग जकड़े मैं सोच ए रही हूँ कि बरसों-बरस की सूखी अपनी छातियों में मुझे आज ए अकड़ाहट-सी क्यूँ महसूस हो रही है...ए इचिंग क्यूँ...ए सुरसुराहट कैसी। अब इस उमर में...हाय राम...भला कोयी बात है।

मोहे अगले जनम फिर औरत कीजो

अँधेरे ने अपना दामन अभी समेटा नहीं था पूरी तरह कि सुबह ने चुपके से आके अपना सिर उसकी छाती पे रख दिया था... कुछ-कुछ अँधेरे...कुछ-कुछ रोशनी का ए वक्त जिसे दुनिया दिन का आगाज़ कहती है, दरअसल इस बात का ऐलान था कि अब दालमंडी में रात हुआ चाहती है। रात-भर पागल कुत्तों की तरह रिरियाते लार टपकाते शरीफजादों ने इस मंडी की कोठरियों में गुरबत और मजबूरी के साथ जो जिस्मानी तजुर्बे चन्द सिक्कों के एवज में किए थे वो दुनिया पे फाश न हो जाएँ इसका होश उन्हें पागलपन के पूरे सुरूर में भी क्या खूब रहता है, तभी तो पौ फटने के वक्त वो इसी नीम-अँधेरे की चादर ओढ़े इस बस्ती से चुपचाप खिसक लेते हैं...बड़ा 'फरटाइल' धन्धा है ए साला जिस्म-फरोशी भी...! बारिश, आँधी-पानी में भी दुकान उठती नहीं...कस्टमर सभी को मिलते हैं वो चाहे पैंतालीस साल की बुझ चुकी शमा-सी रेशमा हो या हाल में आई ताजा-ताजा बासन्ती। सर्दियों में तो गाहकों की रेलपेल रहती है। जिन्हें फुटपाथों पे भी जगह नहीं मिलती वो भी कभी किसी का पाकेट मारके या फिर किसी ऐसे ही तरीके से इतने पैसे कैसे भी जोड़-जाड़ लेते हैं कि बजाय फुटपाथ के एक रात के कुछ पल ही सही किसी औरत के बाजू में पड़े गर्म होते रहें... बस जितना गुड़ उतना मीठा के चलते होता ए है कि 20 साल के अकरम को पचपनसाला रुकमनी के साथ 'काम चलाना' पड़ता है। पर औरत तो औरत होती है....साली उम्र कौन देखता है...जहन की कसी नसें कैसे भी ढीली होनी चाहिए बस। यूँ भी मिनटों का खेल होता है, दरअसल सारा...चूँकि किसी भी अहसास और जज्बात से खाली ए गाहक तमाम रात-दिन 'औरतो' से गुँथते हैं वो भी तो अपनी रूह शाम होते ही परी-कथाओं के तोते-सी कहीं छुपा लटका देती हैं...फिर पूरी जिन्दगी उस तोते पे किसी की भी नजर नहीं जाती...सो उस रूह के तोते के पंख, टाँग नोचे जाने का खौफ भी बिल्कुल इन औरतों की जिन्दगी-सा बेमानी हो जाता है...नामुमकिन भी उनकी आजादी-सा।

हाँ तो, रात-भर की जिस्मानी मशक्कत से थकी ए रूह से खाली औरतें हरेक रात की तरह कल रात भी जिन्दगी से दोजख तक का सफर जीते-जी तय करके

नींद के सुरूर में डूबी एक झपकी भी न ले पाई थी कि सादिया बानू की हौलनाक चीखों से सारी दालमंडी गूँज गई थी। "अल्लाह कोई...देखो तो" की आवाज में दहशत यूँ घुली-मिली थी जैसे और एक-दो पल किसी ने जाकर ना देखा तो सादिया की दूसरी चीख यकीनन अल्लाह के घर से आएगी। हालाँकि चीखें और हाय-तौबा इस मुहल्ले के लिए नई बात नहीं। गुरबत के हाथों या बेवफा आशिकों की रहमत के चलते जब भी कोई दोशीजा सौ भुलावे देकर इस कच्चे मांस की मंडी में लाई जाती है तो बोटी-बोटी कटने से पहले वो यूँ ही बेबस मेमने की तरह चीखती-चिल्लाती है...ख्वामखाह रस्मन..जानती है खूब यूँ कि यहाँ की दीवारों में चाहें जितनी खिड़कियाँ, दरवाजे हों पर एक बार इस देहरी चढ़ जाने के बाद दरवाजों के, खिड़कियों के पार पुराने किलों की तरह खाइयाँ खुद जाती हैं...! सो मरना जब लाजिमी ठहरा तो क्यूँ न देहरी के भीतर ही मरा जाए...सोचके कितनी ही बुलन्द हौसला दिल अपने कदम वापस खींच लेती है। बाज दफा ऐसा भी होता है कि कोई-कोई दीवार से पार खाई में कूदने में पल न लगाती, पर तब सादिया बानू के ए हरामी भड़वे किस मर्ज की दवा थे। चाँद...लाडो, की पुचकारों से सादिया के हत्थे न चढ़ी लड़की 'हरामजादी नखरे करती है' के इस नए जुमले के साथ ही फौरन कोने में दुबक जाती। जंगल का कानून जनाब, बिल्कुल वैसे ही जैसे भेड़िए को बिल्कुल सामने खड़ा देख खरगोश अपनी रफ्तार कुलाचें सब भूल जाता है। दहशत का एक कायदा तो है ही कि वो जहन को एक ऐसा 'ट्रेक्यूलाइजर' पिला देती है कि मौत का आना इस सुन्नपन के चलते पता ही नहीं चलता। इन्सानियत के इन बूचड़खानों में ए ही तरीका है जिबह का...पहले सुन्न कर दो बस फिर आराम से मार डालो। तो अगर चीखो पुकार किसी लड़की की होती तो ए सुन्न होकर जिबह हुई लड़कियाँ सूकूनो-चैन से सो जातीं...पर ए तो सादिया की चीखें थीं...कसाईखाने में कसाई के चीखने की सदा कयामत लड़कियाँ बदहवास भागी थी।

एक-दूसरे को अलाँघती-फलाँघती ए औरतें जिस कमरे के सामने आकर रुकीं वो सादिया का था नहीं...बासन्ती का था...किसी सूदखोर के दिल की तरह छोटा कमरा अपनी छाती के ऐन बीचोबीच ऐसी बड़ी हकीकत को लिए बैठा था कि मारे खौफ और ताज्जुब के सारी तवायफों के कलेजे हौल गए थे...जनवरी की कड़कड़ाती ठंड में भी नंगे-पैर फर्श पे खड़े होने का किसे होश था...होश था तो इतना कि जो देख रही थी वो सच है। लम्बा-चौड़ा दानव के आकार का करीम शेख अपनी छाती में चाकू का पूरा फल धँसाए खुली आँखों खून में लथपथ फर्श पे पड़ा था...चाकू की स्पेशल शेर की शक्ल के-से मूठ को देखकर यूँ सब पहचान गई थी कि चाकू तो करीम शेख की ही है...ए ही चाकू न जाने कितनी औरतों के गले में धीरे-धीरे छुआते हुए समझाया था उन्हें, "जरा हाथ का दबाव बढ़ा दूँ तो मुर्गी की तरह गर्दन झूल जाएगी साली...क्यूँ बिला वजह से नखरा करती है...करीम शेख से बिस्तर में

इन्तजार नहीं होता'' वो ही लम्बे फलवाला चाकू करीम की छाती में ऐन सीने के करीब धँसा था...और वो मर गया था—पर ताज्जुब उसके मरने पर नहीं था, ताज्जुब तो था उस दुबली-पतली-सी बासन्ती पर जो ऊँचे-से बकसे पे बैठी अपनी टाँगें यूँ हिला रही थी बेपरवाह-सी जैसे सामने करीम की लाश नहीं...कोई ताजा हलाल मुर्गा पड़ा हो...सादिया के मुँह से ही जैसे-तैसे बोल फूटे थे...''इसे किसने मारा...?'' थूक गटक-गटककर जैसे-तैसे मरगिल्ली आवाज में पूछे गए इस सवाल के जवाब में बासन्ती की आवाज जैसे मैदान में शान्त बहती नदी की तरह किसी भी शोरो-गुल या घबराहट-भरी कलकल से खाली गूँजी थी, ''मैंने-मैंने मारा इसे'' ''क्यूँ मारा...'' ''बस मार दिया।'' जरा-सा 'ना' के गुनाह पे लड़कियों का झोंटा पकड़के दनादन धुन देनेवाली सादिया चाहकर भी इतना हौसला नहीं जुटा पाई कि सामने बैठी इस फितना को लातों-घूँसों से पीट डाले या पिटवा डाले। 'कुतिया' लफ्ज उसके होठों से फूटा पर फिर मुँह में ही अटक गया था...बासन्ती की तेज नजरों में आज जिस बगावत और भरोसे के शरारे सुलग रहे थे उनमें सीधे देखने की ताब भी शैतान-रूह सादिया में कहाँ थी। बेबस मजबूर सादिया ने फिर दनादन अपने-आप को जाने किस तुफैल में पीट डाला था...ताज्जुब और सदमे से लगभग भनभनाई तमाम रंडियाँ...यकबयक होठों की कोरों में मुस्कुराई थीं...गुजश्ता रात तीन मुस्टंडे गाहक निपटाकर अधमरी हुई रेशमा ने पीछे भरपूर अँगड़ाई लेकर पास खड़ी बिसुली से दबी आवाज में कहा, ''चल छुट्टी हुई...अब कुछ रोज चैन से गुजरेंगे। साली नींद पूरी नहीं होती यहाँ...'' फिर ज्यादा वक्त नहीं लगा था पुलिस की गाड़ी आने में।

करीम शेख की मौत से दालमंडी और उसके आस-पास के इलाकों में जैसे जलजला आ गया। आता भी क्यूँ ना, सादिया के कोठे की रौनक जिन लड़कियों से थी उनमें से आधी से भी ज्यादा करीम की सौगातें थीं। यूँ वो भड़वा नहीं था। एक कतई शर्मीली बीवी का शौहर तीन अदद काले-काले बुरी शक्लवाले बच्चों का बाप करीम सादिया के यहाँ बहैसियत भड़वा यूँ ही पार्ट टाइम जॉब करता था। हकीकत में तो वो 'सुपारी' लेता था...बमों, पिस्तौलों और आर.डी.एक्स के इस कतई तरक्कीयाफ्ता दौर में भी करीम के 'चाकू' के जलवे बरकरार थे' बतानेवाले बताते हैं कि दसेक खून तो कम से कम किए होंगे करीम ने, इसी चाकू से जो वो लाल किले से तारीखी चीजें बेचनेवाली दुकान से यूँ ही शौकिया खरीद लाया था...किसी नवाब का या शायद उसके सिपहसालार का चाकू था वो...मूठ पर उर्दू में कुछ लिखा था जो करीम के दिल से रहम के किसी भी निशान को ढूँढ़ लेने की तरह पढ़ लेना नामुमकिन था...बस दो ही शौक थे करीम के। 'खून-वून का शौक नहीं साहब—ना, वो तो धन्धा ठहरा। शौक...से मुराद जो जी की खुशी को दे, तो पहला और पसन्दीदा शौक था करीम का—अपनी बीवी की बिला नागा सुबह-शाम लात-जूतों से मरम्मत करना... पीने-पिलाने के बाद करीम बीवी को रोज धुनता था। सब जानते थे करीम का पहला

बच्चा अपनी पैदाइश से पहले दुनिया से उसके इसी शौक के चलते रुखसत हो गया था...दिन-भर के काम से खटी वो औरत अपनी इस पिटाई और गाली-गलौज के लिए हालाँकि 'मैंटली प्रिपेयर' रहती। चीखना-चिल्लाना उसके स्वभाव का हिस्सा नहीं... वो जानती भी थी कि इस मुर्दा बस्ती में जहाँ औरत की वकत वाकई पैर की जूती-सी है...चुपचाप मार खा लेना ही बेहतर है वरना कहीं 'करीम' ने जूती बदल डाली तो...? इन अदद तीन बच्चों के साथ वो जाएगी कहाँ? फिर भी बाज दफा पिटपिटा लेने के बाद गई रात जब करीम उसे लतर-पतर सोए बच्चों के पास से अपने बिस्तर पर खींच लेता तो अपनी ऐसी-तैसी करवाके...मरी चुहिया-सी परे फेंक दी गई वो हाल के पैदा हुए छुट्टन को गले लगा कभी-कभार सिसक लेती और ऐसे में बस दो बोल उसके हलक से फूटते, "मुझे अगले जन्म में औरत मत बनाना, मेरे मालिक।" वो मार से भी ज्यादा करीम की धमकियों से डरती थी—"घर से निकाल दूँगा" सुनते ही उसकी छाती में सैकड़ों-सैकड़ों कोयले दहक उठते...औरत भी कितनी मजबूर है, वो सोचती...इस हरामी को मैं लात मार दूँ अगर ए घर इसका ना हो...पर नहीं...फिर ए छत कहाँ होगी? दीवारें कहाँ? ए मसरूफ रखने को बर्तन-भांडे, संदूक और सन्दूकों में रखा बेहिसाब, जरूरी, गैरजरूरी पर ठुँसा सामान...? वो करीम से अलग होने से भी ज्यादा इस मालो-असबाब और घर से अलग होने से डरती थी पर क्या वो ही? नहीं शायद तमाम औरतें...या शायद ज्यादातर औरतें। जब जिन्दगी के कुछ भी मानी ना हों तब इन्हीं मुर्दा चीजों से मुहब्बत हो जाती है औरतों को। तब मियाँ के किसी दूसरी औरत के हाथ पड़ जाने से भी ज्यादा फिक्रमन्द इसी घर और माल-मत्ते की मिल्कियत को लेकर होती है, वरना साले मर्दों की क्या औकात, अगर मर्दों को औरतें बहुत हैं, तो औरतों को कौन मर्दों की कमी है...और फिर मैं तो अभी भी...पर फिर न जाने क्या सोचके आँखों में आँसू भर लाती...? नज़र आँगन में लेटे-बैठे बच्चों की तरफ उठती तो जवाब मिल जाता। औरत को मर्द मिल जाता है। पर बच्चों को बाप...? एक ठंडी साँस के साथ वो फिर दोहरा देती है-मालिक फिर मुझे औरत मत बनाना।

खैर...बात हो रही थी, मरहूम करीम के शौकों की...करीम का दूसरा शौक उसके दरअसल सादिया के यहाँ पार्ट टाइम जॉब की देन था। टेढ़ी और गुस्ताख औरतें करीम शेख की आँख की किरकरी थीं... सादिया के यहाँ यही काम करते हुए वो रोज रात हुस्न के मुख्तलिफ चनाबों में डुबकियाँ लगाता। बिहार, बंगाल, साउथ, पंजाब कौन-से मुलुक के जिस्मानी उतार-चढ़ाव नहीं देखे थे करीम ने। उसकी दहशत कोठे की तमाम औरतों पे यूँ चढ़ी थी, कि...दो साल पहले सादिया उसके भरोसे पूरा कोठा छोड़ अजमेर शरीफ की दरगाह पे चादर चढ़ाने का अपना सालों-साल पुराना अहद पूरा कर आई थी। लौटी तो साथ में 17-18 बरस की उस फितना को भी ले आई थी, जिसे पहली नजर में देख के करीम शेख के दिल में किसी औरत को सीधे-सीधे खा लेने से पहले

जरा सहलाने की ख्वाहिश जागी थी। बासन्ती नाम था लड़की का, सादिया ने बताया था...बिन माँ-बाप की लड़की से खूब-खूब मेहनत करवा लेने के बाद उसके दूर-पास के किसी रिश्तेदार ने अपनी दो बेटियों की शादी का दहेज जुड़ाने के लिए सादिया के हाथों कुछेक हजार में बेच दिया था। रिश्तेदार के घर से बिदा होते ना वो रोई ना चिल्लाई बल्कि अपने दो-एक कपड़ों की पुटलिया साथ लिए सादिया के संग यूँ चल दी गोया उस घर में वो कभी रही ही न हो।

कोठे पे पहुँच के शाम-ढले दस्तूर के मुताबिक जब करीम वो ही शेर की मूँठवाला चाकू लेके उसके कमरे में पहुँचा तो वो खोली के भीतर लगा बड़ा-सा जाला झाड़ू से झाड़ने में जुटी थी।... उसकी तरफ एक नजर देखके उसने आँखें घुमा ली थीं और फिर अपने काम में जुट गई थी। करीम पे गाज गिरी। उसकी दानव की-सी देह, सुर्ख लाल आँखों में उतरी वहशीपन की सीधी-सीधी जबान यूँ तो बेअसर नहीं गई थी कभी पहले। उसे देखते ही लड़कियाँ थर-थर काँपने लगती थीं...पर ए? उसने गला खँखारा था... "क्या है..." पलटकर पूछा था उसने। "तेरा नाम क्या है" पूछते करीम को लगा यकबयक उसकी मर्दाना आवाज में किसी मेमने की आवाज मिल गई हो, "बासन्ती..."। फिर पता नहीं क्या हुआ था करीम को...अपनी दहशत कैसे भी उस पर थोप देने को लगभग मजबूर सा हुआ करीम झपटकर उसकी गर्दन दबोच बैठा था... "देख, ज्यादा बनना नहीं, करीम नाम है मेरा..." बस फिर जो हुआ उसके बाद करीम की कई रोज कोठे की तरफ रुख करने की हिम्मत नहीं हुई। पतली-दुबली कलाई से करीम के चोटों और चाकुओं के निशानों से भरे-पूरे चेहरे पर क्या झन्नाटेदार झापड़ रसीद किया था उस बला ने। फिर उसकी आँखों में सीधी आँखें डाल के गुर्राहट-भरी आवाज में बोली थी, "देख, मुझे अच्छी तरह पता है, मैं यहाँ क्यूँ आई हूँ। मुझे ए भी पता है कि क्या करना है मुझे, तेरे समझाने की जरूरत नहीं... और फिर कभी ए चाकू दिखाया या हाथ-पैर चलाए तो याद रखना...अन्तड़ियाँ बाहर कर दूँगी इसी चाकू से..." भौचक-सा करीम उसका मुँह देखता रह गया था और लुटा-पिटा कोठरी से निकल आया था।

सीधे-सादे मासूस-से चेहरेवाली बासन्ती के चेहरे पे दो भीतर तक भेद देनेवाली आँखों के अलावा और कुछ खास-वास यूँ था नहीं। रंग भी गोरा नहीं बल्कि कुछ-कुछ ताम्बई था...पर देह कमान थी। कुल मिलाके उसे देखते ही उस मंजर की याद आती थी जिसे 'शाम' का वक्त कहते हैं। शाम जब सूरज जाने को होता है, तब उसके ताम्बई रंग में सूरज की चमक घुलमिल जाती है। और रात के वक्त धीरे-धीरे वो चमक उसकी आँखों में यूँ उतर आती जैसे सूरज रफ्ता-रफ्ता समन्दर में डूब जाता है गोकि उसकी आँखें समन्दर से कम थी नहीं, बासन्ती कोठे की और औरतों की तरह खाली 'जिस्म' की जुबान ही नहीं बोलती थी...उसके गले में कुदरत ने मिठास और दर्द का ऐसा बूटा बो दिया था जिसकी पत्तियाँ जब उसके बोलों की शक्ल में

उसके हलक से फूटतीं तो कितनी दफा इन्हीं पत्तियों पे पछतावे की शबनम रखकर गाहक लौट जाते। "इन्हीं लोगों ने ले लीना दुपट्टा मेरा" उसने दरअसल गाना सीखा ही नहीं था...किसी की क्या मजाल जो उसका दुपट्टा ले लेता। जो बढ़कर बजरिया में किसी का भी दुपट्टा छीन ले तो मर्दुए इस बाजार में बैठी औरत के दुपट्टे और जिस्म दोनों के साथ बड़े अदब से पेश आते थे। उसकी कोठरी में अच्छी-खासी रकम देके दाखिल हुआ गाहक जब बाहर आता तो जिस्म ही नहीं रूह भी जैसे एक परिन्दा हो जाती जो शाम-ढले अपने ही घोंसले में लौटती है, यहाँ-वहाँ नहीं जाती—वो ही शजर, वो ही घोंसला। साफ-सुथरी चादर पे जब वो दिन के वक्त बैठी कोई किताब पढ़ती या सिलती-बुनती तो कई दफा सादिया भी रो पड़ने को होती। सैकड़ों गुनाह बेहिचक कर जानेवाली सादिया अपने इस गुनाह पे उस रात ज़ार-ज़ार रोई थी जब उसकी बुखार से तपती देह के पास बैठी बासन्ती उसके माथे पे गीली पट्टियाँ रखती रही थी और हर दस मिनट में पूछती थी, "अब कैसा जी है अम्मा?"

वक्त गुजरा और गुजरता चला गया। और इस गुजरते वक्त में दिन-रात और मौसमों के अजूबों की तरह करीम शेख का उस बित्ते-भर की छोकरी की मुट्ठी में बन्द हो जाना भी एक अजूबे से क्या कम था। औरत को यूँ ही सीधा-साधा समझने के आदी करीम को इस औरत के पेचो खम खा गए थे। जिस करीम शेख से पैसा माँगने की हिम्मत कभी सादिया की ना हुई...वो ही करीम शेख जब बासन्ती की कोठरी में मर्दोंवाली ख्वाहिश लेकर पहुँचा तो 'पैसा लाया है?" कहके बासन्ती ने उसकी तरफ यूँ देखा कि करीम के बदन पे तमाम कपड़ों के बावजूद कोई कपड़ा नहीं रह गया था। वो तिलमिलाया था...पर फिर उसके हाथ कुर्ते की जेब की तरफ बढ़ गए थे...और फिर रोज कुर्ते में से पैसे निकाल करीम उसकी हथेली पर रखता गया और वो करीम की हथेली में जैसे एक के बाद एक फलसफ़ा-ए-हयात रखती रही। मुट्ठियाँ भर गई तो झोली की बारी आई...करीम भन्ना गया था, 'उफ, ऐसा भी होता है—ऐसा भी हो सकता है...?" 'तो अच्छा, दरअसल ए होती है औरत' का राज कुछेक रोज पहले ही फाश हुआ था करीम पे कि ए हादसा घट गया था और वो दुनिया को अपने ताज्जुबों से भरे दिलसोज़ लम्हों से शनास कराने से पहले महरूम कर दुनिया से चल दिया था...

आज बासन्ती की पेशी थी। पूरा शहर उमड़ा पड़ रहा था...'क्यूँ मारा' का सवाल अब तक चुप जो था...सब आए थे...करीम की बीवी भी भाई के साथ...मियाँ की लाश पे दनादन दोहत्थड़ मारके खूब गला फाड़के रोती वो औरत यूँ दिल में कहीं सुकून से भरी थी कि जिस मर्द की रोज-रोज की मार पे वो हाथ थामने की हिम्मत ना कर सकी उसे मुर्दा हालत में ही सही...वो भी धुन तो पाई...जो हिसाब जिन्दगी में ना चुका, मौत ने कुछ तो चुकाया। फिर भी रोई थी वो तन्हाई में सच्चे आँसू एक आह के साथ-'मुझे फिर औरत मत बनाना मेरे मालिक।'

खचाखच-भरे अदालत के कमरे में जब बासन्ती लाई गई तब तवायफों के लिए जड़ी गई फब्तियाँ लोगों की जबानों से चिपकी की चिपकी रह गई थीं...वो तमाम फब्तियाँ जो इस दालमंडी की बेशक सबसे महँगी तवायफ के उन चाहनेवालों के दिल में उस रोज से घुमड़ रही थीं जब से उन्हें ए इल्म हुआ था कि दिल्ली सिर्फ दूर ही नहीं अच्छी खासी दूर है। आज जब वो भीड़ के सामने थी तब वो 'छप्पन छुरी' या 'पटाखा' कुछ भी तो नहीं थी। पूरे बदन पे जेवर के नाम पे थी वो फबन जो यूँ ही हर नहीं बस गिनी-चुनी औरतों के पास होती है। चेहरे पे वो पुख्तगी वो सुकून जो किसी गुनहगार के चेहरे पे झलक जाए मुमकिन ही नहीं। आँखों में दूर-दूर तक आज वो जवाब झिलमिला रहा था जो उसने सादिया के कोठे पे हादसे के रोज से अपने लबों में कैद कर रखा था, 'क्यूँ मारा करीम को...' गीता पर हाथ रखे जब उसने "जो भी कहूँगी सच कहूँगी और सच के सिवा कुछ नहीं कहूँगी" का रवायती अदालती जुमला बोला तो सैकड़ों-सैकड़ों गवाहों और गुनहगारों के लफ्ज-दर-लफ्ज समझनेवाला मुंसिफ उसकी कौल की सच्चाई से हिल गया था...अच्छी-खासी आर्डर्ड अदालत को भी ख्वामख्वाह 'आर्डर-आर्डर' का हुक्म देके उसने सवालिया निगाहों से बासन्ती की तरफ देखा था...उसके सिले होठों में जुम्बिश हुई...खामोशी के तागे तोड़ आजाद हुए होठ फड़फड़ाए... "मैंने मारा हुजूर उसे...मान लिया है मैंने..."

क्यूँ मारा तुमने उसे?" मुंसिफ ने सवाल दोहराया था।

"हुजूर, जबरदस्ती मेरी इज्जत पे हाथ डाल रहा था तो क्या करती।"

तक़ाजा-ए-वक्त था कि किसी तवायफ की इज्जत लुटने के खौफ से लोगों के ठहाके अदालत की छत तोड़ जमाने-भर में फैल जाते। पर गज़ब...दालमंडी की दुकान से रोज पान खाके शहर-भर की अच्छी-बुरी औरतों, लड़कियों को छेड़नेवाला सुजान भी मुँह खोले बैठा रह गया था। मुंसिफ ने सामने पड़ा पानी का गिलास एक साँस में निपटाके हैरतज़दा भीड़ पे नजर फेंकी और लफ्जों को बामशक्कत आवाज देते पूछा, "जरा खुलासा करोगी...इज्जत लूटने से तुम्हारी क्या मुराद है...?"

बासन्ती मुस्कुराई थी। भीड़ पे इक नजर डालके। गाज जैसी ए मुस्कुराहट गिरी ऐन करीम की बीवी के सीने पे....जाने क्यूँ।

"हुजूर, करीम को मैं कोठे पे अपनी आमद के रोज से जानती हूँ...वो आता था मेरे पास! मैं पैसा लेती थी और जिस्म देती थी...ए एक सीधा-सादा करार था साहब, जिसमें मैंने कोई बेईमानी नहीं की। धन्धे में खोटापन कहाँ निभता है...?" लम्हा-भर खामोश रहके वो फिर बोली, "वो उस रोज भी आया...मैंने मना कर दिया...पैसा नहीं लिया था तो धन्धा भी क्यूँ करूँ...पेट से हूँ हुजूर...कई रोज से जी ठीक नहीं था। डॉक्टर को दिखाया था तो उसने धन्धे पे बैठने को मना किया...बोला—बच्चे को नुकसान होगा...धन्धा मेरा है, हुजूर मेरे बच्चे का नहीं...अपने पेट की भूख में मैं किसी मासूम को खा जाऊँ, कैसे करती ऐसा? मेरे पेट में मेरा बच्चा साब, मेरा खून...मैंने

उसे समझाया तो हरामी गाली-गलौज पे उतर आया। जबरदस्ती पे उतर आया...मैं रंडी ही सही पर क्या मेरी कोई इज्जत नहीं...मेरी ख्वाहिश के बिना कोई मुझे कैसे छू सकता है...फिर मैंने पैसा नहीं लिया हुजूर, मेरा भरोसा कीजिए। हरामी 'छिनाल' बोला मुझे, मेरे बच्चे को 'हरामी' बोला। मैं कोई घर की औरत नहीं हूँ साब जिसे कोई जैसे चाहे लातों-घूसों से पीटे और वो पिटती रहे...मैं उसकी जोरू नहीं थी, साब...उसने हाथ उठाया, गालियाँ दी...फिर जब जबरदस्ती पे उतरा तो अपने बच्चे की खातिर मैंने मार डाला उसे। साला नशे में था..ना मारती तो मेरा बच्चा मर जाता साब। आप कहिए मैं और क्या करती, मैं और क्या कर सकती थी?''

बासन्ती खामोश हो गई तो फिर जैसे सारी कायनात खामोश हो गई। मुँहबाए लोग सब हैरतज़दा निगाहों से उस मुकम्मल औरत को देख रहे थे जो एक सुलगता सवाल बनी मुंसिफ के चेहरे पे चस्पाँ थी...भीड़ के चेहरे पर चस्पां थी।

उधर दूर कोने में बैठी करीम की बीवी को यकबयक महसूस हुआ जैसे उसकी रूह उसके जिस्म से निकल गई हो। कठघरे में खड़ी बासन्ती के आसपास मँडराती रूह दरअसल बासन्ती हो गई थी...फिर धीरे-धीरे जाने कैसे उसका जिस्म अजीबोगरीब अन्दाज में हिलने लगा था, जैसे किसी पर साए जैसी कोई चीज़ पड़ जाए। भाई ने काँधे पर हाथ रखा तो पथरीली आँखों में मोटे-मोटे आँसू उमड़ आए थे...जमाने हुए थे उसके पहले के सतमासे बच्चे को करीम की लात खाके कोख में ही मरे...पर उसकी मौत पे उस लम्हा पत्थर हो गई वो उसे याद कर आज हिलक-हिलककर रो पड़ी थी, चीख-चीखकर...ऐसी चीखें जो जब निकलती हो आँखों के रास्ते तो आसमान में सूराख हो जाते हैं फिर अपने सीने-जाँघों को वो दनादन अपने हाथों से पीटने लगी पागलों की तरह...''सदमे में है'' कहके जाने किसने पानी पिलाया था...भाई फिर कमरे से घसीटता हुआ बाहर ले चला तो...दरवाजे के ऐन बीच पलटकर एक औरत ने दूसरी औरत को जिन निगाहों से ताका...उसकी जबान भीड़ ने जाने पढ़ी या नहीं, मुंसिफ ने समझी कि नहीं...पर बासन्ती! उसने तो लफ्ज-लफ्ज पढ़ा भी और खूब समझा भी। सुना सिर्फ भाई ने। अपनी पूरी ताकत से अपनी बेलौस हिचकियों के बीच एक ही बात वो औरत दोहरा रही थी। क्या? अब ए जाने दीजिए, हर बात कहीं बताई थोड़ा ना जाती है।

रिन्द के रिन्द रहे

मॉरल साइंस की कापी लिए मेरे सामने खड़ी वृंदा ठुनक रही है। वही पुराना खटराग..."एक बार सुन लो माँ...देखो बस लास्ट बार...कल मेरा टेस्ट है।" सुबह से वही-वही सवालों के वही-वही जवाब सुनकर बुरी तरह उकताई मैं फट ही तो पड़ती हूँ..."कितना सुनूँ, सब आता तो है तुझे...प्लीज वृंदा आय एम ऑफुली टायर्ड" कहने को तो कह देती हूँ, पर जानती हूँ दिल में कि कोई फायदा नहीं...यूँ भी इस चार बालिश्त की लड़की पे जाने क्या ख़ब्त सवार रहता है। जब तक एक-एक हर्फ का मलीदा बनाकर पेट में नहीं उतार लेगी न चैन लेगी, न लेने देगी। तिस पर ए दिन भर की जुगाली। 'बकरी ना हो तो कहीं की'। मैं कुढ़कर बुदबुदाती हूँ। थक गई मैं सुन-सुनकर कि 'ओमनीपोटेंट मीन्स आल पावरफुल' और कि 'ओन्ली गाड इज़ ओमनीपोटेंट...' चलो ए भी तसलीम कि "वी शुड सी गाड इन एवरीथिंग।" सब मान तो लिया अब क्या रह गया इसके बाद। मेरे गुस्से मेरी खीज़ से कतई बेपरवाह वृंदा मेरे गले में झूल ही तो जाती है और तड़ से पप्पी देकर मनुहार पे उतर आती है। "अच्छा पूरा नहीं तो बस आखिरी वाला क्यूश्चन सुन लो माँ..." कापी मेरे हाथ में टाँग कर वो सावधान की मुद्रा में मेरे सामने खड़ी हो जाती है। रो देने की हद को छूती मरी हुई आवाज़ में मैं उससे पूछती हूँ..."व्हाट इज़ बैड" और वो राजधानी की स्पीड से जवाब देती है..."स्टीलिंग इज़ बैड" और स्टीलिंग के स्पैलिंग मेरे सामने दोहराने लगती है...एस.टी.ई.ए....। "हो गया न अब तो" मैं उसके सामने हाथ ही तो जोड़ देती हूँ। आँखें नचाते हुए वो शरारत से जवाब देती है... "हाँ हो गया माँ, सुबह बस एक बार फिर पूछ लेना।"

मैं चैन की लम्बी साँस लेती हूँ। दिमाग जैसे बेशुमार धुले भारी कपड़ों से नज़ात पाई रस्सी की मानिंद हल्का हो के झूल जाता है। सुबह-सुबह अभी कहाँ...? अभी तो सिर्फ 9 बजे हैं। रात और सुबह के दरम्यान अभी खासा फासला है और इस फासले को पूरा करता मेरे कमरे की खिड़की से झाँकता चाँद है, गुच्छा भर सितारें है जो खिड़की से अंगूरों की मानिंद टपके-टपके पड़ रहे हैं...और...और फरीदा ख़ानम है। सुबह से अधमरी हुई जा रही हूँ कि सुकून से कुछ पल ख़ानम के साथ गुजार

सकूँ। सुबह तक तो मैं जाने कितनी दफा उनका कैसेट सुकून से सुन सकती हूँ जो मैं सिविल लाइन में 'गीत माला' वाले की दुकान से इतनी जद्दो-जहद के बाद खरीद कर लाई हूँ। उफ् अब कहीं जा के वो लम्हे हाथ आए हैं...। यूँ इस फरीदा ख़ानम ने बड़ा तपाया, बड़ा ख़राब किया मुझे...शहर की आला कैसेट की दुकानों से लेकर उन पतली गलियों तक में जिनसे चुपचाप निकल जाने की सलाह अमूमन माशूकाएँ अपने नकारा माशूकों का और मवाली घड़ी और पर्स छीनने के बाद लुटे-पिटे शख्स को देते हैं...कहाँ-कहाँ न तलाशा मैंने। पर ए कम्बख्त जो हाथ आई हो...। उस पर सितम ए कि कुछ भले दुकानदार तो 'नहीं है जी' कहके निपटा देते पर बाज़ नामाकूल तो निहायत संजीदगी से फरमाते "अजी कुछ ढंग की चीज़ सुना कीजिए...कमअज़कम ए तो साफ हो कि गाने वाला मर्द है या औरत...बाइ-द-वे कोई दरम्याना चीज़ है क्या?"

गरज़ कि ऐसी अज़ीयतों के बाद बमुश्किल हाथ आई ख़ानम मय साजिंदों के इस छोटी-सी डिबिया में बन्द है और मैं सुबह से इस वृंदा के ओमनीपोटेंट के चक्कर में "आज जाने की ज़िद न करो" जैसी खूबसूरत गज़ल से महरूम हूँ। भाग कर लिविंग रूम में जाती हूँ। कैसेट पे चढ़ी पन्नी फाड़ते ही फ़रीदा की मुस्कुराती तस्वीर मुझसे पूछती है, "मिल गई फुरसत?" मैं खिसियानी सी हँसी हँस देती हूँ उन्हीं लरज़ते हाथों से प्लेयर का इजेक्ट बटन दबा के कैसेट लगाती हूँ और प्ले करके वहीं दीवार से टेक लगाकर बैठ जाती हूँ जहाँ से सितारे मुझसे हाथ भर की दूरी पे हैं और चाँद तो ख़ैर मेरे काँधे पे टिका बैठा है। ख़ानम आवाज़ उठाती है एक लम्बी तान के साथ और मैं खिड़की के और करीब खिसक आती हूँ। ख़ानम ग़ज़ल का मिसरा उठाती है..."आज जाने की ज़िद ना करो..." और मैं झट उनकी आवाज़ की उठान को कमंद सा थामे एक आसमान ऊपर चढ़ जाती हूँ। वो फिर दोहराती है "ना करो" मैं एक आसमान और ऊपर...वो आवाज खींचती हैं और मैं रफ्ता-रफ्ता चढ़ती रहती हूँ। एक...दो...तीन...चार...पाँच...आसमान वहीं कमंद थामे..."यूँ ही पहलू में बैठे रहो..." मेरा दिल जाने धड़क रहा है भी या नहीं...ग़ज़ल के सुरूर में पूरी तरह डूबी मैं सातवें आसमान के ऐन ऐज पे खड़ी हूँ। अभी, बस अभी वो इतराकर दोहराएँगी, "हम तो मर जाएँगे हम तो मिट जाएँगे, ऐसी बातें किया न करो"...और मैं अपनी मंजिले-मकसूद पे पहुँच जाऊँगी और-और मैं पहुँचने को ही तो थी जब तड़ से कमंद टूट जाती और मैं चाँद समेत ऐन मुँह के बल जमीन पर।

"चोरी-चोरी फिर नींदें उड़ीं...चोरी-चोरी फिर दिल ने कहा...चोरी में ही है मज़ा।" ज्यूँ लाउडस्पीकर का मुँह किसी ने मेरी खिड़की के रुख कर दिया हो। खुदा ग़ारत करे सामने की बिल्डिंगवालों को। जब से नया पावर हाउस खरीदा है सारे मुहल्ले को बाप की मिल्कियत समझ लिया है। ऐसे ही पड़ोसियों ने रहीम और कबीर के दोहों की फजीहत करवा दी कि 'अगर पड़ोसी भूखा हो तो आपका भी खाना हराम

और अगर आपका हमसाया ना सोए तो आपपे भी सुकून लानत'। ऐसी कौन-सी बद्दुआ है जो मैंने पिछले कई दिनों से उनके बस्ते में ना डाली हो...। जीना हराम कर रखा है। अलस्सुबह 'लड़की अँखियों से गोली मारे, करदे कमाल' के नारों से गली गूँजने लगती है। भला कोई बात है...ए कैसा वक्त आ गया जी। अभी कुछ रोज़ पहले तो लड़कियाँ आँखों से नन्हे-नन्हे तीर चलाया करती थीं और वो भी ऐसी मासूमियत से कि तीर टेढ़े चल जाते, टूट जाते और कमीज़ के तीन बटन खोले तैयार माशूक तड़प कर 'कैसे तीरंन्दाज हो तुम सीधा तो कर लो तीर को' की इसलाहें देने लगते। "उफ् ए ज़माना ए जहालत, देख रही हैं आप" मैं फ़रीदा की तस्वीर से मुखातिब होती हूँ और पाती हूँ कि वो तो खुद अपने होठों पे तंजिया-सी मुस्कराहट लिए मुझे यूँ देख रही है जैसे कह रही हों "लो कर लो बात।" तेज शोर में फ़रीदा की आवाज़ जाने कहाँ गुम हो जाती है। चोट खाया चाँद भी झल्लाया खीजा-सा आगे बढ़ जाता है। अलबत्ता अंगूरों के गुच्छों से सितारे अब भी टपके-टपके पड़ रहे हैं। गहरी कोफ्त से भरी मैं प्लेयर आफ करती हूँ और 'खट्टे हैं' कहके उन गुच्छों पे खिड़की का पल्ला दे मारती हूँ (आन की आन में महफ़िल हुई दरहम-बरहम)।

'चोरी में ही है मज़ा' बेडरूम में नीली सफेद बुँदकियोंवाला फ्राक पहने मेरी गुड़िया सुर में सुर मिलाकर गा रही है। उसे परे खिसका के मैं लेट जाती हूँ। 'रहिए अब ऐसी जगह चलकर जहाँ कोई न हो'। यक़ीनन ग़ालिब ने किसी ऐसे ही सूरते-हाल से आजिज आकर ना लिखा होगा। उस गहरी खीज में, पर वृन्दा की खिलखिलाहट मेरी समझ में बिल्कुल परे है और उसका सवाल तो जैसे पूरे वजूद को झिंझोड़कर रख देता है, "मम्मा, मैडम लिखवाती है स्टीलिंग इज़ बैड और अंकल गा रहे हैं चोरी में ही है मज़ा...हाऊ फनी?" फिर वही खिलखिलाहट। मैं पागलों की तरह वृन्दा की तरफ देखती हूँ। दसियों नहीं पचासों मौके ऐसे आए हैं जब यूँ ही उसे बुत बने ताकते मैंने सोचा ए है कि इस कदर ज़हीन और जीनियस औलाद भला मैं कैसे पैदा कर सकती हूँ जिससे आज तक एक भी काम सलीके का नहीं बन पड़ा। अब यही बात...अगर चोरी करना बुरी बात है तो 'चोरी में ही है मजा' का यूँ खुलेआम ऐलान क्यूँ। नज़रों-वज़रों के मिलने और नींदों के उड़-उड़ा जाने के मसलों से अभी दूर, कोसों-कोसों दूर मेरी नन्ही बिटिया जैसे मुझसे पूछ रही है, "दरअसल तुम लोग कहना क्या चाहते हो?"

ख़लल-दिमागी ख़लल और कुछ नहीं...खुद को झिड़कती हूँ मैं...बेवकूफ अभी बैठे-ठाले फजूल बातें सोच-सोच कर सिर में दर्द कर लोगी...फिर दिनों बैठ के छुन-छुने बजाना। किसी भी ऊटपटाँग बात के दिमाग में दाखिल होते ही दिमाग की रग-रग मुझे आने वाले खतरे से आगाह कर देती है और मैं मुआमले को फौरन रफ़ा-दफ़ा कर देती हूँ। पर आज आधी रात होने को आई, नींद, क्यूँ नहीं आती मुझे? स्टीलिंग इज़ बैड...यही भर तो बात है यही तो याद रखना है, वृन्दा को, और वृन्दा को ही

क्यूँ, बरसों-बरस से हम सब स्कूल-मदरसों में ए ही पढ़ते आ रहे हैं। बल्कि अब तो कुछ सहूलियत है यानी चोरी करना महज़ बुरा है...हमारे वक्तों में तो टीचर लिखाती थी—चोरी करना पाप है। गरज़ कि कोई काम अगर बुरा है तो भी एक बार को अफोर्ड किया जा सकता है, पर अगर वो पाप ही ठहर जाए तब...तब? हमारे वक्तों की न पूछिए। अब तो महज़ लिखावट में, पन्नों में दर्ज होता है...गाड इज़ ओमनीपोटेंट यानी ईश्वर सबसे ज्यादा बलशाली है, पर उसके बल से डरता कोई नहीं...वृन्दा तो नहीं ही, तभी न वो कहाँ मेरी तरह किताबों में 'विद्यामाता' रखती है यानी मोरपंखी जो अगर हमारी किसी कापी किताब में न होती तो फेल हो जाना लाज़िमी ठहरता...और तो और...हमारी कापी का पहला पन्ना जो हमेशा 'राम का' हुआ करता था उस पे वो जाने कैसी-कैसी बुरी शक्लों वाले मानुख और जानवरों की तस्वीरों चिपकाती है। टैटू या ऐसा ही कुछ कहती है जिसे। मुझे खूब याद है हमारी कॉपियों के गत्ते के पिछली तरफ 'ए मालिक तेरे बन्दे हम' वाला गाना जरूर छपा होता था या फिर 'बच्चे मन के सच्चे सारे जग की आँख के तारे, ए वो नन्हे फूल हैं जो भगवान को लगते प्यारे।' यानी भगवान, बलशाली भगवान हमारी सोच हमारे ज़हनों पे हर वक्त काबिज़ रहता। उन वक्तों में भी हम बच्चे छोटी-छोटी कसमें खाते और तोड़ते भी, पर आज जैसी ढिठाई से नहीं...तब अगर कोई कसम खिलवाता तो कहता कि "खा विद्यामाता की कसम कि कल कापी जरूर दोगी मुझे काम पूरा करने को।" झट विद्यामाता या भगवान की कसम तो खा ली जाती, पर फिर फिक्र ए होती कि हमारी ही कापी से टीप कर उसने लिखा और हमी से ज़्यादा नम्बर ले लिए तब...जी ही तो था बेईमान हो जाता। अब अहदो-करार वो भी भगवान का नाम ले के उठाया हुआ अगर यूँ ही तोड़ दिया जाता तो क़यामत ना टूट पड़ती। राई जैसे हम और पहाड़ जैसा बलशाली भगवान...ओहो बड़ी मुसीबत थी। पर हल भी ग़ज़ब का। दूसरे दिन जब कॉपी माँगे जाने पर इन्कार करना होता तो 'लोहे की काट, लोहा' वाला तरीका इस्तेमाल होता। जिसका नाम ले के कसम उठाई जाती उसी ओमनीपोटेंट भगवान के कन्धे पे धर कर बन्दूक चला दी जाती। कसम टूट जाती और वो भी बिना किसी खतरे, साइड या आफ्टर इफेक्ट के । करना ए होता कि एक कविता की सूरत दो लाइनें भर दोहरानी होतीं "हरे बाग में हरी सुपारी रामचन्द्र ने कसम उतारी।" मजे-मजे में इस छोटी-सी डोंगी के सहारे हम खूब नाव खे रहे थे, पर एक रोज़ खटक गई और बड़ी शर्मिंदगी हुई कि इतने बरस से ऐसा गुनाह अनजाने में ही सही हुआ तो किया हमने।

हुआ यूँ कि एक रोज़ चाचा की उँगली थामे स्कूल बस पकड़ने स्टैंड पर जाते बड़ा अजीब वाकया पेश आया। एक छोटी-सी मरी-गिरी-सी चाय की दूकान के सामने रुक कर चाचा ने कहा "ओय रामचन्दर ज़रा सिगरेट तो दे...फटाफट...एक पैकेट फोरस्क्वायर फिलटर।" भट्ठी पे खद्दा खाती चाय से जूझता रामचंदर फौरन चाचा के

हुकम की तामील न कर पाया तो चाचा चिल्लाए "ओय खोत्ते दे पुत्तरा, रामचन्दर, छेत्ती कर, बिट्टू की स्कूल बस निकल जाएगी।" मेरे खड़े हुए कानों में जैसे किसी ने मिर्ची का रस टपका दिया था। बस आई, मैं बैठी भी, पर मेरा दिमाग अंगारों पर दहकती चाय की पतीली की शक्ल अख्तियार कर गया जिसमें यह बात रह-रह कर खद्दा खाती रही कि वो रामचन्दर जो सालहाँ साल से मेरे मुहाफिज़ बन कर मेरे साथ रहे और जिनकी रहमत और शह के तले मैंने बेख़ौफ सैकड़ों कसमें तोड़ीं और घर के पूजाघर में 'श्रीरामचन्द्र कृपाल भज मन हरण भव भय दारुणं' के भंजनों से माँ सुबह-शाम जिनका जाप करती है मेरे सामने 'खोत्ते के पुत्तर' ठहरा दिए गए। कुछ ना पूछिए कैसा भारी दिन और फिर रात बीती। टनों बोझ तले दबी आत्मा रह-रहकर चीखती थी कि वो सारी कसमें जो तूने तोड़ीं पाप लगाएँगी तुझे। क्योंकि वो रामचन्द्र जो सिगरेटें बेचता हो, हर रिक्शा ताँगेवाले को चाय पिलाता हो और जिसे कोई भी चलता फिरता 'खोते के पुत्तर' जैसे सम्बोधन से नवाज़ दे भला ओमनीपोटेंट कैसे हो सकता है? फिर ए सोचा कि 'हरे बाग की हरी सुपारी, रामचन्द्र 'जी' ने कसम उतारी' अगर किया जाए यानी महज़ 'जी' लगाकर उसे बहरहाल ओमनीपोटेंट रहने दिया जाए तब...पर बात नहीं बनी क्योंकि फिर मीटर बिगड़ता था और हमारी दिक्कत ए थी कि उस उम्र में भी तब जूते के तस्मे और नाड़ा बँधवाने जैसे कामों के लिए माँ याद आती थी...'रदीफ और काफियों' में रत्ती झोल बर्दाश्त नहीं होता था। बड़ी दिक्कत थी, पर हमने भी मामला निपटा ही लिया। 'हरे बाग में हरी सुपारी' जूँ के तूँ रहे पर रामचन्द्र की जगह 'सीताजी' ने ले ली। एक तो रामचन्दर जी के शरीके हयात होने के बायस इस ओहदे की जायज़ हकदार थी दूसरा मीटर भी नहीं बिगड़ता था यानी 'सीता जी ने कसम उतारी' बड़े बढ़िया फ्लो से आता।

वो पहली मर्तबा थी जब मुझे पाप लगते-लगते बचा...बचा भी क्या, बचा लिया मैंने...क्योंकि उन दिनों पाप से बड़ा डर लगता था। या यूँ कहिए पाप से नहीं बल्कि उससे जुड़ी सजाओं से। अभी माँ की मौत के बाद पंडित ने जब गरुड़ पुराण सुनाया या कि गरुड़ पुराण के जरिए वहाँ मौजूद हर आदमी के दिलो दिमाग़ में एक दहशत-सी तारी कर दी तो मुझे याद आया कि ए खौफ ए दहशत मेरे लिए तो नया नहीं, पर मेरे करीब बैठे मेरे बच्चों के खौफ़ से पीले-जर्द चेहरे इस बात के गवाह थे कि कड़ाहे में खौलते इन्सान का तसव्वुर, आरी से किसी को काटे जाने या फिर हज़ारों जहरीले साँपों, बिच्छुओं से भरे गार में किसी आदमी को फेंक दिए जाने की सजाओं से वो कतई-कतई तौर पे अनजान थे। मेरी शुरू से पहचान रही...। सो मैं ढीठ बनी बैठी रही। जमाने हुए पर अपना वो चेहरा अब भी याद है मुझे। दहशत से फटी हुई आँखें और काँपता जिस्म।

माँ बाबा के दफ्तर चले जाने के बाद हमारे घर के नौकर बच्चीराम के रहमो-करम पे बीतने वाले मेरे दिनों में एक ख़ला था, बहुत बड़ा ख़ला जो किसी खुशगवार ज़ज्बे

से भर जाता तो क्या बात थी, पर उस खाली वक्त को भरने के लिए मेरे हिस्से आई वो चन्द तस्वीरें जो बच्चीराम की कोठरी के कोने में टीन के बक्स पे बने पूजाघर में रखी थीं और जिसे वो हर चौथे-पाँचवें रोज़ ले के बैठ जाता और साए की तरह उसके पीछ-पीछे लगी रहने वाली में बैठे-ठाले उस खौफ़ के ज़द में आ गई जिसे सोच के आज हँसी भले ही आती हो, पर तब मेरी रूह काँपती थी।

"देखती हो बिटिया।" वो किताब मेरे सामने कर देता।

"क्या है ए..."

"नर्क के फोटू"...कहके वो किताब के कवर पे छपी हुई तस्वीरें उँगली रख-रख के मुझे दिखाता। एक बड़े गोल घेरे में जिसे कि आड़ी तिरछी लाइनों से काट कर पाँच-छः कैबिनेट्स में बाँटा हुआ होता था उसमें ही वो तस्वीरें थीं...नर्क के फोटू। आदमी को अपने बुरे कर्मों के फलस्वरूप जो पाप लगते हैं उनके एवज़ में मिलने वाली सजाएँ दिखाती हुई तस्वीरों के खौफ़ से मैं आज आज़ाद सही, पर वो तस्वीरें हू-ब-हू मेरे ज़हन पे नक्श रखी हैं। धूँ-धूँ जलती लकड़ियों के ऊपर धरे बड़े से तवे पे पीठ के बल लेटा आदमी और उस पर सड़ासड़ यमदूतों की कोड़ों की मार। एक बड़े से कड़ाहे में खौलता-सा कुछ (जो बकौल बच्चीराम शर्तिया कड़वा तेल था) जिसमें उल्टा सिर के बल हवा में लटका आदमी जिसके बस पैर कड़ाहे से बाहर नज़र आते थे...और भी ऐसी ही तस्वीरें जिन्हें देखकर वाकई मुझे गाड की 'ओमनीपोटेंसी' के मुताबिक रत्ती भर शुबहा नहीं रहा था और मेरे बरसों बरस इस ऐतबार के तले निकल गए कि सचमुच 'होइहै वही जो राम रचि राखा...को करि तर्क बढ़ावै साखा...' यानि कि राम–सिया...राम...सियाराम जै-जै राम...।

मैं बच्चीराम से पूछती, "ए कौन है बच्चीराम?"

वो ठंडी साँस भर के जवाब देता..."पापी हैं बिटिया...।"

"पापी क्या?" एक और सवाल सिर उठाता।

"जो पाप करे सोई पापी बिटिया।"

बस तमाम सवाल इसके बाद सर झुका के बैठ जाते...कौन बच्चा है जो ए जानता ना हो कि पाप क्या है...एक हाथ से माँ या बाप की उँगली थामें और दूसरे से ढकलती निक्कर की ढीली बैल्ट रोके किसी नन्हे से भी पूछिए वो बता देगा...झूठ बोलना पाप है। चोरी करना पाप है, जीवों को सताना पाप है, तो मैं तो ठीक-ठाक-सी बड़ी थी। पाप क्या ए तो कोई सवाल था नहीं। मेरे स्कूल की दीवारें रंगी पड़ी थीं। घर में और बुरा हाल था। अगर एक रोटी के बाद भूख ना हो तो थाली जूठी छोड़ देने पे पाप...कभी माँ कभी बच्चीराम याद दिलाते कि अन्न का निरादर नहीं करते, पाप लगता है...भले ही आपने दूध का भरा गिलास पिया हो घंटा भर पहले...रोटी पूरी खा लेने की गरज़ से कभी दूध छोड़ने का मन करता तो भी कहाँ खैर थी क्योंकि तब दूध के 'नौवारत्न' होने के चलते ही पाप लग जाने के पूरे-पूरे आसार थे। हद

तो तब हुई जब मेरे घर के करीब के बूढ़े बरगद के साथ मेरा दोस्ताना इसी सौफ़ की वजह से छूट गया। अपने सड़ू स्वभाव के चलते मुहल्ले भर के बच्चों की बिरादरी से सदा की बेदखल मैं बला के उस सैडिस्ट बच्चीराम की निगाहें बचा के लम्हें भर को बस उसकी बड़ी-बड़ी लटकती जड़ों से झूलती सुकून पाती। मेरे मन को कैसी तो ठंडक पड़ती उससे खेलते बतियाते—माँ का डर ए कि मैं किसी दिन गिर कर हाथ पैर तुड़वा बैठूँगी उससे...वो मुझे खूब रोकतीं, पर मेरे ठेंगे पे और एक दिन फिर मैं हमेशा के लिए उनके ठेंगे पर धरी गई जब उन्होंने ऐलान किया, "नहीं मानती ना तू, ना सही, पर ए जो दिन भर तू किसी बड़े बुजुर्ग की दाढ़ी मूँछ पकड़ के लटका करती है अच्छा नहीं...पाप लगेगा...पता है बरगद की तो पूजा होती है..." मैंने सुना और चुपचाप घर के भीतर आ गई...रात को अपने बिस्तर में हिचकियों से रोते अकेले, मैंने चाहा चीखकर माँ से कहूँ "ज्यादती बहरहाल ज्यादती है माँ, तुम्हें भी पाप लगेगा..." पर कहाँ, तब हम बच्चों की ज़बानें अगर तीर भी थीं तो उन्हें कमान से बाहर आने का हक़ कहाँ हासिल था। अब ए ही वृन्दा कहती है खिलखिलाते हुए कि 'चोरी में ही मर्जी...हाउ फनी'। पर मैं क्या कभी हिम्मत कर पाती...चोरी और मज़ा—तोबा-तोबा।

चोरी से जुड़ी भी एक कविता हुआ करती थी जो हर बच्चे को पहली जमात से याद होती, "चोरी करना पाप है नदी किनारे साँप है। काली माता आएगी, गला काट के जाएगी।" ग़रज़ एक जुर्म पे गले के रेते जाने की सजा...वो भी काली माता के हाथों। उफ् गले में नरमुंडों की माला डाले ए रक्त पिपासु देवी मेरी समझ में कभी आई नहीं पर पापा का ग़ज़ब का फेसीनेशन था उन्हें लेकर...इसलिए श्रद्धा मैं भी करती, हाथ मैं भी जोड़ती। पर अब समझ आता है कि वो श्रद्धा या सम्मान देवी के लिए नहीं बल्कि पापा के उस फेसीनेशन (सम्मोहन) के लिए था जो उन्हें काली से था। हमारे ड्राइंग रूम में एक तस्वीर हुआ करती थी दीवान के ऐन ऊपर, काली की, बड़ी सी...(जो अब मेरे पास है और जिसे वृंदा महज एक एंटीक पीस कहती है) पापा जब भी परेशान होते घंटों उस तस्वीर को घूरते एकटक। मुझे डर लगता क्योंकि उन लम्हों में उनकी आँखें, जो उस तस्वीर पे जमीं होतीं मुझे आँखें लगी ही नहीं कभी। लगता जैसे दो भूरे पत्थरों में धीमी-धीमी आग सुलग रही हो। किसी मन्दिर गुरुद्वारे या घर के पूजा घर से भी दूर-दूर तक का कोई वास्ता ना रखने वाले 'आफ-द-ट्रैक' किस्म के मेरे पापा का इस तस्वीर से ए रिश्ताए-ख़ास मेरी समझ में इसलिए कभी आया भी नहीं। अरे...कहाँ आ गई—मैं तो चोरी की बात कर रही थी। ना कभी नहीं की...कभी नहीं। नहीं करना चाहती थी ए झूठ है गलत है। सौ फीसदी...करना चाहती थी। मेरी खूबसूरत पेन पेंसिलें और खुशबू वाले रबड़ भी तो कोई चुराता था। मेरे टिफिन बाक्स में से भी तो बेसन के चीले और आलू टिकिया कोई उड़ाता...। सबसे बड़ी दिक्कत पेश आती लाइब्रेरी में जब चट्टान सिंह के नाम

से कुख्यात लाइब्रेरियन सहगल मैडम 'बच्चों की ज्ञानवर्धक कहानियाँ' नाम की कोई मुचड़ी-तुचड़ी बीमार सी किताब थमाकर चलता कर देती। मैं तरस कर बड़ी-बड़ी शीशे की अलमारियों के पार रखी सेहतमंद किताबों को देखती और मेरे मुँह में थोड़ा-बहुत पानी नहीं बल्कि तालाब जैसा भर आता। कैसी सुन्दर-सुन्दर जिल्दें चढ़ी मोटी-मोटी किताबें, बिल्कुल वैसी जैसी पापा पढ़ते थे। पर जो ज्यादातर अंग्रेजी में होतीं और मेरे लिए बेकार थीं। ए किताबें मेरे सब्र, मेरे गॉड फियरिंग होने का पूरा-पूरा इम्तहान लेतीं...और तेल-सी चिकनी इन लालसाओं की ज़मीन पर मैं पुख्तगी से अपने नन्हे पैर टिकाए हर बार इम्तहान पास कर जाती क्योंकि खुदाई कानूनों और मेरी बगावत के दरम्यां वो चंद तस्वीरें थीं जिनसे मैंने अपने आपको पता नहीं कैसे जीते जी वाबस्ता कर लिया था। मैं पूरी सम्भावनाओं पे गौर करती, हर एंगिल से देखती, पर उन तस्वीरों में दर्शाई गई सब सजाओं में कोई एक भी तो अफोर्डेबल नहीं थी माने जिसे मेरा छटाँक भर का जिस्म बर्दाश्त कर सकता। कड़वा सही, पर सच यही है कि खुशी से कोई पारसा नहीं बनता और मैं भी नहीं बनी थी। मैं अपने आसपास देखती सब खुशमस्त, जिन्दगी के खेल मजों में डूबे मेरे हमउम्र। घर के पिछवाड़े में बच्चों की चीखती आवाज़ें आती "पोशम-पा...भई पोशम-पा...डाकुओं ने क्या किया, सौ रुपए की घड़ी चुराई अब तो जेल में जाना पड़ेगा..." और मैं उनके लिए च च च की आवाज़ से साथ अफसोस करती कि सौ रुपए की घड़ी चुराने की सज़ा महज़ जेल तो नहीं। कितने नादान हैं। और एक मिस्टिरियस-सी बुद्ध ब्रांड मुस्कुराहट मेरे होठों पे खेलने लगती, पर ज़हन में हर वक्त तेल के कड़ाहे खौलते रहते। तभी ना किसी बच्चे की कोई किताब पेंसिल गलती से भी मेरे पास रह जाती तो मैं काँप-काँप जाती। वजह साफ थी। मेरा गला काटने के लिए तो काली को कहीं जाना आना भी न पड़ता। वहीं दीवार से उतरकर मेरा गला रेतती। खून के गाढ़े घूँट भरती और फिर फ्रेम में जाके चस्पाँ हो जाती। इन्सानों के लिए खून के गवाह नहीं मिलते साहब तो भगवान का मारा कौन गवाह बनता। इसलिए खैरियत इसी में थी कि चुपचाप काली का खौफ़ तसलीम कर लिया जाए और पड़ोसियों के हमारी चौहद्दी से जुड़े अमरूद के पेड़ से अमरूद जब तक पक टूट कर हमारे आँगन में खुद ही ना गिर पड़ें सब्र भी किया जाए।

वो नासमझी का दौर था जिसमें गफ़लतों वाले दिन-रात होते हैं। पर कुदरत का कानून है कि गफ़लतों की भी एक उम्र होती है और होश को भी आना ही होता है सो मुझे भी आ ही गया। अच्छा ए रहा कि वक्त रहते आ गया, माने चिड़िया ने पूरा खेत चुगा नहीं था और ढेरों-ढेर बालियाँ अभी भी लहरा रही थीं।

खूब याद है मुझे। वो छोटी दीवाली का दिन था। माँ किचन में मसरूफ़ थीं...बच्चीराम किसी काम से बाहर गया था। बाबा के कोई मित्र आए थे तो वो बैठक में उनके साथ बिज़ी थे। माँ ने मुझे बुलाकर एक थाली में चार दीपक रख

कर दिए थे और दो गेट की खूँट में और दो गेट से कुछ आगे नर्सरी के पास बने चौराहे पर रखने की हिदायत दी थी। गेट के पास वाले दीए मैं रख रही थी जब मैंने 'उन्हें' अपने करीब-करीब खड़े पाया था। उन्हें माने 'पगले मामा' को। पगले मामा के बारे में मेरी मालूमात बस इतनी भर थी कि वो नीमपागल-सा आदमी जो भर मई-जून भी आधी बाजू का स्वेटर और हमेशा काली चीकट टाई पहने रहता था, हमारे घर से कुछ आगे अपनी बड़ी बहन के यहाँ रहता था। साठेक बरस के पगले मामा की बहन के शायद चार या पाँच लड़के थे और उनके घर से हमेशा कुत्तों की तरह लड़ने की आवाज़ें आती थीं। पगले मामा जिन्हें पूरी कालोनी इसी नाम से जानती थी, ऊपर छत पर बनी बिना प्लास्टर, बिना दरवाजों वाली ममटी-सी में रहते थे और हमेशा अंग्रेजी बोलते थे जिसके बस चार लफ्ज़ समझ में आते थे...एल.दी वाई के.। कभी-कभी पापा जब घर के गेट पर खड़े होते तो वो लपककर आते और मिनटों पता नहीं क्या-क्या बोलते-बुदबुदाते, अपनी मैली टाई दुरुस्त करते। सब ही तो उन्हें दुत्कारते, पर मेरे पापा उन्हें पूरे तहम्मुल से सुनते, चुपचाप। माँ बेतरह चिढ़तीं, बच्चीराम झींकता "बाबू भी अइसे ही है बहू जी...अरे भगाते काहे नहीं पगला को।" पापा हाथ उठाकर उल्टा बच्चीराम को चुप रहने, भीतर जाने का इशारा करते और पगले मामा को न सिर्फ तेज मीठे वाली चाय पिलवाते बल्कि हमेशा कुछ पैसे देते जो जहाँ तक मेरा हाफज़ा साथ देता है कभी भी चिल्लर की शक्ल में नहीं होते थे। सो उस दिन उन्हें अपने करीब खड़ा देखकर मैंने लापरवाही से कहा था, "पापा अभी अन्दर हैं, अभी जाओ...फिर आना" पर वो चुपचाप मुझे घूरते रहे थे बिना हिले। उनके ऐसे घूरने से मैं सकपका गई थी और अन्दर की तरफ कदम बढ़ाया ही था कि उन्होंने मेरा हाथ पकड़ लिया था सख्ती से...

"मेरे साथ आओ..."

"कहाँ..." मैं पूरी की पूरी काँप गई थी।

"आओ बस तुम"...कहकर वो मुझे खींचते ही तो ले चले थे। गेट ऐसे ही खुला रहा गया था। मैंने माँ को आवाज़ देनी चाही थी चीख कर...पर चीखना तो दूर मेरे तो मुँह में जैसे दही जम गया था। उनके एक हाथ में मिलट्री कलर का थैला था। पाँच फोटो नसवार वाला और दूसरे से वो मेरी उगलियाँ कसकर भींचे थे। लगातार तेज चलने से या जाने क्यूँ उनकी साँस बेतरह फूल आई थी। और मुँह से ऐसी आवाज़ें निकल रही थीं जैसे कोई लुहार अपनी भट्ठी दहका रहा हो। पाँच एक मिनट के उस सुनसान से रस्ते में वो दो-एक मर्तबा अपनी बेतरतीब साँसें दुरुस्त करने के लिए रुके जो दुरुस्त नहीं हुई तो नहीं हुई और फिर कैनाल करीब के उजाड़ से मन्दिर के करीब जाकर जो वो रुके तो उनकी हालत देखकर मुझे लगा था वो वहीं मर जाएँगे। अचानक मेरा खौफ़ काफूर हो गया था और मैं सुन्न हो गई थी। सुन्नपन की सी उस हालत में उन्होंने मुझे अपनी उँगलियों के इशारे से जो समझाया वो पहले तो

मेरी समझ में कतई नहीं आया था। फिर उन्होंने जैसे-तैसे अपनी बिखरी-सिखरी-सी साँसें समेटकर जो मुझे समझाया तो मेरे हवास जैसे बर्फ की तरह जम गए थे। खुशनसीबों के होते हैं जी होश फ़ाख्ता। पर वो पल वहीं थे मैं वहीं थी। 'जल्दी करो' कहकर उन्होंने उस थैले का मुँह खोलकर मेरे सामने कर दिया और मैं उनकी हिदायत के मुताबिक काँपते हाथों से छोटे-बड़े, टूटे-फूटे लक्ष्मी, गणेश और भी ना जाने कौन-कौन से भगवान उस थैले में भरने लगी जो मंदिर की पिछली तरफ के बड़े से दरख्त के तले बने बड़े से चबूतरे पर आड़े-तिरछे उल्टे-सीधे पड़े थे। "ए भी, हाँ वो भी...भरो...भरो...जल्दी करो" की उनकी गुहारों पर कान धरे अधमरी हो चली मैं मूर्तियाँ थैले में ठूँस रही थी। पूछना जरूर में ए चाहती रही हूँगी कि इन बेकार खंडित मूर्तियों का वो करेंगे क्या, पर मुँह से मेरे निकला...

"ए तो चोरी है मामा..."

"है...तो?" वो ढिठाई से बोले थे।

"चोरी करना पाप है...?"

"है तब..." और उनकी आवाज़ में बुरी तरह गुँथी इसी अजीब-सी ज़िद पे मैं खौल गई थी। कैसा बेशर्म आदमी है। चोरी और वो भी भगवान की। बजाय शर्मिन्दा होने के उल्टा चौड़ा हो रहा है। और अपने तसव्वुर में मैंने उन्हें तेल के कड़ाहे में उल्टा लटकता देखना चाहा था, पर रुक गई थी कि फिर मेरा क्या? मैं भी तो इस गुनाह में बराबर की शरीक हूँ भले जबरदस्ती, मजबूरन, पर हूँ तो...बस अपनी इसी बेबसी पे मैं रुआँसी हो उठी थी...

"आपको पता है चोरी करने से पाप लगता है"...मैंने कहा...! वो थोड़ी देर तक मुझे घूरते रहे थे फिर फिक्र से हँस पड़े थे...पहले धीरे-धीरे फिर खुलकर...बुत बनी मैं उन्हें देख रही थी...कि ऐसा क्या कह दिया मैंने...सच्ची बात बताई है कोई चुटकुला तो नहीं सुनाया। उसी बौखलाहट में मैं चीखी थी..."हँसिए मत...सचमुच लगता है...झूठ नहीं बोल रही मैं..." वो हँसते-हँसते रुक गए थे।

"पाप है इसी से तो सब सुभीता है, इसी से तो आराम है।"

"क्या मतलब"...मैं बुरी तरह अचकचा गई थी।"

"प्रायश्चित्त कर लेंगे...?"

"वो क्या होता है...?"

"होती है एक चीज जिसे करने से पाप करके भी कुछ नहीं होता, कोई सज़ा नहीं मिलती।"

किसी अँधेरी गुफा के मुँह से जैसे किसी ने बड़ी भारी वजनी चट्टान ज़रा भर खिसका दी हो और रोशनी की एक तेज़ चौंध सीधी आँखों में जा भरी हो। जभी न आँखें मिचमिचाते मैंने पूछा था...

—"सब पापों का प्रायश्चित्त होता है मामा?"

"हाँ...!"

"इस चोरी का भी है।"

"तब क्या...है ना...!"

"क्या...?"

"अभी नहीं फिर बताऊँगा...अभी तुम भरो जल्दी करो..." मेरे लगभग सुस्त पड़ चुके हाथ फिर हरकत में आए थे कि मैं रुक गई थी "...अब कैसे...थैले में जगह तो है ही नहीं...? मूर्तियाँ बिल्कुल टूट जाएँगी...पहले से तो कितनी टूटी हैं...?"

"टूटने दो...पर भरो तुम...इन्हें ऐसे ही नहीं छोड़ना यहाँ लावारिस..." मुझे लगा उनकी आवाज़ जैसे भर्रा आई हो। मैंने दो बाकी बची मूर्तियाँ और दबा-दबाकर थैले में भरीं और फिर उस वजनी थैले का फीता एक-एक तरफ से पकड़े हम लौट आए थे। लौटते वक्त मेरी अपनी साँसें बोझ के मारे जिग-जैग चल रही थीं तो उनका हाल तो बद से बदतर था। पहले की ही तरह लौटते वक्त भी वो रुके। लेकिन जाते वक्त की चेहरे पे बिछी हताशा, बेचैनी और भयंकर तनाव की जगह अब उनका झुर्रीदार चेहरा पुरसुकून नज़र आ रहा था। आँखों में दूर-दूर तक भी कोई छटपटाहट नहीं थी पहले जैसी...मेरे गेट के पास पहुँचकर थैले का फीता उन्होंने मुझसे ले लिया था और यूँ बेख़याली में बिना एक बार भी मुझे ताके आगे बढ़ गए वो जैसे में उनके साथ कभी थी ही नहीं, गेट अब भी खुला था। मैंने धीरे से गेट बन्द किया था और भीतर बरांडे में आ गई थी। वो थोड़ी दूर तक थैले को रखते उठाते-घसीटते झुके दिखते रहे थे लड़खड़ाते से फिर अँधेरे में गुम हो गए थे। कुल इतना-सा किस्सा...कुल इतनी-सी बात...पर मैं हैरान थी कि ज़रा-ज़रा सी बात पर मेरे हवासों की घिग्घी बँध जाने का चलन उस रात जाने क्या हुआ था...घर में दाखिल होते क्यूँ मेरी गर्दन ऐसे अकड़ी थी जैसे जंग जीत कर आई हूँ मैं और दीवार पे टँगी काली की तस्वीर को मैंने उन ढीठ निगाहों से क्यूँ देखा था जिसकी जबान मेरी समझ में तब चाहे ना आई हो, पर अगर आज उस लुक को मैं डिफाइन करूँ तो उसके सीधे-सीधे मानी होते हैं..."आती क्या खंडाला..."

एक रात बस एक ही रात तो वो क्या कहते हैं खुदा मेरे खीसे में रहा और दूसरे ही रोज वो पहले से भी कद्दावर हो मेरे सामने आ खड़ा हुआ जब अखबार पढ़ते पापा को बच्चीराम ने बीती रात पगले मामा के गुज़र जाने की खबर "करमन की गति न्यारी" का सम्पुट लगाते हुए सुनाई। मैंने भी सुना और वो तमाम तस्वीरें जो एक रात बस एक रात कैसे तो मुझे भूली रही थीं...सिनेमास्कोप साइज़ में मेरी आँखों के सामने लहराई और फिर सब कुछ धुँधला गया। मुझे कुछ पता नहीं मुझे कुछ याद नहीं...बस अब तब ज़रा-मरा-सी आँख खुलतीं, होश आता तो अपने पत्थर हो गए तलवों पे कुछ घूमता-सा लगता...मेरे चेहरे पे जमी कोई दो जोड़ी आँखें नज़र आतीं। कितनी देर मैं इस हालत में रही नहीं जानती, पर पूरे होश के साथ ही मुझपे ए फाश

हुआ कि मुझे तेज ताप हो आया है। मैं समझ गई, मेरी भी उल्टी गिनती शुरू हो गई। ऐसे ही होगा शर्तिया। पहले बुखार से मेरा बदन तोड़ा जाएगा और जब मैं बिल्कुल ही तो निशक्त हो जाऊँगी तो मेरी गर्दन...मैंने पापा का अपने माथे पे टिका हाथ थाम लिया था घबराकर। एक रात एक दिन बीता था। मैं छटपटा रही थी, जाने कुछ बड़बड़ा भी रही हूँगी जभी ना मेरी रग-रग से लेकर शहरग तक वाकिफ मेरे पापा मुझसे एक ही बात बार-बार पूछ रहे थे "तूने क्या किया बिट्टू, बोल बेटा कुछ हुआ तुझसे..." तीसरे दिन जे.डी.सी. के अचानक दौरे के चलते माँ को दफ्तर जाना पड़ा तो मैंने, मेरी चुप्पी टूटने के इन्तजार में बैठे पापा के सामने, घुटने टेकने में पल नहीं लगाया था...सारा किस्सा बयान कर दिया था एक ही राग अलापते कि "अब मैं भी मर जाऊँगी, कि अब मेरी बारी है क्यूँ कि मैं उनसे ए तो पूछ ही नहीं सकी कि भगवान की चोरी का प्रायश्चित्त क्या होता है?" और फिर मैंने अचानक उनके घुटने थाम लिए थे... "आपको पता है, क्या होता है आप तो इतनी किताबें पढ़ते हो...?"

पापा खामोश थे...बिल्कुल खामोश...देर तक मेरे करीब बुत बने बैठे रहे वो, फिर उठकर चले गए थे...दूसरे दिन तो मेरी हैरत का ठिकाना नहीं रहा था जब सुबह माँ ने बताया था कि पापा बाहर गए हैं...कहाँ...कुछ बोला नहीं...बस इतना ही कि जल्द लौट आऊँगा। मैं आखिरी उम्मीद भी छोड़ बैठी थी। मुझे बहरहाल यकीन आ गया था कि "नाऊ देयर इज़ नो एस्केप।" पापा किसी भी सीन से बिल्कुल असहाय होने की स्थिति में क्विट करते हैं। जाहिर है वो मुझे अपने सामने मरता हुआ नहीं देख सकते थे इसीलिए ना चले गए। अगले दो दिन इसी हालत में बीते थे। तीसरे दिन सुबह मेरी आँख खुली तो सफेदी का एक बादल मुझे अपने चेहरे पे झुका नज़र आया। पहले धुँधला, फिर साफ और फिर बिल्कुल ही तो साफ...बादल ने रफता-रफता पहले एक इन्सानी जिस्म नाक-नक्श ओढ़े—फिर लिबास भी पहन लिया। वहीं हीरे की कनी-सी चमकती आँखोंवाला कौन हो सकता है। नाक में वही सफेद मोती की लौंग, वही सन से सफेद बाल...दादी...मेरी प्यादी दादी...कहानियों के पिटारेवाली जादूगरनी। मैं उन्हें देखती हूँ और उनकी छाती से लिपट जाती हूँ...सुकून गहरा सुकून मुझे अपनी छाती में उतरता महसूस होता है। दुखती आँखों पे गुलाब जल के फाहे जैसी छुअन वाली दादी को देखकर मैं सब कुछ भूल ही तो जाती हूँ पल को...पर कमरे की देहरी पे मुस्कराते खड़े पापा को देखकर सब याद आ जाता है। वो कुछ कहते नहीं, पर मैं समझ जाती हूँ जाने कैसे...सचमुच उन्हें सब पता है, इतनी मोटी किताबें जो पढ़ते हैं।

मैं खुश थी बहुत खुश, पर भीतर डर भी था कि कितने दिन...फिर वही होगा...चार बरस से दादा जी की मौत के बाद दादी फुटबाल हो गई थीं। पोटलियों में अचार, मुरब्बे भरके दादी भाग-भाग के गाँव से आतीं बेटों के पाले में ठहर जाने

को, पर हर बार मुट्ठी में ढेरों नोट दबाए वापस गाँव भिजवा दी जातीं। माँ को उनकी खाल पे उभर आए सफेद चकत्तों पे किसी गम्भीर बीमारी का अंदेशा था। वो एक ही धुन पकड़ लेती..."मेरी एक ही बेटी है..." दिनों घर में ठंडे युद्ध की स्थिति रहती जिसकी परिणति होती दादी का गाँव लौट जाना और पापा की दमघोंटू जानलेवा उदासी...। मँझले चाचा के यहाँ पाँच कमरों के बावजूद 'स्पेस' की प्राब्लम थी और छोटी चाची के यहाँ दादी के रहने का सवाल यूँ पैदा नहीं होता था कि उनकी तो माँ उनके साथ रहती थीं...मैं इसलिए अन्देशे में थी...कि...! पर उस रात मैंने माँ...पापा के कमरे से आती बाबा की बुलन्द आवाज़ सुनी तो इत्मिनान हो गया..."इस मुद्दे पे बात खत्म...माँ यहीं रहेंगी...ए तय ठहरा...फिर मुझे भगवान को मुँह दिखाना है या नहीं...आई ऑएन एक्सप्लेनेशन टू हिम।" मैंने सुना और मेरा ताप धीरे-धीरे उतरने लगा।

बाईस दिन...बस बाईस दिन दादी हमारे साथ रहीं...उनके जीवन के अन्तिम बाईस दिन भी थे वो...पापा को मैंने दिन-रात उनके साथ देखा। उनके कपड़े बदलते, उन्हें स्पंज करते...अपने हाथों से चम्मच-चम्मच साबूदाने की खीर खिलाते...घूँट-घूँट कर बच्चों की तरह मुँह पोंछकर दूध पिलाते...मुझे दादी और पापा को साथ देखकर बेहद सुकून मिलता। उन भगवान पे बेहद अकीदत होती...जिसके जवाबदेही के खौफ़ के चलते ही सही इन्सान अपना फर्ज अंजाम तो देता है। सबसे बड़ी बात उन तस्वीरों के सौ फीसदी सच्चा होने का एतबार होता जिनकी सजाओं से डरकर ही आदमी अपने आमाल सही तो रखता है। गाड...ओनली गाड इज़ ओमनीपोटेंट जो आदमियों को अपने पथ से विमुख नहीं होने देता...बच्चीराम सही है, मैं सही हूँ, बाबा सही हैं, बस गलत थे तो पगले मामा। कैसा कहते थे "पाप है इसी से तो सुविधा है...?" झूठे ना हो तो कहीं के...मुझे भी ले डूबे थे...।

ऐसा मेरा ख़्याल था, पर ख़्याल ही तो था। हकीकत और थी...सरासर मेरी उम्मीदों के खिलाफ...दादी की खूब धूमधाम से हुई तेरहवीं के बाद दोनों चाचाओं के बीच सिर झुकाए बैठे पापा ने ही फिर सिर हिलाते कहा था..."माँ की मौत का दुख तो है मुझे, पर मैं इस बात से बहुत सुखी हूँ कि वो आखिरी वक्तों में घुटने रगड़ के नहीं मरी...जितनी भी प्रारब्ध में थी उतनी ही सही पर उनकी सेवा तो की मैंने। अब कोई बोझ नहीं, कोई डर नहीं...मैं मुक्त हुआ...मैं हर बोझ से मुक्त हुआ।"

"मैं मुक्त हुआ" यही बस एक जुमला तो था जिसने सारा मंजर ही बदल दिया। दोनों चाचाओं के चेहरे पे हमेशा ही पसरा रहने वाला बेशर्मी भरा इत्मिनान मेरा सरोकार नहीं था। बिल्कुल नहीं, पर वो आदमी जिसके मुँह से निकला लफ्ज़-लफ्ज़ मेरे लिए हर्फे अव्वल और हर्फे आखिर जैसी वकत रखता था, उसके मुँह से ए "मैं मुक्त हुआ" सुनकर मेरे भीतर जो सुलग गया, जाने वो क्या था पर उसका सेंक यकीनन आग के सेंक से कहीं सिवा था। जिसकी ज़द में आने वाली पहली चीज़ वही 'नर्क के

फोटुओं' वाली किताब थी। तभी ना दिनों बेचैनी से छटपटाते, सुलगते जलते मैंने फिर चुपचाप पिछवाड़े का दरवाजा खोला था और सीधी उसी बूढ़े बरगद की जड़ों के पास जाकर रुकी थी। माँ की सारी आवाज़ें ख़ला में खो गईं। एक भी तो मुझ तक नहीं पहुँची। नहीं जानती क्यूँ पर तेरह बरस की उमर तक भी बाबा की उँगली थाम के थे तो कोई उनके जिस्म पे बचे उनके आखिरी कपड़े, उनके कछारे का नाड़ा खींचा था...मामा जी हाथ जोड़ रहे हैं। दूर से भी मुझे उनका गीला कछारा और टाँगों पे बहता पेशाब दिख रहा है। धवल कपड़ों, धवल दाढ़ी, और अबरक लगी पगड़ी पहनने वाल उस 'वाहे गुरु' के बन्दे के हमेशा धारण पाँच चिह्नों में से कछारा और तलवार फिर जाने कहाँ गए। मैंने मुँह छुपा लिया था। अचानक बीजी मामा जी चीखते हैं। अगल बगल की छतों पे भी औरतें चीखती हैं, मैं आँखें खोलती हूँ। जलता टायर गले में डाले मामा जी पागलों की तरह भाग रहे हैं तड़प रहे हैं...और उनके गिर्द भीड़ 'आय एम ए डिस्को डांसर' गा-गाकर तालियाँ बजाकर नाच रही है। मेरे करीब खड़े मेरे मामा जी सीढ़ियों पे पैर बढ़ाते हैं...बीजी सामने आ जाती है 'खबरदार जे घरों पैर बाहर कड्या' (खबरदार अगर घर से पैर बाहर निकाला) मामा जी रो रहे हैं... "हाय मेरा यार मार छाड्या (हाय मेरा दोस्त मार दिया)..." पर बीजी की कसी जकड़ से निकलने की दूसरी कोशिश भी नहीं करते। छतों पर खड़े रब्ब के ए बंदे जिन्हें गली के मंदिर में मत्था टेके बिना सुबह शाम नहीं पड़ती गिनती में 100 से कम क्या होंगे। गुरबख्श मामा जी को जिन्दा जलाने वाले यही कोई 30-40 लोग...। रोना चीखना-चिल्लाना सब हो रहा है पर कोई भी तो अपनी जगह से नहीं हिलता...मुझे लगता है चीख चिंघाड़ा डाल कर ए सब भी 'मुक्त' हुए...। मैं अब एक लपट देख रही हूँ बस एक तेज लपट... गुरबख्श अंकल तो जाने क्या हुए...भागती हूँ...बीजी की "नी बुआ ना खोली" (अरे दरवाजा मत खोलना) की आवाज़ मेरे साथ साथ उतरी आती है। मैं नीचे उतरती हूँ...और चुपचाप पिछला दरवाजा खोल कर भागती हूँ और सीधे मन्दिर की जाली पे पनाह लेती हूँ। "रोकते क्यूँ नहीं, रोको...रोको तुम" मन्दिर की जाली में उँगलियाँ डालकर खड़खड़ाते रोते-रोते मेरा गला रुँध जाता है, पर मेरे सामने खड़े ओमनीपोटेंट बुतों के माथे पे ना शिकन उभरती है ना कोई और भाव...मैं हैरान थी। किसी को यूँ जारो कतार रोता देखके कोई मुस्कुराता कैसे रह सकता है। मैं फिर पुकारती हूँ पर यकबयक मेरी नज़रें सारा नज़ारा गौर से देखती हैं। पत्थर देह, पत्थर के धनुषबान और एक चबूतरे पे मुंजमिद पैर...जुंबिश हो भी तो कैसे...? चारसूँ फिर नजरें दौड़ाती हूँ। बन्द दीवारें जिनमें बस आले, पर कहीं कोई खिड़की नहीं...और दूर एक जंगला जिससे मैं लगी खड़ी हूँ उस पर भी कितना मोटा ताला लटक रहा है। ताला, जिसकी चाबी पुजारी के पास है, पुजारी जो तमाशा देखने में मसरूफ़ है कैसे आएगा? ना उस पार मैं जा सकती हूँ ना इस पार ओमनीपोटेंट भगवान...मैंने खुली आँखों से एक विशालतम सच्चाई को बरहना (नंगे) खड़े देखा

और उस लम्हा मुझे गीले कछारेवाले दार जी और मन्दिर की मूरत में कतई कोई बुनियादी फर्क नहीं लगा। बस सब गिले खत्म हुए सारे शिकवे जाते रहे। बरसों बरस पहले पगले मामा की संगत में गुफा से जो हल्का-सा पत्थर सरका भर था अब इस इक हादसे ने जैसे गैती से वो इतना बड़ा पत्थर पूरा सरका दिया...रोशनी की एक तेज चौंध मेरी आँखों में भर गई। स्कूल बस पकड़ने जाने का मोह भी मैंने चुपचाप त्याग दिया और फिर ऐलान किया एक रोज़ कि "अब मैं स्कूल बस के लिए अकेले जाऊँगी। बड़ी हो गई हूँ।" उफ् उन मजबूत हाथों की गर्म प्रोटेक्टिव उँगलियों के मोह से उबरना कैसा मुश्किल था। पर मेरे दिल की कैफियत कुछ-कुछ प्रेमचन्द की कहानी 'दो बैलों की जोड़ी' के किसी एक बैल सी थी। छुट्टा बिजार—जिसे पूरी दुनिया अपने सामने ताजे मटरों का खेत नज़र आती है। बस दिक्कत इतनी भर थी कि मैं ए खेत चरना कहाँ से शुरू करूँ। फिर ए दिक्कत भी सुलट गई—क्या खूबसूरत आगाज़ था जब मैंने उस ख़ब्ती लायब्रेरियन की नज़र बचाकर चुपचाप दो किताबें मोटी-मोटी अलमारी से सरका दीं। दो और, फिर दो और। फिर इसके एवज़ में पॉकेट मनी से बचाकर पचास पैसे माँ के भगवान जी के आले में रख दिए। दिनों मैं इस उसूल का पाबँदी से पालन करती रही। फिर सोचा कि ऐसे तो मेरा बजट खराब हो जाएगा। ए तो अब रोज का काम ठहरा...सो धीरे-धीरे मामला छः महीने पे पहुँचा बाकायदा ग्यारह रुपए के इन्क्रीमेंट के साथ। और फिर एक दिन ठहर गया। ठहर क्यूँ गया, अब बस ए एक आखिरी किस्सा-ए-मुख्तसर और।

नवम्बर '84 की एक शाम। ए.आई.आर. के रिकार्डिंग रूम के बाहर बैठी चिट्ठियाँ छाँटते कि मेरी एक साथी मुझे खींचती है, "तुरन्त घर चलो दंगा भड़क गया है," मैंने विभाजन का वक्त नहीं देखा बस अपने बड़े बूढ़ों से उसके किस्से सुने हैं...और उनकी आँखों में उस अलाव को धूँ...धूँ...करके जलते देखा है जिसे बुझे बकौल हमारे हुक्मरानों के ज़माने हुए। इसलिए दंगा लफ्ज़ सुनकर गली में खेलते बच्चों के दंगा करने का तसव्वुर मैंने किया हो ऐसा नहीं था...पर सूरते हाल ऐसी संजीदा होगी ए भी कहाँ सोचा था। "भागो...मारो...काटो वो रहा साला सिक्खड़ा..." ऐसी आवाज़ें। मैं तो ठंडी हो ही गई थी, पर मेरी दोस्त कैसे दिलोदिमाग का बैलेंस सँभाले घर तक ले ही आई थी मुझे। दरवाजे पे थाप दी...मिनटों तक कोई जवाब नहीं। फिर जोर से पीटा था शंकालु नज़रों से सूनी गली ताकते...अब सीढ़ियों से भागता हुआ मेरा कज़न शरद आता है, "आ गई दीदी—बड़ी चिन्ता थी...तेरी..." मैं पेशतर इसके कि कुछ जवाब दूँ फिर वो सीढ़ियाँ चढ़ जाता है...नीचे कमरों में कोई नहीं...बड़ी बेजी, मामाजी, नानाजी कोई नहीं। कहाँ गए सब? बड़ी बेजी का तो ए मन्दिर जाने का समय है सो उनका तो इस वक्त घर रहने का सवाल। पर छत पे...मैं बौखलाई-सी सीढ़ियाँ चढ़ गई थी। मेरे घर के सब जन मुंडेर से सटे खड़े हैं। अगल-बगल की छतों पे भी लोग, बेजी मुझे देखती हैं और कुछ बोलना चाहती हैं। पर गला रुँध जाता है।

मैंने आगे बढ़कर देखा था और बस हजार कीलें मेरे जिस्म में उस मंजर को जैसे देखते ही उतर गई थीं...पीछे हैल्थ सेंटर है वहीं पर्चियाँ बनाने वाले गुरबख्श अंकल जिन्हें मैं मामा जी का अभिन्न मित्र होने के नाते जाने कब से मामा जी कहती आ रही थी, खुली दाढ़ी, खुले केश, अधनंगे खड़े थे। गिर्द नाचती हुई भीड़ कि जैसे मसान सिद्धि के लिए जुटे चंडाल...किसी ने बाल खींचे भर तो गई, पर कितने बरस ग़ारत करके। मेरे बचपन के कितने बरस...यूँ ही चले गए डरते काँपते...जिन्दगी के ऐसे संगीन मसलों पे पर मेरी छोटी-सी बिटिया की अप्रोच 'हाऊ फनी' कितनी सहज स्वाभाविक है। तभी ना सोचती ए हूँ कि इस कदर जीनियस और समझदार औलाद भला मैं कैसे...?

कोई है...!

'जो आँखें देख सकें उसके भी परे देखिए और फिर खोजिए...!' अपने इकलौते पसन्दीदा चैनल 'डिस्कवरी' पर सैकड़ों मर्तबा सुना जुमला जब ज़मानों से कुन्द मेरे ज़हन के दरवाजे पीट-पीट कर नाकाम थक कर बैठ जाता है तो फिर हौले से दिल के दरीचे पर थपथपाता भर है कि पल्ले आप से आप खुलते चले जाते हैं। जो दिखाई दे उसके...भी परे...उसके पार...! क्या देख रही हूँ मैं...? क्या-क्या दिखाई दे रहा है मुझे...? चारसू नज़रें दौड़ाती हूँ। शहर के सबसे भव्य आलीशान और महँगे स्कूल की बलन्दोबाला इमारत के जूनियर विंग में हो रहे 'इवनिंग फेट' में इस स्टाल से उस स्टाल तक लकदक लिबासों में बिछे मर्द और औरतें। जिनकी बेशकीमती अँगूठियों से सजी उँगलियों में के मुस्तकबिल की कमजोर उँगलियाँ कैद हैं। बैनिटन की टी-शर्ट्स और जीन्स में कसे आनेवाले कल के गाँधी, जवाहर, पटेल और भी न जाने कौन-कौन से निज़ाम गोल बाँधे खड़े हैं, और इस गोल के ऐन बीच अपनी कसी मुट्ठी में रबर की गेंद भींचे खड़ा मेरा बेटा अपने सामने झक चाँदनी बिछी मेज पर सजे ग्लास पिरामिड की 'सातवीं या शायद आठवीं' बार मुकम्मल धज्जियाँ उड़ा देने की नाकाम कोशिश के बाद मुझे जिन 'लाचार' निगाहों से घूर रहा है वो मासूम निगाहें मेरे भीतर कैसे तो वलवले उठा रही हैं। उसकी नाकामी उसकी समझ से परे है। खुद मेरी भी। जिसकी नन्ही, मगर पेशेवर खिलाड़ी की सी सधी उँगलियों में फिरकी सी थिरकती गेंद कालोनी के दिग्गज़ों के मिडिल स्टम्प आन की आन में ले उड़ती हो, वो एक बेहिफाज़ज ग्लास पिरामिड के सामने यूँ घुटनों के बल। हैरत में हूँ...सख्त हैरत में।

"आप देखना माँ, मैं बस यूँ गया और यूँ आया...एक हिट करूँगा और सब ग्लास धड़ाम।" किसी स्टंट हीरो की सी लापरवाही से कन्धे उचकाता वो 'फी हिट टू रुपीज' वाले उस स्टाल के सामने अड़ ही तो गया था जिसके बाहर खड़े हम देर तक क्या तो नन्हे-नन्हे बच्चों, बड़ों तक को भी खाली हाथ, खिसियानी हँसी हँसते लौटते देखकर मज़ा ले रहे थे...। मैंने पर्स से दस रुपए निकालकर उसे दिए थे तो वो झुँझलाया था...'बस पाँच माम...।' और मैंने काफी तलाश के बाद पर्स से पाँच

का सिक्का उसे निकालकर दे दिया था और उसके दावे और हौसलों पे सौ जान से एतबार लाती अगले स्टाल की तरफ बढ़ गई थी जहाँ एक छुटकी सी गुड़िया रानी अपनी आँखों पर पट्टी बाँधे, उँगलियों में चाक थामे ऊँट की दुम सही जगह बिठाने में जुटी थी।

'ऊँट रे ऊँट तेरी कौन सी कल सीधी' की मसल तो सुनी थी...पर 'दुम भी कोई आसान मसअला नहीं' पे देर तक हैरान होती मैं अपनी पीठ पे भृगु की जानी पहचानी छुअन पे पलटी थी...। अजीब सा खिंचा चेहरा...और फिर बिना किसी भूमिका के उसने अपनी हथेली पसार दी थी "थोड़े पैसे और दोगी माँ...?"

"पहले वो वापस कर जो बचे" कहकर मैंने उसकी पसरी हथेली पर अपनी हथेली जमा दी थी। साइकिल पर ज़रा कर बाज़ार से 'पराग' के पैकेट और डबलरोटी तक लाने में ढिठाई से कमीशन वसूलने की उसकी आदत से बखूबी वाकिफ मैं इधर उसके आने-पाई का हिसाब रखने लगी हूँ...।

"कुछ तो नहीं बचा, मैं तो पिरामिड तोड़ ही नहीं पाया..." कहते उसकी आँखों में जमाने भर की लाचारी उतर आई हो जैसे, पर...दूसरे ही पल उसकी गोरखों जैसी चुँधी-चुँधी आँखें चमकने लगीथीं,..."लेकिन मैं करूँगा माँ...मैं कर सकता हूँ...प्लीज़ मम्मा...।"

मैंने सुना था और चुपचाप पर्स में से दस रुपए एक लफ़्ज बोले बिना मुस्कुराते हुए उसे दे दिए थे। उसकी दस बरस की नन्ही सी उम्र के पल-पल, दिन और रात की गवाह मैं..., उसके गलत सही...झूठ सच को राई रत्ती समझने वाली मैं अगर उस लम्हा उसपे एतबार न लाती तो मुझसे बड़ा गुनहगार कौन होता...। फिर उसकी उँगली थामे मैं 'फी हिट-टू-रुपीज़' वाले उस स्टाल की तरफ बढ़ गई थी जिसकी रुख कदम बढ़ाते दूर-दूर तक भी मेरे वहमो-गुमान में न था कि देखते ही देखते वो खेल का नहीं जंग का मैदान हो जाएगा...।

फिर मरे सामने ही तो...सुफ़ैद चादर पे सजे उस पिरामिड पे भृगु ने एक... दो...तीन...चार और फिर पाँच बार पूरी कूव्वत से चोट की थी...। हर बार भनभनाते हुए ग्लास बिखर गए थे... पाँच मंजिला इमारत गर्क...बस हर बार दाएं और बाएँ तरफ किनारे के दो ग्लास किसी वीरान ढह चुकी तारीख इमारत के दो जिन्दा सूतूनों की तरह खड़े नजर आते थे...। बस दो सूतून...भृगु के चेहरे की पल-पल बदलती रंगत मैं देख रही थी। बस "मैं यूँ गया और यूँ आया" के हौसलों से लबरेज आँखों से शर्मिंदगी टपकी-टपकी पड़ रही थी! कहाँ गड़बड़ है...क्या गलत है...कहाँ गलत है...जैसे भाव समेटे वो अकबकाई सी नज़रों से मुझे घूर रहा है और मैं सिर्फ उसके कंधे थपथपा देती हूँ।

"होगा-होगा भृगु...कोशिश करो बेटा..." धीरे-धीरे अपने खून में मैं वही ज़िद हौले-हौले घुलती महसूस कर रही हूँ जो जब भी मुझ पे तारी हुई है...कुल आलम

पे बार गुजरी है।

"सॉरी, बट योर टैन रुपीज आर ओवर।" मेज के पार खड़ी 'खड़िया' सी सफेद खाल वाली टीचर ने सिर हिलाया था और मैंने उसे गौर से देखा था। हमेशा की तरह वही टेम्पटेशन। कहीं जो इत्तफाक हो कि इसे पानी से भरे टब में डुबोया जा सके तो कमअज़कम इसका असल रंग तो साफ हो। "आय वांट यू गायज टू लर्न हिन्दी इन इग्लिश" की तर्ज पे...हिन्दी पढ़ाने वाली ए टीचर स्कूल में हिन्दी का एक शब्द भी बोलने पर फाइन बटोरने के लिए कुख्यात है। 'ए तो अति है भई,' कि मेरी हाय-हाय का अनन्त एक ही जवाब देते हैं "तो फिर सरकारी स्कूल में एडमिशन करवा देते हैं...। जम कर हिन्दी बोलेगा...अब अगर टीचर क्लास में ही न आए तो न सही। ना होम वर्क का चक्कर ना तुम्हारी जान को रोना...स्कूल के गेट चौपट खुले...कभी आओ...कभी जाओ...क्यूँ बोलो करवा दूँ।" कहते वो इत्मिनान से मुस्कुराते शेव बनाने में मशगूल हो जाते हैं...और मैं उन्हें 'हुए तुम दोस्त जिसके, दुश्मन उसका आसमाँ क्यूँ हो'...के अन्दाज में ताकती जिच होकर रह जाती हूँ...।

"अब माँ...?" भृगु मेरी तरफ झेंपी हुई मगर बेतरह बेचैन निगाहों से ताक रहा था...और मैंने अपने आसपास की दीवारों पे नज़र की थी...पर इस हाल की पुती, जगर-मगर करती इमारत में जब जाले ही नहीं तो फिर वो मकड़ी भी कहाँ जिसकी सीली दीवार पर गिरने और फिर बार-बार चढ़ने की कोशिशों के सदके लहू की रवानी बढ़े...धड़कनें तेज हों और कोई इन्कलाब आए...!

"तो माँ...!" भृगु ने हिचकते हुए फिर पूछा था और मैंने उसे सवालिया निगाहों से ताका था।

"तो...?"

भीतर ही भीतर हालाँकि कोई मन्त्र की तरह दोहरा है...। जो दिखाई दे उसके पार, उसके परे देखिए...देखिए...! जिस तरह ग्लासों की पाँच मंजिलें खड़ी की गई हैं...मैं समझने में नाकाम हूँ कि कैसे किनारे के ग्लास गिराए जा सकते हैं? वो तो दरअसल 'हिट' होते ही नहीं...। जिसपे चोट ही नहीं होती वो गिरेगा कैसे...। पर भृगु के साथ पल-पल जीते मैंने असम्भव शब्द का इस्तेमाल उस दिन से बड़ी सावधानी से करना सीख लिया है... जब अपने नन्हे पाँवों में पहली बार 'स्केट्स' के तसमें बाँधकर वो किसी दरवाज़े और दीवार का सहारा लिए बिना पूरे घर और छत पे तितली सा उड़ता डोलता फिरा था और मजाल है पंखों पे ज़रा चोट आई हो...।

'माँ...अम्मा...' की आवाज़ के साथ अपने पल्लू को खींचे जाने से चौंकती हूँ...! भृगु के पैसे माँगने के पल से अब तक पाँच सात बच्चे कोशिशें करके हार चुके हैं और चुपचाप अपने माँ-बाप की उँगली थामे चल देते हैं...। एक अजीब सा ख्याल मन में आता कि अभी मैं इसे पैसे ना दूँ...और चुपचाप उसका हाथ थामें उसे भी साफ्टी खिलाने या किसी और बहाने से यहाँ से लेकर चल दूँ...तो निज़ात मिले।

पैसे पे पैसे क्यूँ दिए जा रही हूँ मैं। जुए और खेल के बीच का फर्क भूल जाऊँ ऐसी तो नादान नहीं मैं! पर अपने इस दिमाग के कज का क्या करूँ...! उस बेचैन लहू का क्या करूँ मैं जो मेरी नसों में बह रहा है, जिसने मुझपे हर शिकस्ता लम्हे में साबित किया है कि खंदक को पार करना है तो रस्सी पर पाँव रखना लाज़िमी होता है। और सचमुच मैं खंदकों पे खंदकें पार करती चली गई हूँ...पर रस्सी भी तो हो? फिर यहाँ सवाल मेरा नहीं मेरे नन्हे बेटे का है...! और फिर अचानक मुझे अपनी ही आवाज़ किसी गहरे कुएँ से आती महसूस हुई थी...!

"कम आन...फिर मार भृगु..." मेरी आवाज के धारदार ठंडेपन से मैं खुद सिहर गई थी...। और भृगु ने खुशी से उछलते हुए बाल मुट्ठियों में फिर भींच ली थी...। वो दो...तीन कदम पीछे हटा था...। देर से ए सारा तमाशा देख रहे कुछ बड़े बच्चों के झुंड में से कोई बच्चा चिल्लाता है..."कम आन भृगु...कम ऑन..." फिर तालियों की गूँज, रिद्म के बीच भृगु जिस शिद्दत से प्रहार करता है कि मैं आँखें भींच लेती हूँ। इस ताकत, इस फोर्स से तो अगर गेंद आसमान के रुख उछाली जाती तो 'हाउ आई वंडर व्हाट यू आर' का मसअला ही खत्म हो जाता। कंकड़ पत्थर से गरीब सितारे जमीन पर गिरे-पड़े फिरते।

ओ...नो...! की अफसोस और निराशा से मिली-जुली ढेरों आवाजों के बीच आँखें खोलती हूँ। वही दोनों किनारों के दो सूतून...।

"फिर मार...फिर...फिर..." मैं जैसे पागलों की तरह दोहराए जा रही हूँ...। "लीव इट...मैडम, हटाइए"...की तमाम नसीहतें कान के पर्दे छू कर यहाँ-वहाँ बिखर जाती हैं।

"बस इतना सा बच जाता है जाने कैसे माँ...इतना सा।" कहता हाँफता भृगु अँगूठे और तर्जनी के बीच चुटकी भर जगह छोड़ कर मुझे दिखाता है। परेशान, उदास, पराजित सा खड़ा मेरा बेटा। आँसुओं की बाड़ रोकने की कोशिश में टेढ़े होते होठ...रह-रह कर...काँपती छोटी सी नाक।

उसके अँगूठे और तर्जनी के बीच छूटी हुई चुटकी भर जगह...और बस 'इतना सा' सुनकर मेरा अन्तर भीग जाता है। उसे एक झूठ से रू-ब-रू करा पाने का हौंसला ना रखने वाली 'मैं' एक बार यही चुटकी भर की जगह लेकर अखबार पढ़ते बाबा के पास लपकी थी। "बस इतना सा सवाल बता दो बाबा बस इतना सा...बाकी फिर मैं खुद..." बीती रात उसी एक सवाल को लेकर पूरा दो घंटा मेरे साथ जूझ चुके बाबा ने मेरी बात सुनकर धीरे से अखबार एक तरफ रखा था और मुझे अपने करीब करते खामोशी से मेरा अँगूठा और तर्जनी को मिलाकर, चिपकाकर उस चुटकी भर खुला को भर दिया था और फिर अखबार पढ़ने में मशगूल हो गए थे। उस दिन उनकी खामोशी मुझे सुनहरी नहीं लगी थी और में खौल-खौल गई थी पर फिर गुज़रते बरसों के साथ जब कितने ही उबाल आए और फिर ठंडे भी पड़े तो एक साथ दो बातें समझ आई थीं...अव्वल ए कि खामोशी हमेशा सुनहरी ही होती है और दूसरा ए कि

उसे कभी गलत कोट भी नहीं किया जा सकता...। मैं जिन्दगी भर के लिए समझ गई तो मैं 'भृगु को क्यूँ नहीं समझा पा रही या वो खुद ही क्यूँ नहीं समझ लेता...उसकी रगों में भी तो वही खून...।'

झनझनाकर बिखरते ग्लासों को भाग-भाग कर लगाने के लिए खड़े किए गए बच्चे जैसे थक कर चूर हो गए हैं, पर तड़ाक-तड़ाक की आवाज़ है कि बन्द ही नहीं होती, जैसे किसी असलहे के जख़ीर में आग लग गई हो। बच्चे भृगु के साथ गुप-चुप मंत्रणा कर रहे हैं..."इस एंगल से...उस एंगल से...अब थोड़ा पीछे, अच्छा इधर हट के..." की तमाम कोशिशों का नतीजा तयशुदा सिफ़र...!

अचानक भृगु भाग कर मेरे करीब आया था और मुझे कान नीचे करने को कह गिट्टो के बल उचका था। मैंने सुना था और "देख अगर हो सके तो" कहकर टेक लगाकर खड़ी हो गई थी...। बच्चे...भृगु देर तक खुसर-पुसर करते रहे थे...। फिर वो मेज के सामने से हटकर तिरछा लम्बवत् खड़ा हो गया था, बच्चों का झुंड साथ...। फिर वही तालियों की गड़गड़ाहट। "थोड़ा सा दिल, थोड़ा सा विल" की गूँज...। भृगु हलका सा नीचे झुका था। उसके झुकने की देर थी कि मेज के पार अब तक इत्मिनान से तमाशा देखते सियार ने बेचैनी से पहलू बदला था...!

धड़ाम्...की आवाज़ के साथ जब और भी कितनी आवाजों की धुन्ध छँटती है तो मैं देखती हूँ...। मेरे नन्हे ने करिश्मा कर दिखाया। नीचे की 'रो' पे सधी उँगलियों से किए गए कमाल के हिट ने सब सूतून ढा दिए। 'वैलडन-वैलडन वेरी, गुड...' सब ठीक। पर मैं स्तब्ध भृगु को देख रही हूँ जिसकी आँखें बिल्कुल मेरे बाबा की आँखों सी चमक रही हैं...नायाब बेशकीमत चमक...जिससे आँख मिलाने की ताब किसी कोहेनूर में नहीं...। भृगु शान्त भाव से खड़ा मुस्कुराता मुझे लिपट रहा है और उसके गिर्द परिन्दों से चहचहाते बच्चे उड़ते फिर रहे हैं कि अचानक सियार ने टब में छलाँग लगा ही तो दी।

"नो...नो इट्स अनफेयर, यू आर स्पोज्ड टू हिट द पिरामिड फ्राम फ्रंट ओनली, नो टिफिन बाक्स फार दिस हिट।"

मैं चौंकी थी और पहली बार मेरा ध्यान किनारे पे रखे 'मिल्टन' के दामी टिफिन बाक्सों पे गया था! अब तक तो उन्हें देखा ही नहीं था हमने। मैं ही नहीं सब स्तब्ध। परिंदों से चहकते बच्चे यूँ खामोश हो गए थे जैसे उस एक बरस अलस्सुबह सूरज को ग्रहण लगने के बायस शाम के मुग़ालते में सब परिन्दे खामोश बसेरों में लौट गए थे।

"आपने पहले क्यूँ नहीं कहा जब बच्चा इस तरफ आके हिट कर रहा था।" मैं तो गूँगी बनी खड़ी हूँ पर जाने कौन पूछ लेता है!

"वैल...आइ एम नाट हेयर टू आन्सर योर क्वशन्स...रूल्स आर रूल्स...!"

"पर पहले क्यूँ नहीं कहा जब बच्चा मार रहा था...ए तो ठीक बात नहीं।"

"वैल दैट्स योर प्राब्लम..." ढीठ सियार सरेआम टब में कुदक्कड़े मारे ही चला जा रहा है...। पिरामिड फिर खड़ा कर दिया गया। है कोई जो रोके...! है कोई जो बढ़ के इस झूठ की गर्दन दबोच सके! है कोई...मैं चारों तरफ़ देखती हूँ...ढेरों विवशता निगाहें में समेटे सब गुब्बारा बने खड़े हैं पर फटने का हौसला किसी में नहीं। खुद मुझमें भी नहीं...। चुपचाप भृगु की उँगली थामे चल पड़ती हूँ...वो अवाक् है। चुप बिल्कुल चुप...।

"कुछ खाएगा तू..."? नूडल्स के स्टाल के सामने खड़े होकर उससे "खाएगा तू" पूछना सरासर मूर्खता, पर करती हूँ और मुझे रत्ती हैरत नहीं होती जब वो भिंचे जबड़े लिए इन्कार में सिर हिला देता है। कैसे बहलाऊँ उसे, मेरी समझ से बाहर है। फिर मैं जैसे गुनाहे–अज़ीम कर बैठती हूँ..."कोई और गेम खेलेगा तू...देख उधर भी तो स्टाल हैं...खेलते हैं चल।"

मेरे पूछते ना पूछते उसकी आँखें छलक ही तो पड़ती हैं और मैं अपने प्रति एक तीखी नफ़रत से भर उठती हूँ...। अपनी छातियों से सटाकर अपने दूध के साथ मैंने उसके भीतर इस शिद्दत की ज़िद क्यूँ घूँट-घूँट में उतार दी...। किसी भी बात को मरने-मारने की हद तक ले जाने को 'जीने का शउर' कहने वाली मैं उससे भी यही उम्मीद क्यूँ लगाती हूँ। और वो भी इसे मान ही क्यूँ लेता है। चारों तरफ मजे से लोग चहकते घूमते फिर रहे हैं...। मस्ती करते, खुशगवार माहौल खाते-पीते, कूदते, फाँदते बच्चे...। मैं ही ख्वामख्वाह उस फिजूल पिरामिड से क्यूँ चिपकी रही, जानते बूझते भी कि वो सर से पाँव तक एक झूठ है और इस नन्हे मासूम फरिश्ते की पूरी काबिलियत, हौसला एक झूठ के लिए दाँव पर लगते देखकर मैंने रोका क्यूँ नहीं...इसे ले कर चल क्यूँ नहीं दी मैं। उसे कह क्यूँ नहीं दिया सच। 'साँप भी मर जाए और लाठी भी न टूटे' की अपनी ओछी जिद के लिए अपने ही बेटे का इस्तेमाल। उसे खींच कर अपने करीब करते मैं फुसफुसाई थी..."तू तो मेरा राजा बेटा है। चुप, बिल्कुल चुप...।"

"मैं नहीं कर पाया...इतना आसान था माँ...फिर भी नहीं...।"

मैं उसे बिल्कुल अपने सामने खड़ा कर लेती हूँ। तय करती हूँ कि साँप को मारना है तो लाठी को तो टूटना होगा!

"तू कैसे करता भृगु...वो तो बच्चे किया ही नहीं जा सकता था। तोड़ा ही नहीं जा सकता था पूरा...। तूने देखा था किनारे रखे दो ग्लासों पर तो ग्लास था ही नहीं कोई...फिर वो कैसे गिरते...बता तो? ए गेम ही झूठा था, बेईमानी थी बेटा...साफ चीटिंग...।"

"वौ हैरानी से मुझे ताकता है..." पर अम्मा ए तो स्कूल है! यहाँ चीटिंग कैसे हो सकती है...यहाँ तो चीटिंग करने पर पनिशमेंट मिलती है...ए तो स्कूल है माम...।

“ए तो स्कूल है माम” वो जिस तरह दोहराता है कि मैं अपना कुल वजूद जमीन में गड़ता महसूस करती हूँ। स्कूल होमवर्क से बुरी तरह लदा होने पर भी मेरे मदद के लिए बढ़े हाथ को ‘इट्स अनफेयर’ कहकर नकार देने वाला भृगु सच के जिस ऊँचे सबसे ऊँचे पायदान पे खड़ा है, वहाँ तक मेरी पहुँच ही नहीं...। चुपचाप उसका हाथ थामे दाईं तरफ चल देती हूँ और कुछ फासले पर बड़े से नीम के दरख्त तले बने चबूतरे पर बैठ जाती हूँ।

अँधियारा गहराने के साथ ही चारों तरफ बत्तियाँ तेज चमकने लगी हैं। यूँही फिर उसी स्टाल की तरफ देखती हूँ। बच्चों की कोशिशें बदस्तूर जारी हैं...। अलबत्ता बड़ों का गोल छँट गया है। गेंद से प्रहार करते बच्चे, नाकाम लौटते। याद आता है, पन्द्रह बरस हरिद्वार में कयाम रहने के बावजूद मैं कभी शाम को हरकी पैड़ी आरती के समय नहीं गई। कभी दूर दराज से आए नाते...रिश्तेदार खींच ही ले जाते तो मेरी जान पे बन आती। पत्तलों में सिराए गए नन्हे-नन्हे दीयों का काफिला लहरों के हिचकोले खाते रथ पे सवार दो कदम भी तो ना बढ़ता कि पत्तल पलट जाते...। एक, दो, तीन, चार...दस बीस अनगिनत दीए लहरों में बदहवास गोते खाते ग़र्क़ हो जाते और मैं हर पलटते दीए के साथ सौ-सौ मौत मरती। गंगा का मुकद्दस पाट मुझे मक़तल (वधस्थल) लगता जहाँ हर शाम हजारहाँ नन्ही-नन्ही ख्वाहिशें ज़िबह होती हैं। वही-वही, हूबहू वही मंजर, वही वक्त, देखती हूँ और फिर निगाहें फेर लेती हूँ...।

“घर चलें?”देर तक खामोश बैठी मैं भृगु की पसीजती हथेलियाँ सहलाती हूँ...।

“हूँ...चलो...माँ” वो फौरन उठ खड़ा होता है। हम दोनों गेट की तरफ बढ़ चलते हैं...“अभी रास्ते में हाट-स्टफ पे रुकेंगे...ठीक। वहाँ पिज़्ज़ा खाएँगे...फिर तेरे लिए ‘बिल्लू’ के नए कामिक्स और स्टैम्प बुक खरीदेंगे...।” लगातार बोलते-बोलते मैं अचानक चुप हो जाती हूँ। मेरी हथेली में फँसी उसकी उँगली कहाँ गई...? पलटती हूँ। वो पीछे खड़ा लगातार अब भी स्टाल की तरफ देख रहा है।

“चल ना अब...मैं कहना चाहती हूँ कि वो पूछता है...” “आप सच्ची कह रहे हो माँ कि वो गेम चीटिंग था...।”

“सच्ची-सच्ची” चुटकी में अपने गले की नस भींचती हूँ।

“बिल्कुल सच्ची...?” उसके पूछने का अन्दाज मुझे बुरी तरह कचोटता है। “सच्ची...बिल्कुल...सच्ची अच्छा चल अब” मैं उसे खींचने को ही होती हूँ कि हमारे पास से गुजरता एक जोड़ा जो देर तक हमारे पास खड़ा सब तमाशा देखता रहा था...ख्वामखाह का ‘मरहम’ लगाने के चक्कर में रहा-सहा खुरंड भी उचेड़ जाता है। “बहुत बहादुर बेटा है आपका, वैलडन बेटा...तुमने कोशिश तो की थी...वैरी ब्रेव ब्वॉय।” कहते वो तो चल देते हैं पर मेरी जान अज़ाब में आ जाती है। गेट की तरफ धीरे-धीरे बढ़ते पलट-पलट कर बार-बार स्टाल की तरफ ताकते भृगु की आँखों में

फिर वही बेचैनी उतर आती है, जो आँसुओं में धुलकर बह गई थी। और फिर वो थम ही तो जाता है...।

"एक बार, बस एक बार दो रुपए और दोगी माँ...बस इस बार लास्ट, बस इस बार..." वो बेतरह गिड़गिड़ा रहा है...।

कम से कम बीस बार की नाकाम कोशिश के बाद ए 'इक बार बस इक बार का' अजीबोगरीब रेशो मेरी समझ से कत्तई बाहर है। पर फिर भी मैं पर्स से निकाल कर दो रुपए का सिक्का उसे दे देती हूँ।

वो मेरी उँगली खींचता मुझे स्टाल की तरफ तेजी से ले चलता है। उसकी रफ्तार और अपनी उँगली पर उसकी पुख्ता पकड़ मेरे भीतर अजीब सी वहशत पैदा कर रही है क्योंकि ए छुअन मेरी पहचानी नहीं है। पिरामिड इस बार भी नहीं टूटेगा। ए तय है...। क्या करेगा ए...सोचती मैं खिंची चली जा रही हूँ।

स्टाल पे पहुँचकर वो रुका था। कोई और बच्चा अपनी बारी ले रहा है...। मैं लगातार उसे ताक रही हूँ। उसके चेहरे पे लापरवाही है। वो ऐसे निश्‍िंचत दिख रहा है जैसे वो उस परचे के दिन होता है जिसकी तैयारी उसने खूब की होती है और 80/80 के अपने दावे को वो साबित कर ही तो दिखाता है...। पर यहाँ क्या...?

उसकी बारी आती है तीन-चार बच्चों के बाद! और वो पंजों के बल उचककर पैसे मेज के पार खिसका देता है और गेंद उसके रुख उछाल दी जाती है। गेंद को मुट्ठियों में थोड़ी देर वो यूँही घुमाता है और फिर पास खड़े एक बच्चे को थमा देता है। मेरा दिल जैसे धौंकनी हुआ जा रहा हो...क्या कर रहा है ए लड़का...क्या? मैं सोचती ही रह जाती हूँ और वो बिजली की तेजी से मेज पर बिछी कलफ लगी चाँदनी ऐन मेज के सामने खड़ा तेजी से खींच देता है। खन्...खन् करते ग्लास जमीन पे बिखर जाते हैं। सब ग्लास। एक भी तो बाकी नहीं। अब सब कुछ साफ़ नज़र आ रहा है। चाँदनी के हटते ही मेज अपनी पूरी बदसूरती और बदहाली के साथ अलफ़ नंगी दिख रही है...उघड़ी प्लाई...टूटा कोना...घुन खाए पाए। मैं अवाक् हूँ बिल्कुल अवाक्! बच्चे बड़े जैसे मुँह बाए देख रहे हैं...कि तभी मेरी तन्द्रा सियार की 'हुँआ-हुँआ' से टूटती है, झल्लाया सियार अब अपनी बोली बोल रहा है..."प्रिंसिपल से बात करूँगी मैं...एक्शन लेंगे, हम।" "ही विल वी एक्सपल्ड फ्राम द स्कूल, आप आइए कल।" पूरा जंगल जैसे उसकी चीखों से गूँज रहा हो। मैं भृगु की तरफ देखती हूँ...जिसके चेहरे पे ना तनाव है ना कोई डर...। मैं देखती हूँ और इत्मिनान से मुस्कराती हुई चीखो पुकार से बेखबर गेट की तरफ बढ़ जाती हूँ...। अब कल का फ़िक्र...माई फुट...गोकि मेरी आँखों ने गर्जन करती लहरों पे सवार एक नन्हे से दीए को बगैर किसी पत्तल की ओट के अपनी नज़रों की ज़द तक ही नहीं, बल्कि उससे भी आगे कहीं आगे आज पहली बार फतहयाब जो देखा है।

बोंसाई

बेहतरीन चाय, उन्मुक्त ठहाकों और खासे दमदार नानवेज जोक्स का सिलसिला उसके घड़ी पर नजर पड़ते ही टूट गया था। उसने लपककर बैग उठाया था...। तारन उसे फिर कभी रुकने के लिए नहीं कहती...वो जानती है कि बच्चों के स्कूल से लौटने का वक्त उसे एक लम्हे में दुनिया भर की तमाम बातों से निर्लिप्त कर रख देता है। हड़बड़ाहट में दरवाजे के करीब रखे जनरेटर से वो टकराते-टकराते बची थी। "रिलेक्स, रिलेक्स...अभी आफत नहीं आ गई, पूरे पन्द्रह मिनट बाकी हैं...पाँच मिनट में रिक्शे से घर पहुँच जाओगी।" वो कुछ सँभली थी। बाहर बरामदे में लगे गमलों, फूलों के पास से गुजरते यकबयक उसकी नजर एक खूबसूरत से पौधे पर पड़ी। "ए कौन सा पेड़ है तारन....।" तारन मुस्करा दी थी, वो खुद भी। पेड़ों के बारे में उसकी जानकारी का हाल जगजाहिर है। गुलाब और रबर प्लांट के अलावा शायद ही उसे किसी पौधे की पहचान हो। जब भी कोई उसे हरसिंगार, पलाश या कचनार के पेड़ फूल दिखाता है तो वो बेवकूफों की तरह पलकें झपकाने लगती हैं। अपने इस अज्ञान पे यूँ वो खुश भी होती है। सब कुछ पता होने का दुख जो नहीं है और नया कुछ भी पता लगने का सुख किसी खोज से कम नहीं होता। उसे याद है पहले पहल पेड़-पौधों, फूल-पत्तियों की अच्छी खासी जानकार और दीवानी तारन पे उसकी इस घोर अज्ञानता का राज खुला था तो वो खासी शाक्ड हुई थी। "तेरे घर तो खुद इतने गमले हैं, फिर भी तू"...पूछा था उसने। "तो क्या...गमले होने का ए मतलब तो नहीं कि पौधों की बाबत भी पता हो। ...हर पौधा, पौधा ही तो होता है हरा-भरा खूबसूरत।" "फिर भी...यू शुड नो समथिंग अबाउट प्लांट्स...।"

"नहीं क्या करूँगी जानकर", उसकी आँखों में एक खाहख्वाह की जिद पसर गई थी "वैसे भी तुझे नहीं लगता तारन, हम पेड़ों की विविधताओं, पर्वतों की ऊँचाइयों, सागर की विशाल लहरों, नदियों के लम्बे रास्ते, उनकी गति को देखकर चकित होते रहते हैं पर अपने करीब से बिना हैरान हुए निकल जाते हैं। देखो मैं इनके बारे में चाहे ना जानती हूँ पर अपने भीतर खूब देखा है मैंने। अपने वजूद की एक-एक शाख एक-एक फूल एक-एक पत्ती से वाकिफ हूँ मैं।"

हैरान सी तारन उसका मुँह देखती रह गई थी। पर उसके बाद उसने कभी उससे ऐसे किसी भी मुद्दे पर बहस नहीं की थी...। सो आज भी उस पौधे पर उसकी हैरतज़दा नज़र पे वो मुस्कुरा दी थी, "ए बरगद का बोंसाई हैं।"

बरगद लफ़्ज सुनते ही उसके जहन में बिजली सी कौंध गई थी। बहुत साल पहले, शायद 25 साल पहले, हाँ इतना ही तो, वो बहादराबाद के जिस स्कूल में चपरासी की उँगली थामे पढ़ने जाती थी वो गाँव की सरहद पे तीन टूटे-फूटे कमरों का स्कूल एक विशाल बरगद की छाया में बना था। कमरों की जर्जर हालत के चलते बाहर बरगद की छाया में ही मास्टर जी पढ़ाते। उस छोटी सी जगह में इसी स्कूल में उसकी पहली पहचान चिड़ियों, कबूतरों और तोतों से हुई थी। उस विशाल बरगद पे जैसे परिंदों का पूरा हुजूम था। दो दूनी चार, दो तिया छः की गूँज में बादस्तूर आवाज मिलाती वो, पर उसकी नजर बड़ी-बड़ी पत्तियों, टहनियों से टिकी रहती...। सबसे ज्यादा हैरानी उसे बरगद की जड़ों पे होती...जिनके ऊपर बैठकर वो सबसे अलग अपना लंच बाक्स खोलकर खाना खाती थी...। उन दिनों उसके मासूम ज़हन में स्कूल का ए ही नक्शा बन गया था। फिर जब वो दिल्ली पढ़ने गई तो कंक्रीट की उस बड़ी, ठुकी-ठुकी बिल्डिंग में उसे स्कूल कहाँ है ए समझ नहीं आया था। उसकी आँखें बेतरह वो ही बरगद तलाश रही थीं...। नहीं मिला था तो वो नानी की धोती के आँचल में मुँह छिपाए सुबक-सुबक उठी थी।

पल भर में उसने जिन्दगी के इतने बरस पीछे पलट डाले थे, पर कितनी कोमलता से जैसे बरसों बरस पुरानी एलबम जिसका हर पन्ना फूल की पत्ती से पलटे जाने की ख्वाहिश रखता हो। उसकी आँखें भीग आई थीं...वो फुसफुसा दी थी "कितना सुन्दर है ना तारन।"

"तू ले जा इसे, मैं और ले आऊँगी।" तारन की इस दरियादिली पे उसे आज कतई ताज्जुब नहीं हुआ था, ना ही कोई शुक्रिया जैसा लफ़्ज उसके मुँह से फूटा था। उसे महसूस हुआ था कि उसे दरअसल उसी के पास होना चाहिए था। रिक्शे में अपनी कॉटन की सफेद साड़ी पे गमले के निशानों से बेपरवाह वो उसे अपनी बाँहों में ऐसे भरे थी, जैसे बरसों पुरानी बिछड़ी सहेली जब मिले तो लम्हे को भी उसका हाथ छोड़ना ऐसा लगता है, जैसे जिन्दगी फिर एक गरमी की दोपहर हो जाएगी...। ना कटने पे आमादा...ना बीतने पे तुली।

घर आकर उसने गमले को बाकी पौधों के बीच रख दिया था और गुनगुनाती हुई ताला खोलकर भीतर आ गई थी, एक कुटुम्ब के साथ भरा-पूरा होने का सुकून निगाहों से भरे।

बच्चे घर लौटे तो उनकी ड्रेस बदलते, शूज के लेसस खोलते और फिर बैग में रोज की तरह कापियाँ और होमवर्क के लिए डायरी चेक करते वो यूँ ही मुस्कुराए जा रही थी। यूँ होम वर्क आज रोज की अपेक्षा कहीं ज्यादा मिला था, पर उसका अन्तर

आज किसी भी गहरी खीझ से मुक्त था। बहुत पहले कहीं पढ़ी लूथर बरबैंक की एक सूक्ति उसे आज बिल्कुल समझ आ गई–"फूल-पौधे लोगों को हमेशा बेहतर बनाते हैं। अधिक सुखी और सहयोगधर्मी बनाते हैं। आत्मा के लिए धूप, भोजन और औषधि के तुल्य होते हैं पेड़-पौधे।" उसे बेपनाह खुश देखकर शुभु, गुंजन दोनों खुश हो गए थे। शुभु खास तौर पे, जब अपने कल के किए काम के बावजूद उसकी लाख हिदायतों के वो "इम्प्रूव योर हैंडराइटिंग" का जाना-पहचाना उलाहना लेकर लौटा था और उसने उसे कतई अनदेखा कर दिया था। बच्चे खाना खाकर थोड़ी बहुत हील हुज्जत के बाद सो गए थे उसके दाएँ-बाएँ, उसके गले, पेट से अपनी लातें, बाँहें लिपटाए। उसने धीरे से खुद को उनकी जकड़ से आजाद किया था और बाहर आ गई थी। लॉन के किनारे बिछी ईंटों पे रखे गमलों में वो ही बरगद अब भी था। उसे लगा तमाम पौधों ने इतनी-सी देर में जैसे उसे अपना परिचय दिया हो और उसका परिचय पूछा हो, तभी तो इस नई दोस्ती पे हिलोरें ले-लेकर पत्तियाँ झुलाते वो दाएँ-बाएँ झूल रहे थे। करीब आकर उसने उसकी चौड़ी पत्तियों को हाथ से सहलाया था। फिर झुककर चूम लिया था। "कहाँ रहे तुम इतने साल" उसकी कुछ-कुछ खुरदरी-सी पत्तियों को अपनी उँगलियों की पोरों से धीमे-धीमे छुआते सवाल किया था उसने। हवा थम गई थी या सवाल था कि तमाम पौधों का हिलोरें लेना बन्द हो गया। थमी साँस के साथ सब जैसे जवाब के मुन्तजिर थे। उसकी उँगलियाँ अब भी बरगद की पत्तियों को सहला रही थीं हौले-हौले, धीमे-धीमे, तभी उसकी उँगली में तेजी से टीस उठी थी। हैरान होकर उसने हाथ हटा लिया था। झुककर देखा तो सहम गई थी। बिजली का एक तार बरगद की एक छोटी-सी टहनी से कसकर बँधा हुआ था जिसके छोर पर निकले तार के नुकीले हिस्से उसकी उँगलीयों में धँस गए थे। हैरान-परेशान वो कभी अपनी उँगली कभी बरगद के पौधे को देख रही थी। ध्यान से देखने पर उसे बरगद की वो टहनी एक खास अन्दाज में मुड़ी नजर आई। क्या है ए, इसे बाँधा क्यूँ है? जैसे सवाल उसके जहन के दरवाजे पे देर रात आए अनचाहे मेहमान की तरह धप-धप दस्तक देने लगे। तभी उसे याद आया तारन का बोला वाक्य "ए बरगद का 'बोंसाई' है।" उस वक्त उसने सिर्फ बरगद सुना था, 'बोंसाई' क्या? ए तो सूझा ही नहीं। पेड़ों के छोटे रूप को 'बोंसाई' कहते हैं, उसे सिर्फ इतना पता था। ए बाँधा क्यूँ है? ऐसे बोंसाई बनता है कुछ समझ नहीं आया था तो वो फोन की तरफ भागी थी। लम्बी बेल के बाद तारन की नींद से अलसाई आवाज गूँजी थी "हैलो...।" बिना किसी भूमिका के उसने पूछा था, "तारन, बरगद पे बिजली का तार तूने बाँधा है क्या? वो क्यूँ बाँधा था?" जवाब में तारन की खीझ स्पष्ट थी, "ए पूछने के लिए तूने मेरी नींद खराब की, ईडियट...कहा तो था बोंसाई है, उसे शेप देनी पड़ती है। सुन जो नई मोटी डंडी है, उसमें भी ऐसा तार बाँध और हाँ पानी बहुत कम देना...इन जाइंट साइज पेड़ों को गमलों में कैद करना आसान नहीं। बहुत केयर माँगते

हैं। ज्यादा पानी देने से अनाप-शनाप बढ़ेंगे...जबकि इस प्लांट की ब्यूटी ही है इसकी ग्रोथ को रिस्ट्रिक्ट करके इसकी जड़ों को खूब-खूब गठीला बनाना।" पता नहीं उसके बाद भी तारन क्या-क्या बोलती रही थी और उसने चुपचाप फोन रख दिया था। मरे कदमों से वो फिर पेड़ के पास आकर बैठ गई थी। हवा अब भी बन्द थी, सहमे-सहमे से मायूस बच्चों के बीच उस पेड़ पे निगाह जमाए वो पहले बिल्कुल खामोश बैठी रही थी। उसे लगा था पेड़ की शक्ल धीरे-धीरे उसके बेटे की शक्ल में, बेटी की शक्ल में तब्दील होती जा रही है। उनकी मासूम डरी निगाहें सजा मिलने से पहले जिस खौफ को समेटे होती हैं...वो ही सहमापन, वो ही बड़ी-बड़ी आँखों में "हमारा कसूर क्या है" वाला सवाल। सवाल से निगाहें चुराने की भरपूर कोशिश में उसने धीरे-धीरे ध्यान से पेड़ की नाजुक टहनी में धँसे तार को खोला था, खुलते ही टहनी उन्मुक्त होकर हवा में झूल गई थी और वो घुटनों में मुँह देकर रो पड़ी थी।

"इसकी नई शाखा पे कस कर तार बाँध देना... कम पानी देना।" उसके जहन में कील की तरह ए अल्फाज ठुकते रहे। "नई शाख पे कस के तार बाँध देना।" हाल ही में ट्रांसफर के बाद जब वो इस महानगर में आई तो छुट्टियाँ शुरू होने को थीं। ट्रक से सामान एक दिन पहले उतरा था और दूसरे दिन तो बच्चों को लेकर एडमिशन के लिए स्कूल-स्कूल भागती फिरी थी। हमेशा की तरह उसके पति का बिजी शिड्यूल उन्हें इस मारामारी से बचा ले गया था, रह गई थी वो और बच्चे। एक दिन पहले रुड़की से कानपुर तक के सफर में बुरी तरह थके बच्चे इस अप्रत्याशित संघर्ष के लिए बिल्कुल भी तैयार नहीं थे। ऊँची सी कुर्सी पे घंटों अपने पैर लटकाए वो उसके साथ स्कूल के बरामदे में बैठे रहे थे।..."माँ घर चलो..." की रट बाँधे...। उस खूबसूरत लाल ईंटों वाली भव्य-सी इमारत में दामी, कीमती साड़ियों की खसखस थी, बरामदों में बिछा अभिजात सन्नाटा था पर कहीं भी तो वह अहसास नहीं था जो बच्चों को बच्चा ही मानता है।

टेस्ट के लिए बैठे ए दोनों। तीन घंटे वो बरांडे में बैठकर उनका इन्तजार करती रही थी...धड़कते दिल के साथ, अंजाम वही हुआ था। तबादले की गहमागहमी की वजह से उनका कोमल दिमाग गड़बड़ा गया था...जिसके चलते जाहिर है 9 X 2=81, और 9 X 9 = 18 होना ही था। "मिसिज शर्मा आप देखिए जो बच्चा इस कदर कन्फ्यूज्ड हो हम उसको कैसे लें?" शुभु की टेस्ट कॉपी उसे दिखाते वो लगभग मर्दाना सी दिखने वाली टीचर बोली थी। "फिर...?" "फिर क्या...। आप देख लीजिए।"

देख लीजिए क्या...वो खूब समझती थी—माने डोनेशन।

रुआँसी सी हो गई थी...। टीचर के वहाँ से हटते ही उसने एक भरपूर चाँटा शुभु के गाल पर जड़ दिया था। फिर कुछ जुमले बोले थे जो भूल-भाल जाने पर भी याद थे—"मर जाओ तुम, तुम्हारी वजह से मुझे शर्मिन्दा होना पड़ा। घर चलो तुम्हें" वगैरह-वगैरह। सहमी-सहमी सी गुंजन पिलर का सहारा लिए पीछे हट गई थी। वो

सब भूल गई। ए भी कि सुबह की भागमभाग में दोनों ने कुछ घूँट दूध लिया था कि वक्त से पहुँचने की धुन में उसने लगभग अधपिया गिलास जैसे बढ़कर छीन लिया था उनसे।

लम्बी मशक्कत और बहस के बाद तय ए हुआ था कि गर्मियों की छुट्टियों के बाद दोनों दोबारा टेस्ट देंगे। और बस फिर...पूरी गर्मियों की छुट्टियाँ उसने ए ही किया था। उनके छुट्टियों के उत्साह और खुशी को कस कर अपने कड़े अंकुश और अनुशासन के तार से बाँध दिया था। कैसा चुभता होगा उन्हें, सच में कितना चुभता होगा।

अभी कुछ रोज पहले कितने प्लान बनाए थे कि छुट्टियाँ हो जाने पे वे ए करेंगे वो करेंगे...पर कुछ भी तो नहीं किया था। 'फ्रूट्स नेम' और 'एनिमल्स नेम', ए पहला और अंतिम सत्य हो गया था। उसे अपने दिन याद आते, कैसे बरगद की तरह फैला लहलहाता उन्मुक्त बचपन था। टहलते हुए गई थी वो नानी माँ के साथ दाखिला लेने। वक्त कहाँ से कहाँ आ गया था।

"इन्हें कम से कम पानी देना..." हाँ उन दिनों उसने बच्चों को डाँट मार के अलावा जो बिल्कुल कम-कम दिया वो 'प्यार' ही था। दिन भर की घर गृहस्थी की मशक्कत, बत्ती जाने पर सड़ी गर्मी में भी उन्हें दोपहर भर जगाकर जबर्दस्ती उनके मन को सचमुच कैसे दबाए थी जो बढ़कर पिछवाड़े बने पार्क में झूले की रस्सी थामना चाहता था। गुंजन जो हाथ में पेंसिल की जगह गुड़िया और टैडी बियर उठाए अपनी उस छोटी सी 'गृहस्थी' में मशगूल हो जाना चाहती थी जिससे उसे लम्हे को भी फुरसत नहीं मिलती थी...। उसके छोटे-छोटे बर्तन, कप, प्लेट जो रोज मँजते थे पूरी गर्मियों बिन मँजे उसी डब्बे में बन्द रहे जो रुड़की में पैक हुआ था। उसकी गुड़िया स्ट्राबैला, उसके अंकल की अमेरिका से लाकर दी नीली आँखों वाली मागरिट अपने-अपने दूल्हों का इन्तजार ही करती रह गईं जो बेचारे कब से एक दूसरे डिब्बे में पड़े गर्मियों की छुट्टी का इन्तजार गुंजन शुभु की तरह कर रहे थे। वो खुद भी थक जाती तो वो खीझ भी बच्चों पे मार की शक्ल में निकलती। खौफ एक था अगर दोबारा टेस्ट में भी वो फेल हो गए तो? हजारों रुपए डोनेशन भरना उसके बूते से बाहर है। क्या करेगी वो? हँसते-खेलते बच्चे कैसे बुझे-बुझे से हो गए थे। कभी-कभी शुभु खीझ जाता। "माँ, सब आता है मुझे। क्यूँ आप बार-बार वो ही रिपीट करवाती हो।" सच भी था, उसके सैकड़ों दफा लिखवाने पर भी उसने टर्निप के स्पैलिंग और भी कितने ही स्पेलिंग वो ही लिखे थे जो पहली मर्तबा। और और और करो...फिर भी कहती वो। एक अनजाना अनिश्चित भविष्य जो सचमुच अधर में लटका था, का खौफ उसे सही गलत कुछ भी सोचने कहाँ देता था। "इस प्लांट की ब्यूटी यही है कि इसकी जड़ों को कम धूप और पानी देकर ज्यादा से ज्यादा गठीला बनाया जाए।" सचमुच ए ही, हाँ ए ही तो कर रही थी वो।

जैसे-तैसे गर्मियों की छुट्टियाँ बीती थीं और वो दोनों फिर टेस्ट में शामिल हुए थे। वह फिर स्कूल के बरामदे में बैठी थी, यूँ उसके जैसे वहाँ और भी थे। वो चुप थी। पर बाकी लोग बातों में मशगूल थे। एजूकेशन के स्तर के किस कदर खराब हो जाने का रोना रोते हुए। उसके पास बैठी एक औरत जिसकी जुलाई में भी खस-खस करती भारी साड़ी और गले में भैंस की साँकल सी सोने की मोटी जंजीर उसे खासी चुभ रही थी, यकबयक उठ के सामने से आते एक बुजुर्ग व्यक्ति की तरफ लपकी थी। थोड़ी देर को मुँह से लगभग मुँह सटाकर की गई गुन-गुन के बाद उसके पास आकर बैठ गई थी। उसकी निरुत्साहित सी कर देने वाली उपेक्षा कहीं भीतर तक चुभ गई थी उसे। उसके पास खिसकते बुदबुदाई थी "जे तिवारी जी थे। इस्कूल में मनेजर हैं...इनकी सिफारिश लगवाई थी। हमारा बेटा बईठा है ना दाखिले के वास्ते।" उसने एक सरसरी नज़र और ठंडी सी 'अच्छा' के बाद मुँह घुमा लिया था। घंटी बजी थी और पेपर खत्म हो गया था। दोनों बच्चे भागते हुए आकर उससे लिपट गए थे। "माँ हमें सब आता था, माँ, मैंने सब कर दिया।" उसने दोनों को सीने से लगा लिया था। घर लौट आई थी।

दूसरे दिन नोटिस बोर्ड पर उत्तीर्ण होने वाले जिन छात्रों के नाम टँगे थे, गुंजन शुभु दोनों का नाम उसमें था। उसने सुकून की साँस ली थी। लगा था कि लम्बे संघर्ष का सुखद परिणाम मिल गया उसे, पर नहीं। उसके बाद शुरू हुआ था पेंडिंग काम निपटाने का सिलसिला। चूँकि पूरी अप्रैल और आधा मई का शेशन वो एटेंड नहीं कर पाए थे सो क्लास में हुआ काम करने का पहाड़ सिर पर आन पड़ा। पढ़ाई से बुरी तरह उकताए बच्चे कैसे भी काबू नहीं आते थे। शुभु बिगड़ पड़ा था एक दिन "पहले तुम कहती थीं बस दाखिला ले लो, फिर खेलना। अब कहती हो पुराना काम निपटा लो...मैं खेलूँगा कब?" कॉपी खींच कर उसने दीवार पर मार दी थी। वो बिलबिला उठी थी। हमेशा की तरह बेटे की बदतमीजी पे उसे कस के चाँटा रसीद कर देने का साहस नहीं था उसमें अब। वो जानती थी कि वो अपनी जगह बिल्कुल सही है, वो ख़ुद भी बुरी तरह थक चुकी हैं। उसने उठकर कॉपी उठाई थी और उसे टेबल पर रखकर औंधी लेट गई थी। उसकी हजार बार की नसीहतों पर एक बार मुश्किल से कान देने वाला उसका गुस्ताख बेटा उसे पीठ पीछे से लिपट गया था। "उदास मत होओ माँ, मैं काम करता हूँ खेलने के लिए तो उम्र पड़ी है।..." ए क्या कहा इसने? उसे कानों पर विश्वास नहीं हुआ था, इत्ती सी जान और ऐसा भारी जुमला... वो तड़प उठी थी। सीने से भींच लिया था उसने शुभु को "और कौन-सी उम्र में खेलेगा रे तू? पागल, ऐसा नहीं कहते। जा खेल, काम थोड़ी देर बाद कर लेना...।" उसने शुभु को लगभग धकेलकर कमरे से बाहर खेलने भेज दिया था। बच्चों के सामने रोना अच्छा नहीं लगता उसे।

उसके विचारों की तंद्रा और आँसुओं का प्रवाह शुभु के उसके पास बाहर बरामदे

में आ बैठने से टूटा था। फिर गुंजन भी बाहर आ गई थी...।

पौधों की भरती में इस नए पौधे से उनका परिचय करवाया था, उसने "देखो बेटे, ए बरगद है।"

उसकी चंचला बेटी के चेहरे पर अजीब रहस्यात्मक मुस्कान फैल गई थी। उसने बढ़ कर शुभु के कान में कुछ कहा था। शुभु की त्योरियाँ चढ़ आई थीं। "कम बोला कर।"

"क्यूँ...क्या कहा गुंजन ने शुभु ऐसा?"

"माँ...ए कहती है तुम झूठ बोलती हो....।"

"नहीं तो, क्या झूठ बोला मैंने भई? जरा पता तो चले...।"

अब कमान गुंजन ने खुद सँभाल ली थी। "ए बरगद है? तुम झूठ कहती हो, बरगद ऐसा नहीं होता। बरगद तो बहुत बड़ा पेड़ होता है। पापा ने दिखाया था जे॰के॰ टेंपल में हमें, उसमें तो कितने सारे पत्ते थे...। उसमें तो कितनी ढेर सारी चिड़ियाँ बैठी थीं...। है ना शुभु? और अम्मा आप हमें बुद्धू बनाते हो, बरगद का इतना बड़ा पेड़ तो जमीन में लगता है। इत्ते छोटे से गमले में कैसे आ सकता है?" वो सन्न बैठी रह गई थी। निःशब्द। अलबत्ता शुभु ने जरूर छोटी बहन के इस गजब के ज्ञान पर गरदन हिलाई थी और फुसफुसाया था, "माँ, गुंजन कितनी हुशयार है ना।"

काफी दिन बीत गए। बरसात आ गई है। उसने बरगद का पेड़ जमीन में रोपने के लिए माकूल जगह तलाश ली है। गमला उसने ईंटों से उठाना चाहा तो उठा नहीं। काफी जोर लगाना पड़ा। गमले की तली में बने छेद से जड़ें जमीन में गहरे तक फिसल गई हैं। वो मुस्करा दी। "नटखट शैतान बच्चे, मैं तुम्हारी जड़ों को भरपूर जमीन दूँगी, चलो।" उसके पास खड़े दोनों बच्चों की आँखों की चमक बरगद की धुली-धुली पत्तियों की चमक में मिल गई है। कई दिनों से खामख्वाह गुस्साया सूरज बादलों की ओट से निकल कर भरपूर मुस्कुरा रहा है और क्यूँ नहीं। ...एक 'बोंसाई' का फिर से भरा-पूरा पेड़ हो जाने के लिए किए जाने वाला इन्कलाब कोई छोटा-मोटा इन्कलाब तो नहीं...

आत्माराम

ठंडी ही हो गई होगी अब राख...तभी ना उसकी सधी उँगलियाँ राख के उस छोटे से टीले को बेतरह कुरेद रही हैं। कभी यहाँ, कभी वहाँ। हर बार राख में से बीन कर जब वो कोई ठोस टुकड़ा निकालता है तो सबकी आँखें एक अजीब सी उत्सुकता से चमकने लगती हैं। पर फिर जब उस टुकड़े को उलट-पुलटकर वो पास धरी नई स्टील की तश्तरी में पलट देता है और बुदबुदाता है "ना जी ए नी" तो सबके चेहरों पे यूँ अफ़सुर्दगी छा जाती है मानो वो माँ की चिता में से 'फूल' नहीं बीन रहा, बल्कि ज़मीन खोद कर किसी दबे खजाने की तलाश में जुटा है। पिछले कई मिनटों से ए ही हो रहा है। हर बार लगता है, अब तो नायाब शै हाथ आई, अब हाथ आई... जिसके मिलते ही सब तस्कीन के दरिया में उतर जाएँगे। धीरे-धीरे मेरी नन्ही मुन्नी माँ टुकड़ों-टुकड़ों में उस तश्तरी में यूँ भरती जा रही है कि मैं हैरान हूँ। वो औरत जिसके किरदार की वुसअत कभी आसमानों से ना नापी गई वो यूँ रेज़ा रेज़ा...। "ए दाँत हैं, ए...खोपड़ी...ए पैर की हड्डी..." वो एक-एक चीज़ राख में से यूँ निकाल कर दिखा रहा है कि मुझे महसूस होने लगता है कि गोया माँ कभी मुकम्मल जिस्म थी ही नहीं...यूँ ही थीं...ए पैर, ए दाँत, ए खोपड़ी...अलग-अलग सब...। एक गहरी हूक, एक तेज उबकाई मैं भीतर से उठती महसूस करती हूँ। अपने जिस्म में उतरती थरथरी को कैसे तो समेटे मैं फिर भी खड़ी हूँ बस अभी बस अभी...दो मिनट और इन्तज़ार कर लेने में क्या हर्ज है...देर से जारी एक अनदेखी शै की तलाश की मुहिम बस अब करीबुल खत्म है...। ...अब मिला अब मिला...फर्श पर उकड़ू बैठा अब वो दोनों हाथों की उँगलियों से उस ढेर को खंगाले ही तो दे रहा था। "इसलिए तो जी मेरे हात्तों में एलर्जी हो गी...बाजा-बाजा मुर्दों तो बिल्कुल दवाइयों का खाया हुआ होत्ता है, इन्फैक्सन हो गया जी ऐसी चिताएँ कुरेल-कुरेल के।" अपने हाथों की उँगलियों को उलट-पुलट कर वो हमें दिखाता है अजीब सी खिंची-खिंची लाल खाल पे केंचुए की तरह लिजलिज़ी सी उभरी नसें...गर्द आलूदा होने की वजह से जो मुझे कभी किसी हॉररमूवी में देखे शैतानी पंजे की तरह भयानक लग रहे हैं...रहम जैसी कोई फीलिंग पर मेरे मन में उसके लिए नहीं उभरती। किस बेहरमी से माँ की 'अस्थियों' को मुट्ठियों

में भुरककर वो दिखाता है कि दरअसल माँ भी वही मुर्दा है जिसका जिस्म दवाइयों ने...। एक तेज़ टीस, क्या सिर्फ दवाइयों ने? मैं रोना चाहती हूँ। चीख-चीख कर रोना चाहती हूँ पर जानती हूँ ए माकूल वक्त नहीं...। रोने के लिए मैं यूँ भी कुछ खास जगहें चुन कर रखती हूँ। माँ कहती भी थी ''रोना और खुल के रोना बहुत जरूरी है बिट्टी...जब भी रोओ ऐसे कि रूह तक नहा जाए... और नहाने के कुछ कायदे होते हैं जिनमें अव्वल कायदा ए कि दरवाजों और खिड़कियों के पल्ले ना सिर्फ सख़्ती से बंद हों बल्कि उन सख्ती से बंद पल्लों में कोई रौज़न भी ना हो।'' कायदों का तो एक सिलसिला रहा होगा पर मुझे एक यही बताया माँ ने और खूब निभाया भी माँ ने। इतने बरस के साथ के बावजूद मैं कभी नहीं जान पाई कि घर के कौन से कमरे में माँ यूँ खुल के नहाती थी....सारे ही घर के दरवाज़े-खिड़कियाँ तमाम उम्र खुले ही तो रहे। कभी शुबहा होता कि नहाती भी थी या नहीं? पर फिर सोचती हूँ कि एक दिन की लू का, गर्मी का तपा इंसान दिन में चार-चार दफ़ा नहाता है तो माँ की तो पूरी उम्र मई का आगाज़ रही जिसमें जून के बाद कोई महीना कभी आया ही नहीं...। तो क्यूँ ना नहाती होगी।

''ना जी वा तो रल गया दिक्खे...'' राख को आखिरी बार हाथों से छान कर वो ऐलान करता है और काँधे पर धरे अँगोछे से हाथ पोंछता उठ खड़ा होता है...और मेरी उम्मीद चराग़े सहरी की मानिंद बुझते-बुझते बुझ ही तो जाती है। नहीं ही मिला ना आखिर। गुस्से की एक तेज़ लहर मेरे भीतर उठती है, ''तुम क्या यहाँ सुबह से ऐसी-तैसी करा रहे थे, ठीक से देखा क्यूँ नहीं।'' मेरे मिज़ाज़ को भाँपते उसकी आवाज में बेचारगी उतर आती है, ''अजी मैं तो यहीं बैठ्ठा था तड़के ते...यो भगत जी ने सगरी राख कठ्ठी कर दी...जिक्कर चिता जलाई थी उक्कर ही पड़ी रहती तो जरूर-जरूर मिलता जी...सबी का मिलै है।'' "सबी का मिलै है" सुनते ही मेरी आँखों से चिनगारियाँ निकलने लगती हैं जिसकी तपिश से बौखलाया वो मिमियाने लगता है, ''सबी का मिलै जी...खोत्ता नी 'आत्माराम'। पर बखत-बखत की बात है बाजे-बाजे का रल बी जा जी। पर तम भैम ना करो, सुद्ध आत्मा थी, मोक्छ हो गया दिक्खे।''

शुद्ध आत्मा थी मोक्ष मिल गया माँ को। तभी नहीं मिला ना आत्माराम। सभी को तो यकीन आ गया है। तभी ना आत्माराम की नाकाम खोज की मुहिम में रुके सारे काज व्यवहार क्या फर्राटे से चल निकले हैं। मुझे लगता है आत्माराम को खोजते पूरा श्मशान घाट जिस एक्शन रिप्ले सा ठहरा-ठहरा हो गया था...अब वक्त को चीजों को जैसे किसी ने फास्ट फारवर्ड कर दिया हो। आनन-फानन में माँ दो ढेरियों में तकसीम हो जाती है—आधी राख की शक्ल में बड़ी लोहे की बाल्टी में, आधी हड्डियों की सूरत स्टील की तश्तरी में, आधी-आधी माँ। सफेद बंडी और धोती पहने गर्दन पर लाल परना लपेटे मेरा भाई दाईं चुल्लू में पानी लिए 'महापंडित' के सामने खड़ा कुल-गोत्र दोहरा रहा है...कुल भारद्वाज...गोत्र...मुदगिल...! अरे ए तो माँ का परिचय

नहीं...। ज़िन्दगी भर माँ इस परिचय से भागती रही, इसे ही नकारती रही...और बॉबी क्या जानता नहीं...फिर क्यूँ ए सब दोहरा रहा है...। मैं उसे रोकना चाहती हूँ पर मेरे गले से आवाज़ ही नहीं निकलती। खामोश खड़ी बस देखती रहती हूँ। सात मिट्टी के कसोरों में माँ की चिता के गिर्द घूम-घूम कर मेरा बेटा शुभु एक-एक बादाम डालता है। फिर सातों कसोरों के करीब एक-एक फल रखता है। आम-लीची-खरबूजा। सात छोटी-छोटी पूरियों पे उबली हुई साबुत उड़द की दाल चावल रख कर वो फिर पलटता है। कुछ और रखना बाकी है अभी...पर उसकी आँखों में उतरी बेचैनी छटपटाहट...जरूर कहीं कुछ है जो उसकी समझ में नहीं आ रहा। जरूर कहीं कुछ जो उसे रुच नहीं रहा। कहीं कुछ यकीनी तौर पे ग़लत...। वो मेरे करीब आता है, "माँ सुनो..." और अपने नन्हे हाथों से मेरी साड़ी का पल्लू पकड़े मुझे एक तरफ़ खींच ले जाता है "माँ ए सब चीज़ें नानी माँ के लिए हैं?" "हाँ..." मैं सिर हिला देती हूँ... वो फिर दोहराता है आँखों में हैरत समेटे..."ए सब?" उससे नज़रें भरपूर बचाते मैं फिर अपनी टूटी सी गर्दन हिला देती हूँ... और वो बिफर ही तो जाता है, "ए तो अच्छी बात नहीं मम्मा...ए सब तो नानी माँ कहाँ खाती थी...ए वाली दाल तो कभी नहीं। चावल देने के लिए भी डॉक्टर ने मना किया था। और पूरियों में तो कितना घी होता है...ए सब कैसे...कैसे खाएँगी वो...?" मैं जानती हूँ कि उसकी ज़रा जुहूर सी उम्र पर बुजुर्गों जैसी समझ को मैं खुर्द दिमाग कभी किसी झूठ से बहला नहीं सकती हूँ। चुप हो जाती हूँ...थोड़ी देर तमतमाया सा खड़ा वो फिर शायद मेरी बेकसी, मेरी सरासीमा सी निगाहें भाँप जाता है—"माँ" वो धीरे से फिर फुसफुसाता है—"एक चीज है मेरे पास, नानी माँ को बहुत-बहुत अच्छी लगती थी...मैं रख दूँ...?" निक्कर की दोनों जेबों में हाथ डाल कर वो मुट्ठियाँ भींचे उसी तरफ़ फिर चल देता है। मैं दूर खड़ी रहना चाहती हूँ पर उसकी मासूम निगाहों में उतरा इसरार मुझे मजबूर कर देता है—बेजान टाँगें घसीटती चल देती हूँ...।

चिता के करीब पंडित ने मंत्रों, श्लोकों की बाढ़ सी बहा दी है। जिसमें बॉबी औखलाया-बौखलाया सा गोते खा रहा है...किस कदर अकेला है वो मैं जानती हूँ...तभी माँ की लाख नसीहतें जो बरसों में ना कर सकी वो काम माँ की मौत ने क्या फुर्ती से सरअंजाम दे दिया...उसकी 26 बरस की उम्र पे जमा बेवक्त, अल्हड़पन, लापरवाही और इत्मिनान मैंने रफ़ता-रफ़ता पिघलते देखा है पिछले दो दिनों में। आँसुओं से लबरेज़ आँखों से वो शुभु की तरफ इशारा करता है पर शुभु की पूरी तवज्जो उसकी निक्कर की दोनों जेबों तक महदूद है इस वक्त...मैं देख रही हूँ—जेब में उसकी बार-बार खुलती-बंद होती मुट्ठियाँ। वो हिम्मत करके बढ़ता है और जेब से निकालकर एक-एक कसोरे के पास 'स्वाद' की टॉफी रखने लगता है। एक यहाँ, एक यहाँ...। मैं देख रही हूँ पनीली आँखों से...मौत के रोज स्कूल ना जाने पे तुले शुभु को यही 'स्वाद' की गोलियाँ देकर बहलाया था नानी माँ ने। "तू लौटेगा तो ढेर सारी

स्वाद इक्ट्ठी...।'' शुभु स्कूल गया था नानी के वादे पे यकीन करके, पर जब लौटा तो...?। ''नहीं देनी थी इतनी स्वाद इकट्ठी तो ना देती पर माँ बड़ी मम्मा मर क्यूँ गई।'' अपने पर्स में हमेशा भरी रहने वाली 'स्वाद' की गोलियों को लेकर नानी माँ की 'पजैसिवनस' से शुभु वाकिफ था इसलिए उनकी मौत की सिर्फ एक ही वजह समझ में आती है शुभु को, ''इतनी सारी स्वाद नानी इकट्ठी दे ही नहीं सकती थी...एक-एक गोली तो पूरा दिन तरसा-तरसा कर देती थी।'' ढेर सारी स्वाद की गोलियाँ नानी के तोड़े अहद का पास रखने के लिए शुभु उन्हें लौटा रहा है। कितना सुकून उतर आया है उसकी लम्हा भर पहले बेचैन निगाहों में...जो जितनी उतरा है उतनी जल्दी खत्म भी हो जाता है। ''नहीं बेटा, यहाँ मसखरी नहीं'' देर से पीठ पीछे कोहनियाँ घुमाए अंकल तेजी से लपकते हैं और एक-एक गोली उठाकर गंगा जी की तरफ उछाल देते हैं। ए इनफ नहीं मोर दैन इनफ है, बल्कि इनफ्स इनफ। मसखरी! क्या कहा इन्होंने ए। इस पूरी वाहियात ड्रामेबाजी में मैं जानती हूँ कि ए खट्टी मीठी गोलियाँ ही सच है। पूरा-पूरा सच। वरन् सब-सब झूठ। ए फल मेवे झूठ...ए कच्ची पक्की तली पूरियाँ झूठ। ए उबली सुबली दाल झूठ...मंत्र श्लोक झूठ ए...चिता झूठ...झूठ, दुनिया का सबसे बड़ा झूठ... ए सब माँ कब चाहती थी? और तो और अभी मोक्ष का वो दावा जिसपे सभी को एतबार आ गया है वो भी झूठ...अगर मोक्ष मिल गया तो ए ताम-झाम किसके लिए...! मोक्ष याने गति ना, बार-बार के जन्म मरण के चक्र से छूट गई माँ—चौरासी लाख योनियों के फेर से मुक्त हो गई तो फिर ए रोटी पानी का बंदोबस्त किसके लिए? साले सब झूठे... एक बेहद फोहश गाली मेरे मुँह में घूम जाती है...और लो ए क्या...क्या कर रहा है ए पंडित...? चार पतली-पतली सी खप्पचियों ले वो पास पड़े पत्थर से स्केवयर शेप में ठोक देता है...छोटा सा स्केवयर। उससे बस थोड़ा-मोड़ा सा बड़ा जितना मेरा बेटा अपनी कॉपी में बनाता है और उन गड़ी हुई खप्पचायों पे सफेद कोरा रूमाल टिका देता है। मैं पूछती हूँ "ए क्या है?" तन्मयता से अपने काम में डूबा वो जवाब देता है, ''अर्जी घर बनाया है माताजी के लिए—सुरग में ही सही घर तो सब कू चाह...बेघरा तो जी सुरग में भी बुरा'' चार पतली-पतली खप्पचियों पे टिका मेरी माँ का घर जिसकी रूमाली छत किसी भी पल उड़ सकती है। जिसमें कोई 'बाब' नहीं, कोई दीवार नहीं। हद दर्जे की प्राइवेसी पसन्द मेरी माँ इस घर में, ऐसे घर में...मेरे होठ थरथरा रहे हैं। मैं चीखना चाहती हूँ, पागलों की तरह चीखना चाहती हूँ। अपने करीब होते इस नंगे ड्रामे की स्टेज पर, उसके आडिएंस पर जी भर कर पत्थर फेंकना चाहती हूँ। पत्थर हैं भी खूब सारे—गंगा की बजरी पर पड़े बड़े-बड़े लकड़ी के ताज़े चिरे टुकड़े भी। सब हथियार मौजूद हैं पर मेरे ही हाथों में जुंबिश नहीं होती...हलक से आवाज़ ही नहीं निकलती। चुपचाप पलट जाती हूँ।

अब मैं चल रहीं हूँ बाहर के दरवाज़े की तरफ...पर क्या सचमुच...बहुत बरस

पहले अपेंडिसाइटस के आपरेशन के वक्त डॉक्टर ने एनिस्थिसिया सुँघाया था। बेहोश होने से ऐन पहले या शायद उस पल के सौवें हिस्से में जो सुन्नपन मेरे दिमाग ने महसूस किया था वही-वही अब भी मेरे ज़हन पे काबिज़ है। सब पीछे छूट रहा है मन्त्रोचार, श्लोक, माँ की ठंडी चिता के अगल बगल सुलगती चिताओं से उठता धुआँ भी थोड़ी देर साथ चलता है फिर रुख बदल देता है। मैं अब तन्हा हूँ–बिल्कुल तन्हा। एक बड़े से, हॉलनुमा कमरे के बाहर बनी पत्थर की बेंच पर बैठ जाती हूँ...यहाँ बेहतर लग रहा है। सामने गुलमोहर का पेड़ है फूलों से पूरी तरह छाया हुआ...। मेरे ऐन दाईं तरफ बड़ा सा बरगद का पेड़ जिसकी लटाएँ ज़मीन तक झूल रहीं हैं...। कुछ याद आता है और फिर आता ही चला जाता है...। बरगद की इन झूलती लटों से मैं दिन भर लिपटी रहती थी...शाम को माँ क्वार्टर के भीतर बुलाती तो देर तक "अभी आती हूँ बस अभी माँ" कहकर उन्हें टहलाती "नहीं आती ना तू...?" "ना" मैं ठीठों की तरह सिर हिला देती...। "मत आ मुझे क्या...पर ए जो तू दिन भर किसी बड़े-बुजुर्ग की मूँछ दाड़ी पकड़ के झूलती है अच्छा नहीं...पाप लगेगा...।" यूँ माँ इस जुमले का इस्तेमाल छठे...छमाही करती पर जब भी करती दिनों मुझपे दहशत तारी रहती...और माँ चैन की बंसी बजाती–मुझे घर के भीतर देख के। वही अकीदत जो माँ ने इस पेड़ के लिए क्या पत्ती-पत्ती के लिए मेरे भीतर रोपी थी...वो कभी भूली नहीं मैं। तभी ना आज भी मेरे हाथ अपने आप जुड़ जाते हैं...। सामने देखती हूँ...बैरक्स की सूरत में बड़े-बड़े हॉलनुमा कमरे...जिनके बीच बना लोहे का जंग आलूदा प्लेटफार्म अपनी शेप से ही समझ आ जाता है मुझे कि किस काम आता होगा। सारी चिताएँ इस वक्त तो खुले में सुलग रही हैं–जब बरसात होती होगी–तब ए कमरे इस्तेमाल में आते होंगे। उस लोहे के प्लेटफार्म पे किसी का चादर तकिया पड़ा है और ऐन नीचे चार ईंटें जोड़कर बना चूल्हा और साथ में चिब पड़ा अनिक घी का डिब्बा। चूल्हे पे धरे तवे और गिर्द बिखरे आटे को देखकर कयास लगाती हूँ...शायद सुबह या शायद कल रात किसी ने खाना पकाया है यहाँ...कमरों के चाँरसू दीवारों पे किस फलाँ...फलाँ ने किस फलाँ की स्मृति में पत्थर लगवाए तो दर्ज है ही, साथ ही खूब दोहे चौपाइयाँ भी लिखी हैं। कुछ तो ऐसी कि एक इस पल जिन्हें पढ़के दूजे उस पल दुनिया के सब नाते रिश्ते तर्के करके आदमी जोगी बन के तुरत जंगल की राह पकड़ ले। 'मुर्दे को भी देत है लकड़ी कपड़ा आग...जीते नर चिंता करें तिनके-फूटे भाग...' ऐसा कुछ। हैरान होती हूँ कि ऐसी तल्ख हकीकतों के दरम्याँ भी टेम्परेरी ही सही, पर घर की तामीर करने की, गृहस्थी बना लेने की कूव्वत किसमें है...यहाँ ऐसी जगह बैठ कर रोटी बनाना, खाना...और फिर जीते जी चिता पे तकिया बनाकर लेटना और चादर तानकर सो पाना किससे बन पड़ता है...किसका घर है यहाँ। ऐसा घर...। घर...ए लफ़्ज बार-बार ज़हन पे हथौड़े की तरह चोट करता है और फिर एक अभी हाल देखा घर मेरे तसव्वुर में उभरने लगता है...बेदरों दीवार का,

बिना बुनियाद के चार पतली-पतली डंडियों पे टिका...जिसकी कमजोर छत को देखकर आँधियों के मुँह में पानी भर आए...और बारिशों का ईमान डगमगाने लगे। ऐसा घर...।

बचपन में माँ के हाथ से मार खाने के जो इक्का-दुक्का मौके याद हैं मुझे, उनमें सबसे ज्यादा जबर्दस्त मार तब पड़ी थी जब पड़ोस में बन रहे नए मकान के बाहर पड़ी रेत पे किसी छोटे बच्चे के मेहनत से बनाए और रंगीन चूड़ियों और चिथड़ों से 'डेकारेट' किए घर को मैंने लात मार कर तोड़ दिया था। 'बेशर्म घर तोड़ती है...उसका घर तोड़ा...फिर तोड़ेगी...बता फिर तोड़ेगी' किस कदर गुस्से से पागल हो गई थी माँ। उस वक्त मुझे कुछ समझ नहीं आया था। रात को जब माँ ने मेरे लाख सुलझाने पे भी गुलझे ही रहने वाले बालों में उँगलियों से कंघी करते कभी भी, किसी का कैसा भी, चाहे मिट्टी रेत का हो या ईंट का, घर ना तोड़ने की नसीहतें दी थीं तब भी मैं मूर्खों की तरह उलझ पड़ी थी "तोड़ा था तो मैं बना देती या वो दुबारा बना लेता...तुमने मारा क्यूँ मुझे" खींच कर मुझे छाती के करीब कर माँ बुदबुदाई थी, "घर दुबारा-दुबारा नहीं बनते बेटा...एक बार बिखर जाए तो कभी नहीं, वैसे तो नहीं ही।" उम्र के साथ ढेरों बातें समझ आने के सिलसिले में उस रेत के घर को लेकर माँ का जुनून और बेचैनी भी समझ आनी थी...आई थी। तभी ना सोचती ए हूँ कि एक 'बिखरे घर' के बाद फिर दूसरा घर जो 'डिजाइन' ही बिखरने के लिए किया गया है...कितनी बेचैन होगी माँ की रूह। कितनी बेचैन-पीड़ा से ऐंठ जाती हूँ मैं...फिर सोचती हूँ जिस जिस्म में वो रूह मक़ीम थी वो तो धूँ-धाँ करके जल गया पर वो रूह क्या हुई...? अरे हाँ वो रूह क्या हुई। कहाँ गई कैसे पता करूँ। 'आत्माराम' भी तो नहीं मिला। अरे...आत्माराम...वो तो भूल ही गई मैं।

'आत्माराम' ए लफ़्ज मैंने पहली बार सुना हो ऐसा नहीं है। हमारे देहलीवाले घर के पिछवाड़े का घर जिनकी लौकी की बेल की महज जड़ उनके घर में थी और तमाम लौकियाँ बेल समेत हमारे स्टोर की छत पर, उन अंकल का नाम 'आत्माराम' था...मैंने तो सोचा ही था कि यहाँ उनका क्या काम? पर बॉबी ने पूछ लिया था "ए आत्माराम क्या भाई?"

"अजी गले के ऐन बीचों-बीच शरीर का छोट्टा रूप होता है जी, बिल्कुल दो उँगलियों के बीच आ-जा। इतना छोट्टा—पर पूरा का पूरा कंकाल। उसे ही आत्माराम कहते हैं जी...उसे ही देख के तो पता लगे है कि माणस किस जून में गया है जी...क्या बणा। अभी कल या चिता कुरेली थी जी सामने वाली तो पता चला कि मरने वाला गाँबणा (गाय) है...अगले जन्म में।"

उसी आत्माराम की तलाश में नाकाम हो गया था वो। माँ कहाँ किस जून में गई ए भी समझ नहीं पड़ा, ए भी अजाना रह गया। याद करती हूँ कि कहीं पढ़ा था इन्सान अपने आखिरी लम्हों में जिस चीज का तसव्वुर करता है उसी जून में जाता है। क्या-क्या कहती थी माँ? रिकॉल करने की कोशिशें करती हूँ...अलबत्ता तो कुछ

कहती ही नहीं थी...। बस 'रामकिशन मिशन' अस्पताल के चौथे माले पर गज़ब की सफाई वाले उस स्पेशल वार्ड में बिस्तर पर लेटी हर वक्त मुस्कुराती रहती। माँ के चेहरे पर बिछी मुस्कुराहट उस वक्त और गहरी हो जाती जब डॉ. चौधरी विजिट पर आते। सत्ताइस-अट्ठाइस बरस के चौधरी की स्वामी विवेकानन्द की सी ग्रेसफुल पर्सनाल्टी माँ को बेहद लुभाती थी पर नर्सों को बेतरह नापसंद करतीं वो। ''एकदम होपलैस हैं सब की सब! दस दफ़ा घंटी बजाओ तो एक बार आती हैं, और इन्जेक्शन तो मेरे पेट में ऐसे लगाती हैं जैसे पेट नहीं ताजी लौकी हो।'' डॉ. चौधरी मुस्कुराते तो पूरा वार्ड जैसे लोबान से महकने लगता ''तभी तो कहता हूँ आप बैलूनिंग करवा लीजिए। ठीक हो जाए तो शक्ल भी मत देखने आइएगा इन निर्मम नर्सों की।'' ऐसे लम्हों में माँ की गज़ब की सेंस ऑफ ह्यूमर अपने 'पीक' पे होती ''आय डोंट कम टू दिस हॉस्पिटल बिकाज आय एम सिक–आइ लाइक बीइंग विद यू।'' फिर हम सबके तेज ठहाके से वार्ड गूँज जाता। या कभी कहती ''आप शादी करवा लें डॉ. चौधरी तो मैं बैलूनिंग करवा लूँ।'' पिछले चार बरसों से ए ही हो रहा था।

ना डॉ. चौधरी ने शादी करवाई और माँ को तो ख़ैर बैलूनिंग करवानी कब थी। माँ बस सिकुड़ती गई बरस दर बरस। 24 किलो वज़न...बच्चे का भी नहीं होता। मैं पिछले चार बरस से गर्मियों की छुट्टियाँ मिशन में ही बिता रही थी। उनके सामने के बैड पर लेटे या आराम कुर्सी पे बैठे मैं उन्हें चुपचाप सुनती रहती। सामने बड़ी सी खिड़की के पार मंसा देवी का मन्दिर दिखता...और रोपवे पे ऊपर नीचे जाती ट्रालियाँ–माँ बोलते थक जाती तो चुपचाप मन्दिर की तरफ़ देखतीं घंटों...। पर एक गहरे 'इत्मिनान' से भरी मुस्कुराहट उनके चेहरे पे हमेशा खेलती रहती। डॉ. चौधरी से फ्लर्ट करते नहीं ऐवें भी। बाज मर्तबा मैं चिढ़ जाती और इस बार तो भड़क ही गई थी...। ''साला मॉनीटर देखो क्या बता रहा है, सूइयों से छिदी पड़ी हो, तेज एंटीबायटिक्स गोलियाँ खा-खाकर पटरा हुआ जा रहा है तुम्हारा, पर ए ढीठों की तरह दाँत नहीं दिखाना छोड़तीं तुम। क्या माँ–थोड़ी रियलस्टिक नहीं हो सकतीं तुम, तकलीफ है तो उसे चेहरे पे आने दो...तुम्हें दर्द है ए मानो–डोंट स्प्रेड फेक स्माइल्स–आई हेट इट।'' मेरी गुर्राहट से मुझे लगा था वो तुरत मुस्कुराना बन्द कर देंगी–पर कहाँ अब तो उनकी मुस्कुराहट और गाढ़ी हो गई थी–''मेरे से ज्यादा बीमार तो तू नजर आ रही है।''

''आऊँगी नहीं'' मैं बौखला गई थी, ''तुम तो यहाँ टाँगें पसारे मज़े में पड़ी रहती हो शानदार बिस्तर में–बाहर हरे-हरे पेड़–काम ना धाम। मुसीबत तो मेरी और बॉबी की है। लिफ्ट जब देखो, आउट ऑफ आर्डर रहती है। चौथी मंजिल तक आते-आते जान हलक में आ जाती है। और एक तुम हो हर वक्त पोज़ करती हो कि जैसे बिल्कुल फिट हो। जब फिट हो तो यहाँ क्यूँ पड़ी हो? घर चलो तुम...।'' मैं बोलती रहती लगातार ए महसूस करते कि मेरी किसी बात में कोई दम नहीं, कोई तुक नहीं–मैं

जानती हूँ कुछ भी करके मैं उन्हें फोर्स नहीं कर सकती। उन्होंने कभी भी कुछ भी 'पब्लिक' नहीं होने दिया। औक़ात भर नहीं ही...ए सूइयों से छिदा जिस्म, मॉनीटर पे उतरती बेतरतीब साँसें...ए जानलेवा एंटीबायटिक्स, हमेशा मुस्कुराने वाले डॉ. चौधरी की उड़ी-उड़ी रंगत—सब बाहरी हकीकतें हैं...अन्दर का सच बड़ा है। इससे कहीं बड़ा है। मौत के करीब से करीबतर आते माँ की मुस्कुराहट रत्ती 'फेक' नहीं। शी इज़ विलिंग टू डाई। उन्हें अच्छा लग रहा है यूँ धीरे-धीरे मरना और मैं...मैं क्या इस सच को नहीं जानती? खूब जानती हूँ...पर इसे गले उतार पाना मेरे लिए मुमकिन नहीं, तभी भड़कती भी हूँ। वो चीखें चिल्लाएँ....दर्द की शिकायत करें। रोएँ...गाएँ हर आने जाने वाले के पास, मुझे अच्छा लगेगा।...यूँ आराम से लेटकर मौत की इन्तजार करना, इस इत्मिनान के साथ और वो भी मुस्कुराते हुए। मैंने उनका हाथ थाम लिया था एक रोज़ उनके करीब बैठते "तुम्हारे बिना जिन्दगी कैसी होगी माँ...तुम जानती हो ना" वो ही मुस्कुराहट और फिर एक तवील चुप्पी...। वो मेरी माँ है जानती हूँ—कोई वाहियात जवाब कभी नहीं देगी..."कि एक दिन तो सभी को जाना है...कि जीवन पानी का बुलबुला है, कि जिस्म तो सराय है रूह वाशिंदा और सराय तो छोड़नी ही होती है। वगैरह-वगैरह..." वो ऐसा कुछ कहती भी नहीं...चुपचाप मेरा हाथ अपनी कमजोर उँगलियों में भींच लेती हैं...पीली जर्द सूखी उँगलियों से फिर मेरी उल्टी हथेली सहलाते पूछती हैं, "तू सचमुच नहीं चाहती कि मुझे आराम आ जाए?" मैं चुप हो गई थी। बिल्कुल चुप। 'ना' में इस सवाल का जवाब दिया नहीं जा सकता था 'हाँ' में मैं दे नहीं सकती थी...पर उस दिन के बाद मैंने उन्हें कुछ कहना ही बन्द कर दिया...अब मैं मिशन भी उनके पास कम जाती—बॉबी ही ज्यादातर वहाँ रहता और जाती भी तो बस टिफिन समेटने...माँ के कमरे में बिछे उस इत्मिनान और मजलिसी तब्बसुम पे मुझे हरचन्द एतराज़ था। जितनी देर मैं वहाँ रहती भी, लम्बे से कारीडोर में घूमती रहती...इसके उसके रूम में ताकाझाँकी करते...या रूम के बाहर खड़े किसी मरीज़ के अटैनडेंट से बतियाते—पर अपने कमरे में कम से कम घुसती...और जाती भी तो चुपचाप कुरसी पे बैठी ख़ला में घूरती। पर माँ से आँखें नहीं मिलाती थी मैं...। बॉबी ने ही टोका था एक दिन, "तुम दोनों बात क्यूँ नहीं करतीं आपस में...?" मैं ऐंठकर और अकड़ ही तो गई थी पर माँ ने हमेशा की तरह एक जुमला बोल कर मेरे सब बल ढीले कर दिए थे "करती तो है ए बात...तुझे सुनाई नहीं पड़ता...इतनी बातें तो इसने कभी मुझसे पहले की ही नहीं...।" मैंने देखा था उनकी तरफ़...वो ही मुस्कुराते होंठ और...वो ही आँखों में पसरी ज़िद कि टूटना मुझी को होगा और सचमुच मैं टूट ही तो गई थी...। वो आखिरी बार था जब मैं रोई थी जमकर रोई थी...उसके बाद कभी नहीं। फिर उसके बाद बाकी के तमाम दिनों मैं और माँ साथ थे। लगातार साथ। कितना-कितना साथ...। माँ का बोलना अब लगातार कम होता जा रहा था...साँस लेने में अक्सर दिक्कत होती तो मुँह पे ऑक्सीजन मास्क

लगा ही रहता--ना भी लगा होता तो नींद की गफ़लत सी में रहतीं। डॉ. चौधरी ड्यू विज़िट पे ही नहीं...यूँ भी अब अकसर रूम का चक्कर लगाते। माँ की कलाई पे जमी रहनेवाली उनकी उँगलियाँ अब गाहे-बगाहे माँ के माथे पे घूमने लगतीं–"कैसा लग रहा है अब...?" माँ चुपचाप मुस्करातीं–या कभी-कभी शरारत से बुदबुदातीं, "खूब बड़े हो जाओ।" देर-देर तक उनके करीब बैठी मैं उनके जागने का या जाग रहीं हो तो कुछ बोलने का इन्तजार करती। उनके होंठ बुदबुदाते तो मैं कान लगाकर सुनती। उस दिन वो कुछ बेहतर आवाज़ में बात कर पा रही थीं...जब उन्होंने मुझे पुकारा..."बिट्टू।"

"हूँ..." मैं उनके करीब खिसक आई थी।

"कहीं से थोड़ा सा कोहरा ला दे बेटा।"

"क्या ला दूँ माँ...?"

मुझे लगा मैंने ग़लत सुना था। "कोहरा...ठंडा...चाहे थोड़ा सा मुट्ठी भर...पर कहीं से ला दे।"

मैं हँस पड़ी थी... "अभी-अभी ऐसा जाड़ा बीता है। पूरा महीना सूरज नहीं दिखा। कोहरा ही कोहरा तो था। ममटी में रखी गेहूँ की टंकी और वुलैन कपड़ों की खाली पेटी में भर ना लेती तुम...अब भला मई की इस तपती दोपहर में मैं कोहरा कहाँ से लाऊँगी...ब्लैक में भी नहीं मिलेगा।"

वो चुप थीं...मुस्कुराहट भी फीकी...हमेशा की तरह 'लाइव' नहीं।

"हम ऐसा क्यूँ करते हैं बिट्टू?"

"क्या?"

"गर्मियों के लिए कोहरा और सर्दियों के लिए धूप...वक्त रहते सहेज कर क्यूँ नहीं रखते?"

मैं संजीदा हो गई थी। उनकी बात-बात अब मेरी समझ में आ रही थी...। सोचा था कहूँ उनसे कि करना तो ए ही चाहिए माँ, होना तो यही चाहिए पर होता नहीं या करते नहीं हम...क्यूँकि जिस वक्त जो शै इफ़रात में होती है–बेमानी होती है. ..गैरज़रूरी लगती है पर कमी पड़ते ही...पर कह कहाँ पाई थी मैं...फिर भी जाने क्या सोचकर सौ हिम्मतें जुटाकर पूछ ही तो लिया था मैंने... "कोई याद आता हो...किसी से मिलना चाहो माँ...तो...!" माँ ने मुँह दूसरी तरफ़ घूमा लिया था और देर तक घुमाए ही तो रखा था। फिर मेरी तरफ रुख करते...डबडबाई आँखों से बोली थीं "अब"? और मैं चटकती नसें लिए तेजी से कमरे से बाहर निकल गई थी। टूकड़ों में अब तब टूटी नींद में माँ ने वसीयत की थी...उनके जाने के बाद दूर-पास के किसी भी रिश्तेदार को ना बुलाने की ताकीद...संस्कार के नाम पर कोई भी प्रपंच ना करने की बात और एक अजीब ख्वाहिश जो मुझे कम से कम किसी भी लिहाज़ से उनका अंतिम समय का प्रलाप नहीं लगा था। एक-एक साँस के लिए बेचैनी

से तड़पते...नीले जामनी से होंठों और ऐंठी हुई ज़बान से वो आखिरी लम्हों में बस 'कोहरा-कोहरा' ही तो दोहराती रहीं और हमेशा के लिए सो जाने से कब्ल जाने किसे पुकारती चिल्लाई थीं—"जलाओ मत...तुम मुझे जलाओ मत—ओह...बारिश..ठंडा पानी..ठंडा पानी।"

मौत से पहले माँ मेरी थी और बावजूद सौ अज़ीयतों के दुनिया बहरहाल सीधी चल ही तो रही थी। पर माँ की आँखें बन्द होते ही माँ को माले ग़नीमत समझकर कैसे तो बाँट लिया लोगों ने। भीड़ का रेला-सा उठा—और देखते ही देखते कुल क़ायनात उलट-पुलट हो गई। माँ की वसीयत के पुर्जे-पुर्जे हो गए...। जाने किसने तो बुला लिया था उन सब को "ऐसे कहीं शोभा देता है जब तक चार रिश्तेदार..."और फिर देखते-देखते घर पूरी तरह 'शोभायमान' हो गया...अलबत्ता उस भीड़ में मैं धिकलती गई। हर बार मेरे हाथ बढ़ाते सौ आवाज़ें इकट्ठी उठतीं, "नहीं तुम नहीं... बेटी...दामाद का तो हाथ भी नहीं लगवाते।" और मैं दूर बैठी देखती रह गई...हजारों दंश देकर उनका जिस्म नीला कर देने वाले लहराते साँप उनकी मैयत के सिरहाने बैठे पहरा दे रहे थे और मैं चुप थी...। तमाम उम्र साड़ी के पल्लू को अपने काँधों के गिर्द शाल की तरह कस के सलीके से दफ्तर जाने वाली मेरी माँ—कभी घर में भी गाउन बिना साए के ना पहनने वाली मेरी माँ—मेरे कटस्लीव्स ब्लाउज़ पे सौ लानतें भेजने वाली मेरी बाशऊर माँ...घर की लॉबी में मुर्दाशोनियों के बीच अलफ नंगी पड़ी थी...और मैं चुप थी...।....दिन भर की धूप में टंकी के खौलियाए पानी से तुरत-फुरत माँ को नहलाकर और आनन-फानन में अर्थी पे धर कर 'राम नाम सत्य है।' का जाप करते भीड़ जब बढ़ी तो फिर मैंने भी पैर बढ़ाया। पर उन्हीं सौ हाथों ने फिर पीछे खींच लिया, "कभी सुना है श्मशान में औरतें, और वो भी शादीशुदा बेटी? राम-राम वापस जाओ...।"

आज भी तो जबर्दस्ती ही चली आई हूँ, पर यहाँ बैठी सोच ए रही हूँ कि रिवाजों-रीतियों के उन आहनी हिसारों को तोड़ने की कूव्वत बटोरी भी तो भी क्या कर लिया मैंने? क्या हुआ यहाँ आके?...माँ मेरे पास नहीं...मैं माँ के पास नहीं...दूर...दूर तक नहीं...। पचास कदम के फासले पर माँ तमाम लोगों में तकसीम हो गई है...कितनी अकेली हूँ मैं कितनी अकेली...। एक घना जंगल मेरे भीतर उग आया है जिसमें दूर तक तीरगी है सन्नाटा है दहशत है...। वो क्या देख नहीं रही होगी...बचपन में चलना कहीं, देखना कहीं की बेहूदी आदत के चलते जब तब माँ की उँगली छूट जाती मुझसे—बाजार में, भीड़ में...। ऐसे में खास हिदायत थी माँ की... "तू बस करा ए कर कि कहीं आराम से बैठ जाया कर...मैं अपने आप ढूढ़ लूँगी तुझे। इधर-उधर भागने की ज़रूरत नहीं...।" और मैं ए ही करती...। बाज दफा तो मैं जान-बूझकर खो जाती और वाकई मिनटों में माँ मुझे ढूँढ़-ढाँढ़ लेती...। "झूठी ना हो तो कहीं की" मैं होंठों ही होंठों में बुदबुदाती हूँ। बावजूद तन्हाई के लाख कोशिशें

करके पर रो नहीं पा रही हूँ। गले से गों-गों के अलावा कुछ निकलता ही नहीं... पर काँप रही हूँ...बुरी तरह काँप रही हूँ...। सहसा अपने काँधे पे किसी का हाथ महसूस करती हूँ...जानी पहचानी छुअन...तेजी से पलटती हूँ पर पलटते ही मेरी आँखों में हिकारत उतर आती है...।...उफ् कोई इस कदर भी काला-भौड़ा हो सकता है। इस कदर दुबला भी। पतली सलाई सी टाँगों पे लिपटी मैली कुचैली धोती और ऊपर चीकट कुरता। बाएँ हाथ में लाठी जिसकी मुड़ी सी मूठ पे कसी उसकी उँगलियाँ किस कदर सूखी बेजान हैं—पीले, भद्‌दे...गन्दे नाखून...। मेरे करीब बैठते वो पूछता है "तेरा कौन मर गया?" मैं कोई जवाब नहीं देती...पर आवाज़ से थोड़ी चौक़ती जरूर हूँ मर्दाना जिस्म में ऐसी मीठी जनाना आवाज। वो आवाज फिर गूँजती है, "बेटा! कौन मर गया तेरा?" इस बार मैं जवाब दे देती हूँ पर बिना पलटे..."माँ"...और फिर एक चुप्पी छा जाती है। सामने देख रही हूँ...बॉबी गंगाजी में डुबकी लगाने के बाद कोई पाठ कर रहा है...शायद गीता का। बाकी लोग भी गंगाजी मैं पैर लटकाए बैठे हैं...। अपने जिस्म में उठती कँपकँपी अब काबू नहीं होती मुझसे...माँ की राख से भरी बाल्टी और अस्थियोंवाली तश्तरी बॉबी के करीब रखी है...शायद पाठ खत्म होते ही विसर्जन हो जाएगा। 'माने' फाइनल फेयरबिड टू माँ।' शेष भी तो शेष नहीं रहेगा। मेरी कँपकँपाहट अब पहले से सिवा हो जाती है और मेरे काँपते जिस्म के गिर्द यकबयक् उसके कमज़ोर बाजू कस जाते हैं—"काँप मत बेटा।" बदबू का तेज भभका। चाहती हूँ कि झटक दूँ उसे—पर करती ए हूँ कि उसके हाथ अपनी हथेलियों में दबा लेती हूँ...आराम, किस कदर आराम...इतना सुकून क्यूँ मिल रहा है उसे छूने से...उसकी तरफ़ घूमती हूँ और देर तक उसे घूरती हूँ। अभी लम्हा भर पहले मैल की दबीज़ पर्तों से भरा ए झुर्रीदार चेहरा जो मुझे इतना घिनौना बदसूरत नज़र आ रहा था...उसपे उभरी ए मुस्कुराहट कैसी जानी पहचानी है?...कहीं देखा है। कहाँ...कहाँ...? मैं तो आज से पेशतर कभी श्मशान आई ही नहीं....। और ए, ए भी मुझे ऐसे अपनेपन और प्यार से क्यूँ देख रहा है जैसे बरसों से शनासा हो...। ...देर तक उसे मूर्खों की तरह घूरते पहचानने की नाकाम कोशिशों के बाद पूछती हूँ "तुम कौन हो?" वो मुस्कराकर जवाब देता है, "बछनी।"

"बछनी। बड़ा अजीब नाम है...बिल्कुल औरतों जैसा?"

"औरत ही तो हूँ"...। वो हँसता है और मुझे लगता है तीन दिन से मेरा पूरा वजूद जो वाशिंग मशीन के ड्रायर सा घर्र-घर्र घूम रहा था, किसी ने अचानक उसका लिड एक झटके में उठा दिया हो बिना टाइमर की परवाह किए। बौखलाकर उसके कुर्ते के खुले बटनों के परे देखती हूँ तो कुछ-कुछ समझ पड़ता है। पर सिर के घुटे बालों और कुल शख़्सियत की तरफ देख कर फिर मुगालता होता है कि श्मशान ठहरा...जाने कैसी-कैसी आत्माएँ। अतृप्त भी...कोई भूत-वूत...पर ऐन तड़के भूत? और फिर पैर—हाँ पैर भी तो सीधे हैं, मैं हौले से पूछती हूँ तुम सचमुच की औरत

हो...? वो हँसती है ''झूठमूठ की औरत कैसी होती है?''

''बिल्कुल तुम्हारे जैसी...। '' मैं कहती हूँ और वो खुलकर हँस देती है...मुँह में एक दाँत नहीं—अन्दाज लगाती हूँ...78-80 के फेटे में होगी। अब मैं सब भूल गई हूँ। मेरी पूरी तवज्जो का मरकज़ सिर्फ और सिर्फ अब ए 'औरत' है जिसे बावजूद औरत मान लेने के सौ शको-शुबहे करवटें ले रहे हैं मन में।

''यहाँ क्या करती हो तुम...?''

''रहती हूँ...घर है मेरा...?''

''कहाँ...?

''यहीं तो—सामने कमरे में...वो रा बिस्तरा सामने अरे...ए...तो...'' हैरत से फैली मेरी आँखों से बिल्कुल बेपरवाह वो सामने लोहे के प्लेटफार्म की तरफ इशारा करती है...

''क...कब...कब से रहती हो...यहाँ...?''

वो अपने पतले हाथ बेंच की ऊँचाई से कभी ऊपर कभी नीचे, सही-सा कयास लगाने की कोशिश में लाती है...''...इत्ती...नहीं...इत्ती सी थी तब से सात-आठ बरस की उमर से...।''

''यहाँ इसी श्मशान घाट में। 7-8 बरस की उमर से...तुम यहाँ...यहाँ रहती हो...।'' मैं बार-बार हकला रही हूँ। लफ़्ज सिलसिले से मेरे मुँह से नहीं निकलते हैं। वो हँस देती है और अपने कुरते की जेब में से बीड़ी निकालकर सुलगाती है। पहली बार की कोशिश में बीड़ी नहीं जलती—दूसरी बार में जल जाती है...बीड़ी का भरपूर कश लेकर वो मेरी तरफ़ देखती है। गहरी मुस्कुराती आँखों से...''सन् 38 में कुंभ पड़ा था—बेटा...मैं अपने टब्बर के साथ पंजाब से आई थी...। माँ बाप, दो ताए, छोटा चाचा...।...उस साल खूब तबाही मची थी। यहाँ रोड़िया वाला पे, वहीं जहाँ अब बस अड्डा है...हम रुके थे। ओय-होय-कैसा तूफान मचा बेटा...कैसा तबाही... कितने लोग मरे...कोई हिसाब नहीं...कितने भीड़ में रल गए—कितनों का कोई वाली वारिस ही नहीं रहा—मेरा टब्बर भी रुल गया। पता नहीं कौन कहाँ गया...मैं धक्के खाती-खाती यहाँ कनखल मसान में आ गई...बस तब से यहीं रहती हूँ...।'' मेरी हैरानगी का कोई अन्त नहीं...।...ऐसी जगह कोई लड़की उम्र के इतने पड़ाव जी सकती है...समझ से परे है मेरी...।

मैं खुद डरी हुई हूँ तभी ना उससे भी पूछती हूँ, ''यहाँ डर नहीं लगता?''

वो हँसती है। ''जरा सा बाहर जाऊँ तो लगता है बेटा, बहुत डर लगता है। पर इस हद, इस चारदीवारी में कैसा डर—यहाँ सब शान्त है...ज्यूदें लोग उत्पात मचाते हैं...मुरदे...कभी किसी को दुखी नहीं करते...सताते नहीं...मुझे तो आज तक नहीं...।'' बीड़ी का एक भरपूर कश भीतर खींचती है वो...। मेरी बेचैनी की उसे लेकर अब कोई थाह नहीं...?''

''कभी सोचती नहीं हो तुम्हारा भी घर-बार होता, बच्चे होते...परिवार होता...

अपने होते सब तो यूँ ही इस मुर्दाघाट में जिंदा रूह की तरह...मेरा मतलब घर... घर परिवार की चाहना नहीं होती...?"

वो बीड़ी को उँगलियों में देर तक फँसाए रहती है और फिर बोलती है...। ...वो बोल रही है और मैं सुन रही हूँ—सच एक निपट गँवार अनपढ़ औरत मुझे जिन्दगी जीने का कैसा तो अनोखा दर्स दे गई, "अपने होते तो बस उन्हीं के दुख-सुख होते बेटा...सुख की तो जानती नहीं तो कहूँ क्या...पर मैं, सबके दुख में साझा करती हूँ...यहाँ जो मुर्दे आते हैं...मैं किसी की रिश्तेदार नहीं...कोई मेरा अपना नहीं...पर जब भी लोग यहाँ आकर रोते हैं, चीख चिंघाड़ा डालते हैं तो मैं भी रो लेती हूँ। आज ही देख...ज्वालापुर से जवान लड़के की मिट्टी आनी है...पंजाबियों का, पार साल ब्याह हुआ था। कसाइयों ने गोली मार दी—मेरा कौन था पर कल से मेरा जी नहीं ठहरता...रो रही हूँ उसके लिए। तुझे भी देर से यहाँ अकेले उदास बैठे देख रही थी सो चली आई तेरे पास...बोल जरा तुझसे बोलने बतियाने से पहले तू मेरी कौन लगती थी और अब क्या नहीं लगती...? दुख साझा होता है उसकी अलग से कोई पिछान नहीं होती बेटी।"

मैं बुत बनी बैठी उसे सुन रही हूँ। सुन रही हूँ और महसूस करती हूँ कि जो जंगल मेरे भीतर उग आया था कैसे तो ए अजनबी औरत उँगली पकड़कर मुझे इससे बाहर ले आई है...अब ना तीरगी है ना सन्नाटा...दहशत भी नहीं। अब पहचान की कोई दिक्कत नहीं...मैं उसे पहचानती हूँ। हाँ मैं उसे पहचानती हूँ...35 बरस का साथ रहा है, पहचानूँगी नहीं...चेहरा, धड़ या कुल बाहरी शख्सियत बदल जाने से कहीं इनरसैल्फ़ बदल जाता है...छुअन तो वही है माँ वाली...वक्त की भरपूर मार के बावजूद चेहरे पे जिन्दा मुस्कुराहट भी वही...माँ वाली...। हाँ...और हाँ...मैं तो यहाँ गुम हुई बैठी थी...उसी ने ढूँढ़ा मुझे...माँ की तरह..."खो जाए तो वहीं बैठाकर। इधर-उधर भागने की ज़रूरत नहीं...मैं ढूँढ़ लूँगी।" वही सब वही...तो...। मैं भी तो सोचूँ माँ मुझे ऐसे अकेला कैसे छोड़ सकती थी...मैं भी तो सोचूँ मेरी माँ का आत्माराम उन बेजान हड्डियों के ढेर में कैसे मिल सकता था। हर रूह को एक ज़िस्म के फ़ना होते ही दूसरा ज़िस्म चाहिए मक़ीन होने को और माँ यहीं है...मेरे पास...। उसके कंधों पर मैं इत्मिनान से सिर टिका देती हूँ...अब रोने की ख्वाहिश भी नहीं...। जो नहीं हैं, रोया तो उनके लिए जाता है। जो हयात है उसके लिए रोना, ऐसी बदसगुनी, पागल हूँ क्या...?...

पहली बीड़ी बुझ चुकी है! वो दूसरी बीड़ी सुलगाती है—धुआँ मेरी नाक में जाता है...मैं आँखें खोलती हूँ और बीड़ी उसके हाथ से खींच लेती हूँ, और फिर एक भरपूर कश लेती हूँ—जिन्दगी से भरा हुआ बिल्कुल उसकी तरह...और मुझे रत्ती ताज्जुब नहीं होता जब वो बिल्कुल माँ की तरह मेरी पीठ पर धौल धरकर डपटती है मुझे—'मरजानी'।

टाइटैनिक

मेरे काँधे पे टिके उसके सर से उठती 'जवाकुसुम' की तेज गन्ध जैसे मेरे कत्ल को काफी ना हो कि उसने भौं-भौं करके रोना भी शुरू कर दिया। अपनी गर्दन पे गिरते उसके गर्म-गर्म आँसुओं की तपिश की नहीं बल्कि उसकी म्युनिसपालिटी के नलके सी खुली ही रहने वाली नाक से निकल-निकल कर जो मालमत्ता मेरे बालों, कुर्ते और दुपट्टे में जज्ब हुआ जा रहा था फिक्र मुझे उसकी थी। सर्दियों की कड़कती धूप में भी नहाने से भरपूर परहेज करने वाली मैं भला बदलियों से भरी इस शाम को कैसे नहाऊँगी, सोच-सोच कर मेरा दिल बैठा क्या लेटा जा रहा था और उसकी एक ही गुहार कि "हाय बुआ मुझे बचा लो"। ख्वामखाह की बुआ यानि मैं सोच ए रही थी कि इस लम्हे के अजाब से पहले खुद बचूँ तब ना बचाऊँ किसी को!

"अच्छा तुम पहले रोना बन्द करो" मैंने सख्त आवाज में कहा...इस उम्मीद में कि शायद आँखों के सूखते ही नाक भी...पर खुदा की मार...मेरी हिदायत का फौरी अमल तो हुआ पर सिर्फ आँखों पर...नाक...बदस्तूर बगावत पे आमादा रही...और मैंने कैसे तो जब्त किया कि अपने बालों से निकालकर तितली वाली क्लिप उसके नाक के सिरे पर फिट कर दूँ...। अजीब लड़की है...अपने नौ एक महीने की जान-पहचान के इस अरसे में मैंने उसे जब भी देखा 'बहते' ही देखा है। कान्ति मौसी के घर जब पहली बार वो मिली तो पानी के चार गिलास ट्रे में लिए खड़ी थी। इस और उस ढब से कैसे भी "बाल बने रेशम-रेशम" की फिक्र में जब दुनिया बौराई जा रही हो तब उस जवान जहान लड़की की लवों से चूता-चूता सा तेल मुझे खासा हैरान कर गया था...। आँखें इस कदर पनियाई कि जैसे अभी-अभी 'आई ड्राप' डाल आई हो और हैदराबाद की मीनार सरीखी उनकी नाक का टोपीनुमा सिरा भी तो किस कदर लाल था। ट्रे टेबल पर रखकर उसने वहीं खड़े-खड़े दो तीन दफा नाक जोर से यूँ सुड़की थी जैसे बहार के मौसम में गुलाबों से भरे बगीचे में खड़ा कोई तमाम खुशबू अपने भीतर समा लेने पे अमादा हो और फिर दुपट्टे से अपनी नाक दो-तीन दफा पोंछी थी। मैंने तो ऐसे ही पूछ लिया था—"कुछ तबीयत खराब है क्या?" मेरे करीब आदतन अखबार में चेहरा धँसाए बैठें मयंक की तरफ एक चोर नज़र मौसी

ने डाली थी और फिर उस लड़की के 'पेड़ू' की तरफ कुछ यूँ इशारा करके बताया आड़ी हथेलियों से जैसे 'अर्घ्य' देने से पहले लोग पानी काटते हैं...। "लड़की ना हुई 'नदी' हो गई" मैं बुदबुदाई थी। नानी कहा करती थी दिन के चौबीस घंटों में से किसी एक पल जबान पे 'सुरसती' बैठी होती है...सही कहती थीं, मान लिया मैंने उस दिन जब मौसी की आवाज़ गूँजी, "खाली पानी नहीं...बुआ, फूफाजी के लिए पेठा लाओ सरिता।"

पेठा–पेठा तो ठीक पर 'सरिता' लफ़्ज सुनते ही बेसाख्ता मेरे मुँह से निकल गया "मैंने भी...कुछ ऐसा ही नाम सोचा था...।" "किसका..."? कान्ति मौसी ने उचक कर कान मेरी तरफ करते पूछ लिया था और मैंने दाँतों से जीभ काट ली...। माँ भी...जो ना करवा दें कम...। कैसा कहती थी कभी मौसी से मिलने जाओ तो जोर से बोलना बेटा...वो जरा 'ऊँचा' सुनती हैं...। अभी हो गया था मेरा पटरा...!

मैंने जैसे-तैसे बात सम्हाली थी..."वो मौसी सरिता...ए ही नाम पहले मैंने भी सोचा था–अपनी बेटी का...पर फिर सबने कहा...ओल्ड...फैशण्ड...नेम है...।"

लो...'ओल्ड फैशण्ड' लफ़्ज सुनते ही कान्ति मौसी तो जैसे 'मुर्गा बम' की चटाई हो गईं। पूरी मुलाकात के दौरान अब...तब बेअन्दाज फटते उन्होंने इन नए वक्तों की बेशर्मियों, बेगैरतियों और बेहयाइयों पे जो लम्बा-तपसरा किया उसका लब्बोलुआब ए था कि उनका जीने का जी तो नहीं करता ऐसे 'मर्यादाहीन' समाज में...पर अपने हलक़ में आप गोली तो मारी नहीं जाती...तो जिए जाना उनके तईं कोई शौक नहीं बस मजबूरी है...! अन्धकार के इस घोर जुग में उम्मीद की जो एक किरन बाकी है वो ए कि उन्होंने अपने घर को...इस उल्टी बहती बयार से महफ़ूज रखा...। बहुएँ आज भी सर ढँकती हैं...मुहल्ले-टोले में किसी के घर आती-जाती नहीं...खंडी बाजू के ब्लाउज और गाऊन मैक्सी नहीं पहनतीं...तड़के-तड़के चाहे 'चिल्ला' पड़े...पर ठंडे पानी से नहाकर अपने-अपने कमरों से तब सीधी चौके में आती है...। बेटे तो ख़ैर राम-लखन हैं ही...छोड़ मसाले को जो कोई ऐब हो...घर से दुकान दुकान से सीधे घर...। ए ही हाल पोते-पोतियों का है...। अब यही सरिता... लगता है कि आज की लड़की है...? सीधे-सीधे चौड़ी मोहरी के सूट सलवार। घर पे भी दुपट्टा...द्वार, देहरी, छज्जे पे खड़ा देख ले तो टाँगें ना चीर दें...गला अच्छा है तो मुहल्ले के 'कीर्तनों' में ज़रूर मेरे साथ जाती है...।

गरज़ कि बकौल कान्ति मौसी उन्होंने अपने घर के एक-एक बशर को सूई के नक्के में से निकाल दिया था...और फिर हुआ यूँ कि सब मेम्बरान् ऐन शिनाख्त परेड के से अन्दाज में हमारे सामने से गुज़ारे गए...। आख़िर में जरूर दो छोटे पोते पेठे की प्लेट के सामने जरा भर अटके पर फिर कान्ति मौसी की आँखों से जाने क्या तो निकलकर उनकी पीठ में जा गड़ा कि वो भी फ़ौरन से पेशतर नक्के से 'पार'

हो गए। पूरा वक्त कान्ति मौसी ही हमारे करीब बैठी रहीं या फिर सरिता...मेज पर पेठे, दालमोठ, आलूचाप्स की प्लेटें पहले सजाती फिर उठाती...! प्लेटों के उठते ही अचानक मेरी नज़रें मेजपोश पे टिक गई थीं...! जिसके बीच में बड़ा सा दिल बना था जिसके बीच खुबा था एक लम्बा सा तीर जिसका दूसरा सिरा मोरपंखी था। तीर खुबे दिल से निकलकर लहू का एक सोता बह रहा था और थोड़ा-थोड़ा लहू छींटों की शक्ल में पूरे पोश पे उकेरा गया था...! खूबसूरत कशीदाकारी नफ़ीस-अन्दाज में की हुई...। मैं पूछूँ,...पूछूँ, उससे पहले ही मौसी की ताड़ू आँखों ने मेरी आँखों का पीछा करते बताया था..."सुन्दर है ना...सरिता ने काढ़ा है...वो देखो दीवार पे झरने वाली सीनरी वो भी इसी ने बनाई...।" लाड़ से दोहरी होते मौसी बता रही थीं और मैं सोच ए रही थी कि कमबख्त यहाँ भी 'बहने' से बाज नहीं आई।

"आह...कैसा 'स्वर्ग' जैसा अनुशासित घर है" किसी ड्रीमसिक्वेंस में डूबते-उतराते से मयंक ने ठंडी साँस भरके उनके घर से बाहर आते ही कहा और मेरा बेटा ध्रुव फौरन मेरी पीठ के पीछे हो गया...। तजुर्बेकार है, जानता है यहीं से शुरुआत होती है। वो ही क्या मुझे भी पता है कि शनिवार की रात ढाई बजे अलार्म लगाकर 'टी.वी. सिक्स' चैनल देखने के लिए मयंक के जागने का शौक गर दरकिनार कर दें तो फिर वो सौ फीसदी घरेलू आदमी हैं खालिस मर्यादित...! जिन्हें नाक की सीध में चलते ऐसे घर जहाँ बच्चे 'आँख के इशारे' समझते हों इस कदर मुत्तासिर करते हैं कि फिर पैदाइशी इन्कलाबी ध्रुव जिसके लिए क्या तो आँख के इशारे का टोना और क्या 'लातों के भूत' का टोटका सब जूती पे, की जान साँसत में आ जाती है...!

"एक वो बच्चे थे, देखा...और एक ए हैं, हमारे फरजन्द...अबे सीख कुछ निकम्मे" की नसीहतों से भी जब मयंक को इत्मिनान नहीं होता तो बात फिर पहाड़ों पे पहुँचती है! ना...ना...ठंडे-ठंडे बर्फ से ढके हरियाले पहाड़ नहीं...नौ एकम नौ...नौ दूनी अठारह वाले सख्त रेतीले पहाड़ जिनपे चढ़ने की लाज़िमी मजबूरी के चलते किस मासूम की पीठ में खरोंच ना आई होंगी, किसके गाल तमतमाए ना होंगे।

"टेबल सुनाओ..." कहके मयंक जैसे ही साहिबे आलम के से अंदाज में डबल बैड नशीं होते हैं उनके हुजूर में पत्ते की तरह काँपता खड़ा मेरा शहज़ादा सलीम जिन कातर निगाहों से मुझे ताकता है कि बस मैं बेचारी जोधाबाई खड़ी की खड़ी रह जाती हूँ।

"माँ आप ही बताओ, दुनिया कम्प्यूटर से इटरनेट पे पहुँच गई। पापा टेबल्स पे अटके रहते हैं। कुछ और पूछें तो बताऊँ, कैलकुलेटर पे सब तो होता है...सब। गुणा, भाग, जोड़, घटाना...इट्स सिली टू वेस्ट टाइम फार लर्निंग ब्लडी टेबल्स...ए पापा को हो क्या जाता है।" कलपती आत्मा लिए मैं ध्रुव से मयंक तक पुल की तरह इस कमरे से उस कमरे तक डोलती रहती हूँ...। जानती हूँ आज और कल को

अलग करती जो हल्की सी रेखा है मैं तो उस पर से टहलती हुई निकल गई, इधर आ गई इस पाले में जहाँ ध्रुव अपनी तमाम जिज्ञासाओं के साथ खड़ा है...। मयंक हिचकते हैं क्यूँकि सवाल उनके स्वभाव का हिस्सा ही नहीं... "पापा कहते थे—धूप में खड़े रहो तो हम पाँचों भाई-बहन धूप में खड़े रहते थे...मजाल है जो कोई पूछ ले कि 'क्यूँ...'?" माने कड़कती धूप को नंगे सर पे झेलने की ताब रखना और वो भी बिना हवास खोए, बिना सवाल किए...यही जन्नत जैसे घर की कन्सेप्ट है मयंक के लिए इसी को 'स्वर्ग' कहते हैं। पर मैं तो स्वभाव से दोज़खी हूँ...। दोज़ख मुझे बाँहें फैला-फैला कर बुलाते हैं, जन्नतें उदास करती हैं।

बच्ची थी तो शायद चौथी जमात में एक 'ऐस्से' लिखा था। 'हाउस इज़ हैवन'। मैंने फिर एक जन्नत में बाईस बरस गुजरे, बाईस सदियों जैसे बाईस बरस...। घर के पिछवाड़े बगीचे को पार करते ही बिल्कुल सड़क से सटे महरियों और स्वीपर्स के घर थे...जहाँ बरसात हो कि सूखा, गन्दा-गँदला पानी भरा ही रहता...। खुड्डियों जैसे घर जहाँ जितने आदमी होते थे उतने ही जानवर...। मुर्गियाँ, बकरियाँ, चूजे...सुअर आदमी, बच्चे, औरतें...सब...सब इकट्ठे...! इधर जन्नतों की कतारें थीं पर उदास खामोश...मुर्दा घाट की शान्ति समेटे, जिसमें मेरा जी हौलता...डर लगता मुझे और मैं भागकर छत की मुंडेर पे अटकी अपनी डौगी 'शेरी' के साथ घंटों उस दोज़ख को निहारा करती। उनके पानी को लेकर होने वाले झगड़े और चैम्पियन गालियाँ तक मुझे फेसीनेट करतीं। गन्दे बच्चे, भागते-दौड़ते, खेलते, दीवारें फाँदते, कूदते। उफ्...जिन्दगी कैसी छलकी-छलकी पड़ती थी...हर वक्त त्यौहार का सा माहौल...। गहमा गहमी...हमारी महरी वहीं से आती थी...परबतिया। आँख बचाते जब भी मौका मिलता मैं वहाँ पहुँच जाती। पकड़े जाने पर जमकर पिटाई होती—"क्यूँ जाती हो उस नर्क में...दुनिया भर के इन्फेक्शंस..." पर मेरा मन था कि मानता ही नहीं था। परबतिया की बेटी 'राधा' अक्सर उसके साथ आती पर उसने कभी मुझे अपने साथ खिलाया नहीं। मेरे सुन्दर खिलौने उसे ललचाते नहीं थे जाने क्यूँ। मैं खीज जाती तो उसे पीट देती...उसे पिटना मंजूर था पर मुझे अपना साथ देना नहीं...। माने मुझे उन दोज़खियों ने कभी स्वीकारा नहीं और मैं जो 'नकारे' जाना बर्दाश्त कर ही नहीं सकती उनसे एक अजीब जज़्बाती रिश्ता कायम कर बैठी थी जो आज तक बदस्तूर कायम है। "तुम्हारा दिल तो अच्छी खासी स्लम है... जहाँ महेरियों, मेहतरानियों, ध ोबियों, दूधियों, कुंजड़े...कंजरों की एक अच्छी खासी जमात रहती है। गलत नहीं कहते मयंक...।" सच जिन्दगी के कैसे-कैसे अनोखे राज़ इनकी सोहबत में खुले मुझपे किसे बताऊँ और क्यूँ बताऊँ मैं...उनके और मेरे दरम्यान की बात है...। जन्नत, फिजूल-बकवास। दोज़ख माने ज़िन्दगी...जिसने बीने इसी गँदले समन्दर से मोती बीने। ज़न्नतों से किसके हाथ क्या आया...। सच्ची कहो तो जन्नत की कन्सेप्ट ही मुझे बकवास लगती है। बकबकी, बदमज़ा, बिल्कुल ए.सी. में लम्बे सफर जैसी।

पता नहीं लोगों की रूह को कैसे सुकून मिलता है उसमें...। मैं तो हैरान होती हूँ कि रूह जैसी जिन्दा और साबितो-सालिम चीज, एक सा मौसम...ठंडा तो बस ठंडा...और गर्म तो बस गर्म ही कैसे झेल सकती है...सबकी सब जाने। मेरी रूह को सब चाहिए...आँधी, मेह, लू, धूप...। सर्दी, गर्मी सब...सब...।

हाँ, मैं दोज़खी हूँ...इन स्वर्ग जैसे घरों में कहाँ गुज़र मेरी...यहाँ माहौल ठीक नहीं फिज़ा खराब है। और फिर कान्ति मौसी कौन मेरी असली मौसी है। माँ की चालीस बरस पुरानी दोस्त ही तो जिसका पता माँ के हाथ लग जाना महज़ एक इत्तफाक ही तो था और मेरा यहाँ इलाहाबाद तबादला हो जाना दूसरा इत्तफाक। वक्त से भुरकती मिट्टियों के ढेर के तले तो पूरी की पूरी सभ्यताएँ दफन हो जाती हैं तो मैं क्या ए दो 'इत्तफाक' दफ़न नहीं कर सकती और अब तो माँ भी नहीं रहीं...। किसको जवाब देना है...सोच कर मैं इत्मिनान कर बैठ गई थी और सचमुच दिन बीतते ना बीतते कान्ति मौसी ही नहीं उनका कुल टब्बर बिसर गया मुझे। बस वो मेजपोश के बीच बना घायल दिल के ऐन बीच घुपा तीर का बस नुक्का...पूरा तीर नहीं, बस नुक्का यूँ याद की भीत पे चिपका रह गया जैसे पिक्चर ट्यूब उड़ भी जाए तो भी टी.वी. स्क्रीन पे एक छोटा बिल्कुल बिंदी जैसा कुछ रह जाता है ना चमकता हुआ...पता नहीं क्यूँ...।

दिन, हफ्ते, महीने गुज़रते गए। फिर हरिद्वार जाना हुआ। भाई का फोन आया "दीदी लाकर हम दोनों के नाम ट्रांसफर हो रहा है तुम्हारा आना जरूरी है तुरंत पहुँचो।" पहुँची तो पाँच-छः दिन लग गए। लगभग रोज ही रात को मयंक का फोन आता जिसमें और बातों की तफसील के बाद बार-बार कान्ति मौसी का जिक्र यूँ आता कि "जब से गई हो कई बार उनका फोन आया...बार-बार पूछती हैं कब लौटोगी...?"। मैं बहुत हैरान हुई क्यूँकि इस दो-तीन महीने के अरसे में ना तो उन्होंने मुझे कभी फोन किया ना कभी मिलने ही आईं तो फिर अचानक ऐसा क्या...? और बस जाने क्यूँ दिल की भीत पे चिपका तीर का वो नुक्का रड़कने लगा...चुभने लगा मुझे...। बाज़ इल्हाम ऐसे भी होते हैं समझ आ गया मुझे जब मेरे लौटने के दूसरे ही रोज मौसी नमूदार हुई...।

"आओ भीतर चलो"...जो उन्होंने तीखे तुर्श लहज़े में कहा तो मैंने अधखुला पल्ला पूरा खोल दिया सौ फीसदी एतबार के साथ कि वही है और भई, वाकई वही थी...मौसी के साथ। 'स...रि...ता', सुड़कती नाक और टपकती आँखों के साथ...।

"पानी लाऊँ मौसी..." मैंने सफर से लौटकर जो साड़ियाँ अभी अलमारी में नहीं लगाई थीं, समेटते उनके बैठने के लिए जगह बनाते पूछा था...!

वो चुप...!

"मैंने पूछा...पानी मौसी..." मैंने दोहराया था...मेरी आवाज़ जाने कहाँ पिन की तरह चुभी कि मौसी गुब्बारे की तरह फट पड़ी...

"पानी इसे पिलाओ...मेरे लिए तो ज़हर ले आओ बिटिया...!"

"अरे क्या हुआ...?" मैंने पूरी संजीदगी से पूछा। यूँ जी ही जी में कुढ़ते कि जो मैं अभी बाथरूम से डोमेक्स फिनायल की बोतल लाकर इन्हें दे दूँ तो क्या पी लेंगी ए?...जहर जैसी आला अहम चीज जो 'शायरी' में ख़ास मकाम रखती है को कैसी आम बना देते हैं बदज़ौक लोग। वकार नहीं समझते ज़हर का...।

फिर चुप...

"खैरियत तो है"...मैंने इस बार सरिता की तरफ देखते पूछा था जिसके चेहरे पे साफ-साफ दर्ज था कि खैरियत का तो 'ख' भी नहीं...'त' तो बड़ी देर में आता है...। वो होता है ना 'तेरी सुबह कह रही है तेरी रात का फसाना...' बिल्कुल धुला उतरा चेहरा, लाल सुर्ख गीली आँखें...मीनार की बुर्जी सी नाक भी जोकर की नाक सी लाल दमदमाती...। सूखे ओंठ पपड़ाए...किनारे जिन्हें पानी बिना छुए गुज़र गया हो...! मुझे लगातार उसे ताकते देख मौसी बड़बड़ाई थीं..."ये उम्र और ए लच्छन, अभी बीस की भी पूरी नहीं हुई।"

मौसी ने कहा और मैंने हिसाब लगाया...तो हल ए निकला कि ए तो ख़ासी लेट हो गई...हम तो इससे कहीं पहले 'खरच' हुए थे...! पर हालात वही। वही सारे सिम्टमस...। फिर हमारी बिवाइयाँ तो उम्र के इस मोड़ पे भी भरी नहीं, फट-फटा जाती हैं बावजूद तमाम ऐहतियातों के, तो उसकी फटी बिवाइयों की वाजिब पीर तो खूब समझ आने वाली बात...। पर मैं इस सबमें कहाँ हूँ, क्या कर रही हूँ...? मेरा रोल क्या...बिना कुछ पूछे...पाछे इन्टरवेल से पहले की फिल्म तो साफ थी अब बाकी का हाफ़ जरा और...।

"आप कुछ बताएँगी भी मौसी...ऐसे मैं क्या समझूँ..." मैंने मासूमियत से रोटी को 'चोची' कहने के अन्दाज में मौसी को ताका...!

"क्या बताऊँ लल्ली...बस इतना रागझ लो कि मेरे जीते जी तो 'सक्सेना' की लड़की 'साहू' के घर जाएगी नहीं...। 'बरसों...बरस की बटोरी इज्जत मान मर्यादा पे मैं बट्टा लगने नहीं दूँगी और ए कलमुँही ए ही करने पे तुली है।"

साहू क्या...जात बिरादरी मेरी समझ में ऐसे भी कभी नहीं आती तो मैंने अक्ल भिड़ाई। लगा मौसी ने शायद साहूकार का सन्धि विच्छेद करके समझाया मुझे सो मैंने बेपरवाही से जवाब दिया... "ए साहूकार तो मोटी पार्टी होते हैं मौसी...पैसे का लेन-देन करने वाले। अच्छा तो है...गहने बनवाएगी...गहने तुड़वाएगी...क्या दिक्कत है...।"

मौसी ने बुरा सा मुँह बनाया था—"दिक्कत ए है बिटियारानी की साहू साहूकार नहीं तेली होते हैं...तेऽऽली...तेल बेचने वाले..." मौसी ने 'तेली तेल बेचने वाले' पे यूँ स्ट्रेस डाला जैसे कापियों पे नए बाँस पेपर के कवर चढ़ा के जब उन्हें गद्दे के नीचे दबाकर भी मेरे बेटे को इत्मिनान नहीं होता तो किचन से लाकर पत्थर का चकला

उनपे धर देता है...। ऐसे कवर खूब जमे रहते हैं पर बावजूद पूरे वजन के मुझे मौसी की बात जमी नहीं...। पर मैं उनका विरोध भी क्यूँ करती...। ना मैं लड़का जानूँ...ना उसका घर दुआर...। आवारा, लोफर, मवाली भी तो हो सकता है। लौंडियाबाज होने की भी पूरी...पूरी गुंजाइश, क्यूँकि सरिता जैसी कतई-कतई 'प्लेन' लड़की पे पहले तो कोई 'ईमान' और फिर 'इत्मिनान' भी ले आए मेरी समझ से बाहर था। लैला भी थी काली...चलो माना पर बस काली तो थी...मरी के नैन नक्श तो गज़ब थे...देह खिंची कमान। मुझसे कभी मिली तो नहीं, पर तस्वीरों में तो ऐसा ही दिखाते हैं...पर यहाँ तो कुछ नहीं...उसके सूजे-सूजे चेहरे और लगभग सपाट सीने की तरफ़ देखते मैंने सोचा था। वाकई कुछ भी नहीं...'ना दुकान ना सामान!' हो ना हो लड़का ठीक नहीं...मैं नतीजे पे लगभग पहुँच ही गई थी कि मौसी ने एक गुलाबी कागज़ मेरी आँखों के सामने लहरा-लहराकर दिखाना शुरू कर दिया...।

"हौसले तो देखो...नासपीटे के...हाईस्कूल का सर्टिफिकेट माँग रहा है..."

मैंने ख़त पकड़ा...पढ़ा। छोटा सा ख़त जिसमें कैसे भी जल्द से जल्द 'डी.पी. गर्ल्स इंटर कालेज' से हाईस्कूल का सर्टिफिकेट जुटाने की बार-बार ताकीद थी और एक कोने में चार लाइनें, बस चार ही तो...पर उनपे ऐसा अटकी मैं कि मौसी बेसब्र हो गई।

"पढ़ा...देखे लच्छन हरामी के।" मैं देख रही थी पढ़ रही थी। ना-ना मेरे महबूब शायर के कलाम को समझने सराहने की ऐसी सलाहियत रखने वाले के लच्छन और कुछ भी हो क़ाबिले-एतराज कत्तई नहीं हो सकते...'माना कि अभी तेरे मेरे अरमानों की कीमत कुछ भी नहीं/मिट्टी का भी है कुछ मोल मगर इन्सानों की कीमत कुछ भी नहीं/वो सुबह कभी तो आएगी...!'

"ए वाकई तेल बेचता है...?" मैं गहरे शशोपंज में थी...!

"नईं बुआ जी...ए तो कैसेट की दुकान करते हैं...तेल पिराई का बिजनेस तो बड़े पापाजी और भइया का है...!" इस बार जवाब सरिता ने दिया था ऊँची गर्दन करके...!

"चुप हरामखोर, जबान खींच लूँगी अगर खोली। कैसेट बेचे या कुछ, है तो तेली..." मौसी दहाड़ी और अब तक निरीह बकरी बनी बैठी सरिता की आँखों में उतरता तैश मैंने और मौसी ने इकट्ठा नोटिस किया।

"आँखें देखी हैं बेगैरत की...कैसी खाने को आ रही है। भाग-भाग कर जाती थी...कुलच्छनी..."

अब सरिता फूट पड़ी थी..."मैं जाती थी कि आप भेजती थीं दादी। कभी अनूप जलोटा, कभी हरिओम शरण...भजन...भजन...। माता की दसियों भेंटें टेप कराने आपने भेजा मुझे...!"

तस्वीर साफ़ से साफतर हो रही थी। पूरा वक्त मौसी के मुँह से कुबोल जैसे

तपती बालू में गिर-गिर कर फूले-फूले पापकार्न की सी शक्ल में कमरे में बिखरते रहे...। सरिता रोते-राते दूसरे कमरे में चली गई और मैं जब सुनते-सुनते थक गई तो पूछ लिया कि "सब ठीक, पर आप मुझसे क्या चाहती हैं...मैं क्या करूँ?" अब मौसी ने चश्मे के पीछे से अपनी टिच बटनों जैसी आँखें टिपटिपाकर मेरे घुटने पकड़ लिए..."बिटिया देख तू मेरी ही बेटी है...। रमी तो अब रही नहीं, पर मैं भी तो तेरी माँ हूँ ना...बता माँ की पत बेटी नहीं रखेगी तो कौन रखेगा?"

"मौसी मैं समझी नहीं"...मैंने दाईं आँख मलते पूछा...जो सुबह से फड़क रही है...बुजुर्ग कहते हैं औरतों की दाईं आँख फड़कती शुभ नहीं होती।

"क्या बताऊँ बेटा...मरा रोज़ गली मुहल्ले के बच्चों से चिट्ठियाँ भिजवाता है...देख तो रही है हाईस्कूल के सर्टिफिकेट तक मामला पहुँच गया...। कहीं भाग ही गई तो क्या होगा...। किसी नाते-रिश्तेदार के यहाँ रक्खूँ, सौ बात बनेगी...कल को शादी में भी दिक्कत होगी...। जब तक बात जरा ठंडी पड़े इसे तू रख ले...दस पन्द्रह दिन में मैं इसका मुँह झुलस दूँगी...देख बेटा 'ना' ना करियो, तेरी अति कृपा होगी।"...कहकर खट्ट यूँ मेरे दोनों हाथ उन्होंने माथे से लगा लिए जैसे कभी राम जी की खड़ाऊँ भरत जी ने सर पे रखी थीं...।

मैंने उनका "अतिकृपा होगी" का प्रार्थना पत्र पढ़ा और दीवार पर लगी अपनी और मयंक की तस्वीर की तरफ देखा। शादी के फौरन बाद खिंचवाई हुई...। दोनों हाथ मेरे काँधे पे रखके कानों के पास झुके जैसे कुछ कह रहे हों मुझसे। अमूमन ही उन्हें ऊँचा सुनने वाली मैं उस दिन जाने कैसे फौरन उनकी बात समझ गई और मैंने लाल स्याही से प्रार्थना पत्र फौरन निरस्त कर दिया।

"मयंक से बात करनी होगी मौसी, फिर भाग तो ए यहाँ से भी सकती है...। देखिए ठंडे दिमाग से सोचिए...मेरी स्थिति बहुत खराब हो जाएगी...।" कहकर कैसे तो मैंने उन्हें टाला। शाम को मयंक लौटे तो उन्हें पूरा किस्सा बताया। उन्होंने खामोशी से सुना। कुछ कहा नहीं, पर मुझे सुबह से डेंटिस्ट के यहाँ ले जाने का तयशुदा प्रोग्राम ए कहकर मुल्तवी कर दिया कि "देर से निकले तो अक्ल दाढ़ चीसती ही है...लौंग का तेल लगा लो...ठीक हो जाएँगी।"

उस दिन की गईं गौरी तो फिर दिनों नदारद...न कोई खबर न फोन...। मैं अपनी गृहस्थी अपनी सुबहों शामों में खो तो गई...पर दिल के किसी 'रिमोट' हिस्से से ए रह रहकर उठता रहा कि 'नो न्यूज मीन्स गुड न्यूज' जैसा कुछ नहीं...कहीं कुछ है जो यकीनी तौर पे गलत है...गड़बड़ है...! फिर भी मैंने न तो उन्हें फोन किया न उनके घर का रुख...!

फिर एक डेढ़ महीने बाद वो अचानक सुबह-सुबह आईं...साथ में सरिता...! मयंक निकल ही रहे थे सो वो ए कहते उनके साथ हो लीं कि "बेटा मुझे बैंक रोड डॉ॰ मित्तल के यहाँ छोड़ देना...दमा बहुत बढ़ गया है इन दिनों। यूँ डॉक्टर क्या कसाई

है, मुआ इतना हड़काता है कि आदमी मर्ज भूल जाए।" वगैरह...वगैरह...बोलते सीढ़ियाँ उतरते मुझे इशारे से समझा गई कि 'नज़र रखना'। सरिता थोड़ी देर तो टी॰वी॰ देखती रही फिर हिचकते हुए बोली, "बुआ मैं जरा एक मिनट एक फोन कर लूँ।" मैंने फौरन प्रेस 'ऑफ' की और बेडरूम का दरवाज़ा भिड़ाते ए कहके बाहर निकल ली कि "करो ना...चाहे जितने...फोन सही..."! जाने किसकी कोटेशन है 'हम किसी को जिन्दगी दे नहीं सकते तो लेने का भी क्या हक'...। चिराग़ बुझ ही तो चला है तो जो थोड़ी बहुत लौ है भभक कर क्यूँ ना जले...क्यूँ ना लपके...। एक डेढ़ घंटा फोन पर उसने किससे और क्या बात की मैंने पूछा नहीं। जरूरत भी नहीं थी... पढ़ी-लिखी हूँ...बोर्ड पे लिखे बड़े-बड़े हिज्जे पढ़ने में क्या दिक्कत...।

मौसी दवा लेकर लौटी और फिर चाय पानी की फारमैल्टी के बीच जो इकलौती काम की बात पता चली वो ए कि "हड्डी पसली तोड़ दी कल तो बाप ने...हरामज़ादी रोज पिटती है पर बाज थोड़ी ना आती है। कल भी चिट्ठी फेंक रही थी...। शाम को तो हद हो गई...। साहू और उसकी बीवी बिना इसकी 'शह' के रिश्ता थोड़ी ना लेके आए होंगे...! बस अब तो पानी सर से गुज़र गया...! इस इतवार बड़का 'प्रतापगढ़' जा रहा है...। वहीं एक लड़का है...। कूलर पंखे की दुकान करता है...।" मैं चुपचाप सुनती रही। कुछ नहीं कहा पर एक जानी पहचानी भूली बिसरी तीखी बेचैनी मैंने अपने भीतर उठती महसूस की...। वो बोलती रहीं और मैं ए सोचती रही कि ए कैसा 'फ्रीज़र हो गया मेरा मन...बर्फ की ऐसी मोटी तह पिघलती क्यूँ नहीं...? लौटते वक्त जिन निरीह कातर मेमने जैसी आँखों से उसने मुझे देखा और "अच्छा बुआ जी नमस्ते" कहकर काँपते से हाथ जोड़े तो मैं तड़प गई...। लगा इस लड़की से जैसे मैं आज आखिरी बार मिल रही हूँ...! मौसी धीमे-धीमे सीढ़ियाँ उतर गई थीं...मैंने पता नहीं किस भावना के वशीभूत उसके सर पे प्यार से हाथ फेरा और लो उसने जो पलट के मेरा हाथ दबाया और बुदबुदाई 'मेरा तो जीवन नर्क हो गया' तो बस उसकी उस 'छुअन' उस 'लुक' ने मेरे भीतर ड्रीफास्ट के बटन को छू ही तो दिया।

वो लोग तो चले गए पर मैं वहीं सीढ़ियों पर बैठी रह गई...देर तक यूँही...फिर आँखें बंद कीं...साँस को साधा और आह्वान किया...माँ का। क्या अजब बात जब तक माँ हयात रहीं, हम माँ-बेटी कभी हमख्याल ना हुए...मुख़ालफत की हद ए कि अगर मैं कहूँ तो वो यूनिवर्सल सचों को भी नकार दें...। याने कान पकड़ के सूरज को पच्छिम से उगाए और पूरब में डुबो डाले...। यहाँ भी ए ही हाल था...। अजीब रिश्ता था जो सारी 'तू-तू...मैं...मैं' के बावजूद क्या खूब परवान चढ़ा। जब से वो नहीं रही...अजब आलम है...। मैं किसी परेशानी में हूँ आँख बंद करके उन्हें पुकारती हूँ और वो फौरन हाज़िर...और न सिर्फ हाज़िर, बल्कि तमाम मसअलों पे हम एक राय होते हैं...एक से निर्णय पे...पहुँचते हैं...। तो मैंने पुकारा

..."माँ"...! माँ हाज़िर..."अब भी वही लक्में वेनेशिंग क्रीम...?" मैंने मुस्कुराते हुए पूछा। उन्होंने झिड़क दिया—"जल्दी बोल...पंजाबी केसरी में अजीत कौर का 'कूड़ा-कबाड़ा' आधा छोड़ के आई हूँ..." मैंने जल्दी-जल्दी पूरी बात बताई और उनकी आँखों में आँखें डालकर पूछा "बोलो अब क्या कहती हो...?"

"जबान खींच लूँगी अगर मुँह खोला...काम से काम रख अपने..." और माँ गोल मुझे धो झाड़ के...। शाम को मयंक के सामने जब मैं जात-पाँत पे लम्बा लेक्चर झाड़ रही थी तो उनका भी वही मत..."सब ठीक पर तुम चुप रहो...खबरदार जो किसी के फटे में टाँग डाली।"

सब सुना...पर इसका क्या करूँ...ए जो बर्फ के तूदे पिघल-पिघल कर नदी हुए जा रहे हैं...पोखर, तालाब नहीं खौलते बाढ़ नदियों में आती है...। ए लगातार पिघलना ...ज़ाहिर था खतरनाक सूरत इख्तियार करेगा...। बस मैंने मन पे बाँध बाँधा कि वास्ता ही नहीं रखना कोई...मौसम सर्द हुआ तो नदी आप जम जाएगी।

मैं बाज आ गई...पर मौसी बाज नहीं आईं! अब तब आतीं दमे के इलाज को डॉक्टर मित्तल के पास बैंक रोड तो घर ज़रूर आतीं...। मैं पूछूँ ना पूछूँ वो सब बतातीं..."कल तो डंडों से पिटी...माँ टुसर रही थी...ए नहीं कि ज़हर दे दे ऐसी नाकारा औलाद को। और वो मुआ...देवदास सी दाढ़ी बढ़ाकर हर समय छत पे डोलता है...।" मैं चुपचाप सुनती। कई बार माँ से पूछा..."क्या कहती हो तुम?" हर बार वही जवाब..."चुप बिल्कुल चुप...बुर्जगों के मुँह नहीं लगते बच्चे...गन्दी बात...!"

आज उनके घर आना चाहा नहीं था मैंने। पर कई फ़ोन गए। फिर बड़के भइया के साथ खुद बुलाने आई मौसी तो आना पड़ा।...उनकी छोटी बेटी के घर दो लड़कियों के बाद लड़का हुआ था...उन्हीं के पास मायके...। उसी की छठी का 'बुलौआ' था...! नीचे दस मिनट आँख बचाके बड़ी भाभी से बात हुई...। कसार में करछुल चलाती उदास परेशान भाभी...क्या गीतों में बैठती जिनकी बेटी पिघल-पिघल कर मोमबत्ती हुई जा रही थी। "कुछ ना पूछो बीबी...हमपे जो बीती सो बीती। ना ढंग से खाया ना पहना, ओढ़ा...। एक-एक धेला इनके हाथ। घर दुकान इनके नाम...सब तालियाँ इनके पल्लू में...। बेटे निरे घुच्चू...बाबूजी जब तक जिन्दा रहे उन्हें तालियों पे नचाया...दम घुट जाता है साल...साल भर मायके नहीं जाने देतीं..." "अब सरिता..." (भाभी सुबक रही थी)..."देखा भला लड़का बीबी...ना पान बीड़ी का ऐब ना अड्डेबाज...घर के चौतरे पे कल तक सब बच्चे इकट्ठे खेलते थे। लड़की आँखों के सामने रहेगी...ऐसे भी बताओ, कायस्थों में 5-7 लाख से कम कहीं अच्छे लड़के मिलते हैं बीबी, और फिर अगर लड़की ही ना रही तो जात को चाटेंगे हम..." सुबकती भाभी फफक कर रो पड़ी...।

"सरिता कहाँ है...?"...मैंने पूछा था..."ऊपर...घुटनों में सर दिए बैठी है। अगले इतवार प्रतापगढ़ से लोग जो आ रहे हैं..."! औरतों का हुजूम धीरे-धीरे जमा हो रहा

था...। ढोलक की रस्सी खींचकर उसे 'ठोका' जा रहा था...! मैं कुछ देर चुपचाप बैठी रही फिर जीना चढ़ गई थी...! सीढ़ियों के साथ ही छोटे से कमरे में रज़ाइयों के ढेर में वो यूँ लुकी बैठी थी जैसे दीवार में चिनी जा रही हो। मुझे देखा उसने...चुपचाप दोनों हाथ जोड़े...मैं उसके करीब बैठ गई...घुटनों में एक किताब दबी है...मैंने किताब धीरे से ली। 'कनुप्रिया'।...खुले पन्नों पे अंडरलाइन कुछ पंक्तियाँ...मंत्र सिद्ध बाण से छूट गए तुम मनु, काँपती रह गई मैं प्रत्यंचा सी...।

"तुम्हारी है...?" मैंने पूछा था।

"नहीं बुआ 'उन्होंने' दी पिछले जन्म दिन पर...!" उसने कहा फिर खामोशी छा गई...! मैंने धीमे से उसके कन्धे पे हाथ रखा...और बस "हाय बुआ मुझे बचा लो..." कहकर वो यूँ भरभरा के मुझपे लपकी कि मैं गिरते-गिरते बची...।

"मुझे बचा लो बुआ...अब क्या रहा...क्या 'मुँह लेके' किसी और के घर जाऊँगी..." उसने धाड़-धाड़ रोते कहा। मैंने सुना...और साफ-साफ अपने दिल की एकाध बीट 'मिस' होती महसूस की...। यानि कमाल है, इतनी बंदिशों में भी 'ताल'...। हालाँकि इधर जब से मैंने टेलीविजन पे म्यूज़िक से मुत्तालिक प्रोग्राम बाकायदगी से देखने शुरू किए हैं इतना तो मुझे भी समझ आ गया है कि 'रियाज़' अगर अच्छी हो तो ताल की कोई दिक्कत नहीं...बैठ ही जाती है, लग ही जाती है...! और रियाज़ तो भाभी ने नीचे बता ही दिया... "अभी कल तक चौतरे पे सब...बच्चे इकट्ठे...!" मैंने पीछे रज़ाइयों पे गीली गर्दन रगड़ते आँखें बंद कीं और खासे गुस्से में माँ से पूछा– "नाऊ...प्लीज़ अब क्या...?"

माँ जरा देर में आई। कुछ कहा नहीं पर जिस अंदाज़ में मेरे काँधों पे हाथ रखा वो सीधी संकेत था कि–'माई चाइल्ड गो अहेड'! मैं नीचे उतरी। औरतों के झुंड से घिरी नीले बार्डर की सिल्क साड़ी बाँधे मौसी झूम झूम कर गा रही है–"ऐसी लागी लगन/मीरा हो गई मगन/महलों में पली बनके जोगन चली/मीरा रानी दीवानी कहाने लगी!" मैंने सुना और मैं जल-जल गई...! मीरा को लगे तो लगन ठहरी...और वो जो ऊपर बैठी है दीवानी, उसकी दीवानगी दिल की लगी, 'दिल्लगी' ठहरी... गरीब को मारे जूतियों के फर्श कर दिया...जुल्म की कोई हद भी हो...!

मौसी भजन खत्म करती हैं...। बड़ी-बड़ी आँखों और झुमकों वाली एक पहाड़ से जिस्म की औरत ढोलक पे थाप देती है जोर की...!

"लयो भजन भी हो गए, सातों सोहर भी गाए गए, अब लड़किन बालिन कछु गाय लयो!"

"बीवी आप गाओ ना कुछ...!" छोटी भाभी मुझे टोकती हैं...और मैं...मैं तो मौसी पे आँखें गड़ाए बैठी हूँ...शेरनी की तरह घात लगाए...यही मौका है यही...याने... 'नसीम जागो, कमर को बाँधो, उठाओ बिस्तर कि रात कम है।'

"आप गाइए आज मौसी कुछ...ए खुशी का मौका रोज-रोज़ थोड़ा ना..." मैं

मुस्कुराते हुए कहती हूँ।

"मैं और गाना...नाय लल्ली...गाना-वाना तो कभी गाया नहीं, भजन चाहे जिते गवाय लयो...!"

"आप खूब गाती हैं मौसी...मौसी जी...आपने तो एक मौके पे क्या खूब गाया था...भई मुझे तो पूरा किस्सा भी मालूम है..." मैंने छोटी भाभी की कलाई थामकर जोर का ठहाका लगाया...कनखियों से मौसी को ताकते। फौरन ढोलक थम गई...औरतें मुँह बाए देख रही हैं...मौसी अवाक्...(पलीते ने फौरन आग पकड़ ली...)

"ऐसे ना देखो अनजानों की तरह...गाओ ना वही गाना मधुबाला वाला...। गाओ, जहाँ से भूलोगी मैं याद करा दूँगी...गाओ...'हाफिज़ खुदा तुम्हारा...गुज़रा हुआ ज़माना आता नहीं दुबारा...!"

''ना बिटिया...ऐसे गानों पे ढोलक नाय बजेगी...कछु और गवाय दयो...जिया से...'' ढोलकवाली फिर ढोलक पर धम-धम थाप देती है...!

"ना...ना...ए आज वही गाएँगीं...गाओ मौसी 'मेरे लिए सहर भी आई है रात बनकर/निकला मेरा जनाज़ा मेरी बारात बनकर/अच्छा हुआ जो तुमने देखा ना ए नज़ारा/हाफिज़ खुदा तुम्हारा...!"

"गाओ-गाओ..." मैं जैसे हिस्टीरिक हो के दोहराए जा रही हूँ जानते बूझते कि गाना तो दूर, मौसी के लिए तो साँसों की आवाजाही भी भारी हो रही है। माना कि फटने बाला बम नहीं था। पर...इस उम्र में बारूद की तेज गन्ध, और वो भी दमा की मरीज़ मौसी के लिए, क्या कम अज़ाब है।

मौसी को कब गाना था और मुझे ही कहाँ गवाना था पर मेरे दिनों के जलते-सुलगते अरमान निकल ही तो गए और बहुत निकले...एक लम्हे को जो फिर मौसी ने मुझे अकेले छोड़ा हो...औरतों में प्रसाद बाँटते या फिर अन्दर बाहर करते उनकी नज़रों की सीधी ज़द में थी मैं...! आते हुए मैंने जान-बूझ कर ऊँची आवाज़ में कहा "तो मैं एक बार मिल लूँ 'फिर' सरिता से मौसी...?"

"रहने दो...उसका जी ठीक नहीं...मैं खुद कभी कटरे आई तो लाऊँगी उसे..." मुझ टरकाते उन्होंने कहा। मैं लौट आई...। दो-तीन दफ़ा जान-बूझकर फोन मिलाया...वही मिलीं...और जिस बेरुखी से...मुझसे बात करके उन्होंने फोन पटका तो मेरी बाछें खिल गईं...आ हा...तो क्लियोपेट्रा डसी गई...जहर धीरे-धीरे चढ़ रहा है...!

"ए कान्ति दीदी है बिट्टी...देहरादून में बिल्कुल हमारे पास के दो घर छोड़ के रहती थीं।" फुरसत के लम्हों में श्वेत-श्याम एलबम के पन्ने पलटना माँ का सबसे प्यारा शगल और उनके कन्धे पर ठुड्डी टिकाए बैठे रहना मेरा...! दुबली पतली सी एक लड़की जिसके चेहरे पे बर्फी की शेप का चश्मा कतई सूट नहीं कर रहा...बालों की लटें माथे पे निकाले...ठुड्डी के गड्ढे पे उँगली टिकाए बैठी है...फोटो के पीछे नाम

और तारीख, सन् दर्ज है 'कुमारी कान्ति श्रीवास्तव 6 जुलाई, 1955'।

"बड़ी लल्लू लग रही है तुम्हारी दोस्त माँ..." मैंने कहा तो माँ ने टोका मुझे, अरे लल्लू नहीं, बड़ी स्मार्ट थी तो ए...पक्की घुन्नी, इसी का जीवट था जो 55 के उस घोर ट्रेडिशनल के दौर में भी अपने मन की कर ली...। क्या देहरादून की 'राजपुर रोड', क्या कर्णपुर के बीहड़...सब कान्ति जिज्जी के साथ नापे मैंने...!"

"तुम क्या करने जाती थीं वहाँ..." मैं जो खुद दो बरस एम.के.पी. हॉस्टल में रही हूँ और उस शहर के 'सेंसटिव एरियाज़' से खूब वाकिफ भी, चौंकी थी...।

ज़िन्दगी भर माँ के कन्धे से पल्लू ना सरकते देखा पर बात जो कहीं उलझ जाएँ माँ से तो यूँ ढह-ढह पड़ती जैसे गाँव देहात में गन्ने की बुग्गी के पीछे काँख में गुलु-मुलु भाई दबाए दौड़ती किसी नन्ही मुन्नी की चड्डी। गरीब के हाथ ना गन्ना आता है ना चड्डी...।

"मैं...वो...वो मैं...माँ हकलाती रह जातीं और मैं गिरी चड्डी ठीक से अटकाकर इजारबन्द कस देती।" "अच्छा तुम्हें साइकिल जो चलानी आती थी।"

"वो ही तो..." माँ तफसील से फिर सब बताती।

कई बार का सुना किस्सा। वही...लीक पे चलती एक बोरिंग सी महल्ला ब्रांड प्रेम कहानी जिसका बस एक ही मजेदार पक्ष था और उसी को मैं बार-बार सुनती..."अच्छा वो बताओ...उस दिन क्या हुआ...'वरिच्छा' की रस्म के रोज़...!"

"वो...वो ना पूछो..." माँ हँसते-हँसते दोहरी ही तो हो जातीं।

"तो घर वाले डंडा जूता ले के तैयार कि नाम भी लिया अगर उस आधे मुसलमान का तो सिर फोड़ देंगे...और इधर ए तुली कि भले जान ले लो पर शादी करूँगी तो गिरीश सक्सेना से।"

"क्यूँ कुछ इंटरकास्ट का चक्कर था।"

"अरे नहीं...कायस्थ दोनों थे, पर बड़े अजीब मसअले थे। एक तो अव्वल बात ए कि लवमैरिज ही उस दोयम दर्जे के महल्ले में ख्वाब की बात थी। फिर इन दोनों घरों में बनती बिल्कुल नहीं थी। कान्ति के घर वालों ने जब अपना दो तल्ले का मकान तीन तल्ले का करवाया तो गिरीश के घर के आँगन की तरफ हवा के लिए भीत में ईंटों के कई सूराख छोड़ दिए जो कतई गैरकानूनी बात थी। उसी को लेकर रोज़ सिर फुटव्वल होती! गिरीश की माँ, बहनें बहुत सीधी, सरल और नेक थीं पर बाप की इमेज ऐसी कि 'ले कर दिया, कमाकर खाया, वो भी क्या दुनिया में आया।' गिरीश बहुत मेहनती, बहुत शालीन लड़का था। पर वो होता है ना कि एक की करनी का फल सब भुगतते हैं। इधर कायस्थ होते भी कान्ति के घर मीट-मच्छी नहीं पकता था। कोई रिश्तेदार आता तो बाहर से मँगवाकर छत पर बैठकर खाया जाता। उसके बर्तन अलग थे। पर गिरीश के यहाँ तो दाल में बघार भी झींगा मच्छी का लगता था। सो कान्ति की दादी उन्हें आधा मुसलमान कहती। फिर महल्ले के दबाव के

चलते कान्ति के झगड़ालू घरवालों ने वो सूराख बन्द तो करवा दिए पर हालात बद से बदतरीन हो गए। कान्ति की दादी चौतरे पे बैठ जाती और गिरीश के घरवालों को जली-कटी सुनाती। एक बार तो मेरे ही सामने वो क्या कहा था...? हाँ...याद आया 'मुसलमानों में बेहना और कायस्थों में सक्सेना'।"

"फिर...."

"फिर क्या...उन्हीं दिनों इसकी माने कान्ति के ब्याह की ठहर गई...तो ए रोए-गाए कि 'हाय रमी गैं कुछ खा के मर जाऊँगी' बड़ा समझाया बुझाया कि मरने से कहीं बात सुलझेगी। खैर दूसरे दिन 'बरिच्छा' थी...जैसे हम पंजाबियों में 'ठाका' होता है ना ऐसे ही इनके यहाँ ए बरिच्छा...। लड़का छेकना, रोकना माने तो लड़के की बहन माँ-बाप जीजा सब आए...लड़का भी...। उधर गिरीश सक्सेना साइकिल पे गली के चक्कर लगा-लगाकर हलकान और इधर इन्हें 'गश' पड़-पड़ जाएँ...! कैसे तो मैं साड़ी सूड़ी लपेट लपाट कर इन्हें लाई...सब ठीक चल रहा था कि बखत की मार। लड़के की बहन ने कहीं इन्हें कुछ गाने को कह दिया...। तब आज की तरह इंटरव्यू तो होता नहीं था लड़कियों का...इसी बहाने आवाज़ सुनी जाती थी कि कहीं हकलाती-शकलाती तो नहीं...उसने कहा और ए तो जैसे तैयार ही बैठी थी...ए मोटे-मोटे आँसू आँखों में भरे और शुरू हो गईं...'मेरी कसम है मुझको तुम बेवफा ना कहना/मजबूर थी मुहब्बत सब कुछ पड़ा है सहना/टूटा है ज़िन्दगी का बस आखिरी सहारा/हाफिज़ खुदा तुम्हारा...'

हिचकियाँ ही तो बँध गईं इनकी गाते-गाते। लड़के वालों ने भी तसल्ली से पूरा गाना सुना। फिर मेज पर रखी 'छाप' उठाई लड़के की बहन ने...। की अँगिया के हवाले...डिब्बे बटोरे मिठाई के भाई ने और ए कहते हुए निकल लिए कि 'घर जा के खबर देंगे...जरा कुछ और जरूरी बात करती है जी।' बाप रे। उनके जाने के बाद बिन्देश भैया ने कितना तो पीटा था इन्हें लात घूँसों से...! खूब तलवारें खिंचीं...धूम धड़ाम हुई। रिश्ता टूट गया, कहके मुहल्ले में खूब फजीहत तो हुई पर बात बन गई...! "औलाद ऐसी नाकारा हो तो आँखों देखी मक्खी निगलनी पड़ती है" की चीख पुकार मचाकर बिन्देश भैया तो तुरत मकान बेच गए पर दुनिया के ताने इनके ठेंगे पर..."अपने सैंया से नयना लड़इबे हमार कोई का करिए" के अन्दाज में ए छाती ठोंककर तब तक वहाँ रही जब तक गिरीश का ट्रांसफर इलाहाबाद नहीं हो गया। पक्की जिद्दी...ढीठ...अब तो नाती पोतों वाली हो गई होगी...जाने कैसी होगी...!" माँ किस्सा सुनातीं और दिनों गुनगुनातीं...हाफिज़ खुदा तुम्हारा...और हम दोनों दिनों मुस्कुराते।

बरसों बरस पुरानी बातें जो खुद मौसी को भी बिसर गई होंगी उनसे जुड़े लोग नहीं बिसरे। जीवन की लहरों पर सफल सद्गृहस्थ के दंभ से भरी टाइटैनिक सी डोलती मौसी के ख्वाबो ख्याल में भी ना होगा कि हिमखण्ड की हल्की सी टक्कर से पूरा

का पूरा जलपोत जलमग्न हो सकता है...! तारीख गवाह है, जो तिर गए वो जहाज अनाम रहे। डूबे जहाजों के किस्से तो दुनिया जानती है। जाहिर सी बात है फैसला उन्हें करना था...!

बीच में एक दिन सरिता का फोन आया। जल्दी-जल्दी जो उसने बताया वो ए कि "दादी इधर कुछ ढीली पड़ गईं बुआ...आपसे कुछ बात हुई क्या...? साहू से भी मिली वो..."

"नहीं तो...मैं तो गीतों के बाद सीधी घर आ गई थी।"

"पर तब से वो आपसे..." वो कुछ कहते-कहते रुक गई थी...फिर फोन कट गया था।

दिनों फिर कोई खबर नहीं, पर न मुझे अब कोई बेचैनी थी न उत्सुकता और सच में आज अभी-अभी जब सरिता का फोन आया तो कोई हैरानी भी नहीं हुई थी...।

कैसी खुशी से छलकती आवाज़ थी..."बुआ आपको जान के खुशी होगी कि दादी मान गईं...सब तय हो गया...। 3 को वरिच्छा और 7 जनवरी को शादी है। सब कुछ बहुत जल्दी में...पर..." वो रुक गई थी।

"पर क्या हुआ" मैंने पूछा था...

"पर बुआ पता नहीं आपसे क्या नाराज़गी है। अम्मा ने कहा भी कि बीबीजी का कार्ड भिजवा दो तो फट पड़ी बोली—रहने दो, हमारी कौन रिश्तेदार है। क्या हुआ...आपसे कुछ बात—हैलो...हैलो...बुआ...बुआ..." वो चीखती रह जाती है और मैं मुस्कुराते हुए चैन की लम्बी साँस लेते जल्दी से फोन रख देती हूँ।

मयूरपंखी रे सपने

अचकचाकर उसकी नींद खुल गई थी। हमेशा ऐसा ही होता है। ए नामुराद चौकीदार की तल्ख सीटी उसकी नींद के सफर को टुकड़ों-टुकड़ों में बँटा ऐसा रास्ता कर देती है जो एक पुरसुकून सुबह पे जा के कभी खत्म नहीं होता... अलसाई-सी वो तमाम रात करवटें बदलती है। बमुश्किल जब दोबारा नींद आने को होती है, तब फिर यही सीटी। नींद का नुकसान तो वो जैसे-तैसे झेल लेती है, पर इस पूरे सिलसिले में उसके सपनों के जो टुकड़े-टुकड़े होते हैं, वो उसकी अधनींदी आँखों में रात-भर ही नहीं, तमाम दिन भी काँच की तरह चुभते हैं। किर्चें-किर्चें कितने ही अधूरे ख्वाब निहां है आँखों में।...दोबारा नींद लेने से पहले वो अक्सर कोशिश करती है कि नींद टूटने से पहले सपने की डोर जहाँ से टूटी थी, वहीं से वो दूसरी नींद में आने वाले सपने के धागे से जोड़ दें, पर इस कोशिश में जो बेशुमार गाँठें पड़ जाती हैं, उनकी चुभन वो अक्सर सुबह अपने चिपचिपाए गालों पर महसूस करती है। बारहा सोचती है क्या करें... क्या न करे इनका? उसे पता है–एक बहुत बड़ी लेखिका ने अपने सारे अच्छे-बुरे ख्वाब एक कॉपी के सुपुर्द कर दिए थे... कलम की नोक पर रखकर... जो बाद में किताब की शकल में दुनिया के सामने आए, पर वो...वो क्या करें, अधूरी ही सही, पर अपनी एकमात्र यही पूँजी भी जमाने के सुपुर्द कैसे कर दे। आफ्टर ऑल, प्राइवेसी भी तो कोई चीज होती है।

बहुत परेशान है, कितनी बार कह चुकी है, "ए मकान बदल दो–एकदम सड़क के किनारे है, चौकीदार की सीटी से मेरी नींदें हराम हो गई हैं" पर वो मुस्कुरा देता है। "स्वीट हार्ट, ए जो तुम्हारी ख्वाबों की दुनिया है न...जहाँ हर पल हर युग सतयुग रहता है...से बाहर भी एक दुनिया है, जो कलयुग में जी रही है...सो यू विल हैव टू लिव विद दिस नेसेसरी इविल..." फिर पूछा था उसने, "वाई द वे...तुम्हें परेशानी क्या है, क्यूँ ऐसे बार-बार चौंक-चौंक के उठती हो...अरे, नींद तो हमें भी आती है, सपने तो हमें भी आते हैं।"

उसकी आँखों में उभर आई चिन्ता और उलझनों को वो खूब-खूब देख पा रही थी...चाहा था–चुप हो जाए, पर जाने कैसे गहरी तिलमिलाहट और खीज में पगे लफ्ज़

उसकी जबान से निकल गए थे थामते-थामते भी, "तुम्हारे लिए सपने महज़ सपने हैं। वो हों, तो भी; ना हों, तो भी तुम्हें कोई फर्क तो नहीं पड़ता, पर मेरे लिए मेरा जीवन है...ए..." काँपती आवाज लम्हे को थिर हुई थी, फिर टूट गई थी। "मेरे सपने एक बावफा दोस्त क़ी तरह हैं रमन... अब भी साथ हैं, जब सब कुछ है, पर तब भी थे जब कुछ नहीं था कुछ भी...तो...नहीं..." डबडबाई आँखें लिए वो उसकी तरफ देख रही थी...फिर दो मजबूत बाँहों ने उसे अपनी पनाह में ले लिया था...और एक भरे-पूरे कन्धे पे सिर टिकाए उसकी आँखों ने सारा दर्द...सारी तल्खी धीरे-धीरे उसके कुर्ते में जज़्ब कर दी थी...

वो खुद भी नहीं जानती सपनों की दुनिया में रहने का ए सिलसिला कब शुरू हुआ...रफ्ता-रफ्ता नहीं, अचानक बस इतना भर याद है।...वो तीन कमरों का घर बड़े-से आँगन, लम्बे से बरामदेवाला...जिसके बाहर जो कच्ची जगह थी, उसे 'लॉन' नहीं, 'किचन गार्डेन' कहा जाता था...जिसके एक छोर पे पड़ा था बड़ा-सा लोहे का झूला। रेलवे कॉलोनी का वो घर...सादा-सा छोटा सा किसी भी आडंबर से खाली, पर एक 'सोफिस्टीकेटेड टच' लिए हुए। बाहर बड़े लोहे के उसी झूले पे वो माँ के साथ बैठी रेलों का गुज़रना देखती...उसके मन को बेहद भाता था... ए, पर उससे भी ज्यादा भाती थी माँ के गोरे दमदमाते चेहरे पर बड़ी-सी सिंदूर की बिंदी, जिसे अक्सर वो खुशी के सुरूर में डूब कर देखा करती... "माँ, मैं भी इत्ती बड़ी बिन्दी लगाऊँगी।"

माँ उसके गाल थपथपा देती..."इससे भी बड़ी लगाना, पर पहले थोड़ी-सी बड़ी तो हो जाओ।' 'थोड़ी-सी बड़ी' कहते अक्सर माँ अँगूठे और तर्जनी को थोड़ा-सा फैला कर जित्ती-सी जगह बनाती, वो उसे गहरे ताज्जुब में डाल देती। "बस, इत्ता-सा और बड़ा होने से बिन्दी लगाने को मिल जाती है?" फिर रोज वो ड्रेसिंग टेबल के सामने खड़े अपना कद नापती, टखने थोड़े से ऊपर करके "देखो माँ, 'इत्ती-सी' बड़ी हुई कि नहीं मैं...?" उसके करीने से कटे झबराए बालों को माँ सहला देती और वो भाग कर तख्त पर अधलेटे से पापा की पीठ पर चढ़ जाती "अरे...रे...रे... क्या कर रही है बेटी..." कहते पापा का एक हाथ उसकी पीठ छूने को हो आता, पर नजर बदस्तूर सामने अखबार पर जमी रहती। पापा की पीठ पर लदे वो एक ऐसे घुड़सवार में तब्दील हो जाती...जो...इस घोड़े पे बैठ कर पूरी कायनात लाँघने की ताब रखता था। सातों आसमानों का सफर कैसा खेल था। सचमुच, खेल ही तो था...

ऐसे ही एक दिन सातों आसमानों का सफर करते उसे पापा की पीठ पर एक बड़ा-सा सुर्ख लाल निशान नजर आया था, वैसा ही लाल... जैसा माँ के सिन्दूरवाली बिन्दी का होता था... उसके लम्हाँ भर पहले दमदमाते चेहरे पे शाम की सी स्याही उतर आई थी... "अरे, इतनी जल्दी उतर गया आज सवार, अभी तो घोड़ा थका भी नहीं।" कहते रह गए थे पापा...

वो वहाँ से उठकर बाहर झूले पर आकर बैठ गई थी...पर ना इंजन की सीटी,

न छुक-छुक, कुछ भी तो सुनाई नहीं दिया था उसे..."सारा कुछ खराब है...सब झूठे हैं" जैसी सोच ने शायद पहली बार उसी दिन जन्म लिया था, उसमें...फिर वो एक झटके से उठी थी और सीधी माँ के पास आई थी...बिना किसी भूमिका के उसने कहा था..."मुझे बिन्दी लगा दो...अपनी जितनी बड़ी।"

माँ ने फिर वही जुमला दोहराना चाहा था, "पहले इत्ती-सी और..." माँ की बात बीच में काट कर वो पूरी ताकत से चिल्लाई थी, "हो गई हूँ बड़ी...इत्ती नहीं...ढेर सारी बड़ी... ।" उसने अपनी नन्ही-नन्ही बाँहें आकाश-भर फैला दी थीं...फिर खुद ही सिन्दूरदानी उठाकर एक बेतरतीब-सा टीका लगा लिया था। सकते में खड़ी माँ को... वहीं खड़ा छोड़ वो तेजी से पापा के पास आई थी और उनके चौड़े सीने में दुबक गई थी...लम्हों बाद उनके बार-बार कहने पर उसने अपना सर उठाया, तो उनके कुर्ते पर बना बड़ा-सा सुर्ख निशान उसे गहरा सुकून दे गया था...इत्मिनान की लम्बी साँस खींचते उसने सोचा था "पापा सिर्फ तेरे हैं," के कौल से पापा फिर गए थे...पर वो तो सौ प्रतिशत उन्हीं की है...बस, उन्हीं की।

वो एक खूबसूरत ज़िन्दगी थी, जब उसे सपने नहीं आते थे...बस, नींद आती थी, गाढ़ी-गाढ़ी नींद... जब रेल पटरियों पे गुजरती थी। जब शोर खासा दीवार के उस पार रह जाता था, पर फिर जाने कैसे होने ए लगा कि पटरियों पे चलनेवाली रेल ऐन उनके घर के बीचोंबीच से गुजरने लगी...पहले कभी-कभी, फिर अक्सर... घर की दीवारें चरमरा गई थीं...दीवारों में दरारें पड़ने लगीं, पर ढहती दीवारों का ख़ौफ भी रेलों का यूँ गुजरना रोक कहाँ पाया...घर के आँगन में जतन से लगाए पौधे और तुलसी चौरा कई-कई दिनों तक पानी-पानी की गुहार लगाते, तो एक वक्त पानी नसीब होता। सबसे बड़ी बात ए हुई कि उसे अपनी पीठ पर बिठाकर समन्दर, पहाड़, नदी, नाले और सातों आसमान पार करानेवाला मजबूत कद-काठी वाला घोड़ा...अब सधी चाल से नहीं...बल्कि लड़खड़ाता हुआ घर में घुसता और उसकी बाँहें, नन्ही बाँहें यक-ब-यक एक मजबूत औरत की बाँहों में तब्दील हो जातीं...जो थककर लगभग ढह पड़ने को तुले घोड़े को थाम सकें।

ऐसे ही एक दिन आधी रात को उसकी नींद खुल गई थी...जाने कितनी रेलों का शोर उस दिन घर में इकट्ठा घुस आया था...इस तमाम शोरोगुल में उसने कानों को रजाई से हल्का-सा निकालकर जो सुन पाया था, उसका लब्बो-लुआब ए था कि चरमराती नींवों और ढहती दीवारों वाले घर में रहने से बेहतर है नए आशियाने की तामीर, पर अलग-अलग, और ए भी कि अब दोबारा ज़िन्दगी में इत्तेफाक से भी मिलने-मिलाने की गुंजाइश ना रहे—ए भी तय हो जाए बस।

अलस्सुबह माँ की उँगली थामे दो अटैचियों के साथ वो कहाँ जा रही थी...ए वो नहीं जानती थी...पर दरवाजे पर चौखट से पीठ टिकाए खड़े पापा की सूनी आँखों में ताकते और फिर घर को निहारते, लगातार आगे घसीटे जाते, जोर-जोर से रोते

उसने महसूस किया था कि उसके कदम किसी रास्ते पर नहीं, बल्कि उन सीढ़ियों पर पड़ रहे हैं, जो एक तहखाने में उतरती हैं, अन्धा तहखाना... जहाँ रोशनी का एकमात्र निशान थी बीते दिनों की पापा की बड़ी-बड़ी आँखों की वो चमक, जो उसने पहली दफा उसे रोज देखी थी, जब गर्मियों में एक रात उसे सुलाते आसमान पर नजरें टिकाए उन्होंने उसे उस सितारे की कहानी सुनाई थी, जो देर रात गए बच्चों के सपनों में परी की शक्ल में तब्दील हो कर आता था...उनकी मजबूत बाँह पे सर रखे उसने अधमूँदी आँखों से पूछा था—"ऐसा कैसे हो सकता है, पापा...तारा परी कैसे बन सकता है?"

पापा ने उसकी तरफ करवट बदली थी... फिर अपने सीने में उसे एक चिड़िया की तरह दुबकाए फुसफुसाए थे, "सपनों में सब कुछ हो सकता है। तारा परी बन सकता है...परी तारा बन सकती है, बस, सपनों में ही तुम्हें वो सब मिल सकता है, जो तुम चाहो...आँखें बंद करने भर की तो बात है..."

वो माँ के साथ लौट आई थी... पर अब उसे नींद नहीं आई थी...। उसने माँ से पूछा था एक दिन—"माँ, तुम्हें वो सितारा पता है—जो परी बन जाता है रात गए!"

माँ खामोश थी। उसने गौर से माँ की आँखों में भी वही चमक ढूँढ़नी चाही थी, पर नहीं...वहाँ तो गर्दो-गुबार के अलावा कुछ था ही नहीं...उसने डर के मारे आँखें बन्द कर ली थीं...बहुत देर की कोशिश के बावजूद नींद नहीं आई थी। उस रात...हाँ, उसी रात उसने जागती आँखों से पहला ख्वाब देखा था...उस ख्वाब में जो घर था, वो बादलों का नहीं था...ए वो ही ईंट-पत्थरों का घर था, जिसकी नींवें चरमराने से पहले बेहद मजबूत थीं...जिसकी दीवारों में दरार पड़ने से पहले बला की पुख़्तगी थी...जिसके आँगन में रखे पौधों को बदस्तूर दोनों वक्त कड़ी गरमी में पानी दिया जाता था...जिस घर में तुलसी-चौरा रोज शाम को एक चिराग से मुख़ातिब होता था कि "भई, सुनाओ कैसे हो...कल तो खूब-खूब लौ थी तुम्हारी।" जिस घर में शाम ढले दरवाजे पर होने वाली थाप वो खूब पहचानती थी...बस, फिर सब आसान हो गया था...खुली आँखों आने वाले सपनों ने उसकी बेतरतीब अकेली ज़िन्दगी में उम्मीद का ऐसा चिराग जला दिया था, जिसके रहते तवील रातें भी छोटी हो चली थीं और नींद भी रफ्ता-रफ्ता आने लगी थी...पर दिन...

दिन तो ऐसे लम्बे थे, जैसे रातें जो छोटी हो गई थीं...किसी ने उनका बचा हिस्सा आलपिन से दिनों में नत्थी कर दिया हो। उसे बेहद घुटन होती, बेहद घुटन। सातों आसमान यूँ ही खेल-खेल में नाप लेने का पुराना शौक जब-जब सिर उठाता, तो उसकी आँखें पागलों की तरह अपना पालतू घोड़ा तलाश करतीं...।

माँ सुबह दफ्तर चली जाती थी। वो दोपहर स्कूल से लौटने के बाद आया के पास रहती...ऐसे ही एक दिन उसने आया की पीठ पर चढ़ कर जिद पकड़ ली थी। सातों ना सही, कम-से-कम एक-आध आसमान नापने की। ख्वामखाह खीजी-सी रहने

वाली आया ने उसे परे धकेल दिया था, "ए नखरे अपने बाप को दिखाना, नवाबजादी।" वो क्षण भर अपमानित-सी बैठी रह गई थी, पर फिर हिकारत से बोले लफ्ज 'बाप' की चुभन उसकी नसों में जहर बनकर उतर गई थी, जिसे उसने बहशियाना तरीके से उस गुस्ताख नौकरानी के जिस्म में उतार दिया था...नागिन की तरह फुफकारते हुए...। शाम को माँ घर लौटी, तो कॉलोनी के लोगों ने सारा किस्सा बयान किया था...माँ से...। माँ के हाथ से लगातार उसके गालों पे पड़ने वाले तमाचों के बीच हैरतज़दा-सी वो लोगों का मुँह देख रही थी कि "माँ को कोई ए क्यूँ नहीं बताता कि दरअसल आया का गुनाह कितना संगीन था।"

दूसरे दिन उसकी तमाम फ्रॉकें, उसके खिलौने, उसके पेंसिल कलर्स एक अटैची में बंद करके माँ ने फिर उसकी उँगली थामी थी...उसकी आँखों में एक लौ लपक आई थी उम्मीद की...आईने के सामने माँ से बाल ठीक करवाते अपने अब भी तमाचों से लाल गालों का मिलान उसने माँ की सुर्ख बिन्दी से करना चाहा, तो सिहर उठी थी...अपने अकेलेपन और तल्खियों के बीच माँ के माथे से उम्मीद की आखिरी किरण का भी लोप हो जाना पहले क्यूँ नहीं दीखा उसे... उसे तुरन्त समझ आ गया था कि वो पापा के पास तो नहीं ही जा रही... फिर कहाँ? रुआँसी आवाज में पूछा था, "तुम मुझे कहाँ ले जा रही हो, माँ... हम कहाँ जा रहे हैं...?" हमेशा खामोश रहने वाली माँ आज पहले से 'सिवा' खामोश थी, "कही नहीं... बस, तुम थोड़े दिन नानी के घर रह आओ, फिर लौट आना...।" सपने का एक छोर, जो अब तक उसके हाथ में था, एकदम से सरक गया था...।

बस की सीट पर माँ से उसने भरपूर दूरी बनाए रखी थी...उसके जिस्म का कोई हिस्सा उन्हें छू ना जाए—इसका पूरा ध्यान रखते, खिड़की से बाहर ताकते उसने गौर से देखा था... उसने देखा, उसका घोड़ा एक बादल की शक्ल में बदल गया है और लगातार उसके साथ दौड़ रहा है...। उसने घबराकर आँखें मूँद ली थीं। सोचा था, ऐसा कैसे हो सकता है...? पर फिर याद आया था तारे का परी बन जाना और परी का फिर तारा बन जाना...। सपने में जो चाहो हो सकता है...। वो भी जो दरअसल कभी नहीं हो सकता...। उसने आँसुओं से भीगी आँखें खोली थीं... अपनी कुहनी से आँखें छुपाते उसने कनखियों से बगल में सोई माँ को देखा था, फिर बादल के टुकड़े को देखते फुसफुसाई थी, "मैंने तुम्हें देख लिया पापा...तुम मेरे साथ हो..."

उसके बचपन की स्मृतियों के नाम पे जो चन्द चीजें हैं, वो ए ही बादल, सुबह की धुंध और वो सपने, जिसमें उसने एक भरे-पूरे घर को जिया। हक़ीकत में टूट गया घर उसके सपनों में कभी नहीं टूटा और इसलिए भरपूर टूट जाने की गुंजाइश होते हुए भी वो कभी नहीं टूटी...। लम्हे की फुर्सत मिलते ही वो अपनी आँखें बन्द करती और एक साफ-सुथरे घर का तसव्वुर उसकी आँखों में उभर आता, जिसमें इधर-उधर दसियों काम निपटाती माँ की बिन्दी सूरज की तेज किरणों से होड़ लेती,

जहाँ उसके हिसाब के सवाल कभी अनसॉल्व्ड नहीं रहते और उसे सजा नहीं मिलती। जहाँ शाम को दरवाजे पे होने वाली थाप और उसके दरवाजे की तरफ़ भागते कदमों की सदा आज भी गूँजती...माँ का चौंकना अब भी होता। "बस, आँखें बन्द करने भर की तो देर थी..." फिर धीरे-धीरे ए उसकी आदत में शुमार हो गया था। वो जो चाहती, सपनों में जीती; जो चाहती, सपनों में करती। नानी के घर आते बस की खिड़की के परे उसके साथ भागते बादल के टुकड़े को वो जैसा चाहती, वैसे ही रूप में बदलना सीख गई थी...।

रमन को ए सहज नहीं लगता, अक्सर पूछ बैठता है—"व्हाई ऑलवेज दीज़ फैंटासीज़...।" सब कुछ जानने के बावजूद पूछता है...। रमन की हैरत का तब ठिकाना नहीं रहा था, जब एक रात उखड़ी साँसों के बीच वो बुदबुदाई थी, "लैट्स मेक लव इन फ्रंट ऑफ ए ब्यूटीफुल टेंपल।" वो बुरी तरह सकपका गया था... "हाऊ आई कैन मेक लव टू यू ऐट ए पब्लिक प्लेस?" उसकी आँखों में जैसे गर्द भर गई थी। उसने एक पल को रमन की आँखों में ताका था, फिर बोली थी, "हो सकता है... हो क्यूँ नहीं सकता...जानते हो, सपनों में वो सब हो सकता है जो हकीकत में नहीं...बस, आँखें बंद करो। रमन की हैरत से लबरेज आँखों में सीधा ताकते फिर उसकी डबडबाई आवाज गूँजी थी...।" "मैं झूठ नहीं कह रही...मेरा यकीन करो...मुझे पापा ने बताया था।"

एक रात देर गए रमन ने उसकी दोनों हथेलियों को मुट्ठी में भींच लिया था। फिर प्यार से उसके सर को सहलाते हुए बोला था..."देखो, मुझे अदरवाईज़ मत लेना...मैं ए नहीं कहता कि तुम्हारे साथ कुछ गड़बड़ है, पर स्टिल आई फील, हमें किसी मनोचिकित्सक से कम-से-कम कन्सल्ट तो करना ही चाहिए...। ए तुम हर वक्त जिस ख्वाब की दुनिया में रहती हो...क्या अच्छा है...बोलो? वी हैव ए रियल लाइफ टू...मैं तुम्हें बेहद प्यार करता हूँ, बेहद...। तुम्हें ऐसे कैसे देख सकता हूँ?"

स्तब्ध-सी वो एक पल उसका चेहरा देखती रही थी, फिर झटके से दूर हट गई थी, "तुम्हें क्या लगता है... मैं पागल हूँ?"

वो बौखला गया था, "नहीं...नहीं... बिलकुल नहीं...। मेरा ए मतलब...।" "नहीं, तुम मुझे पागल समझते हो, तुम...समझते...हो...कि...मैं" बाकी के तमाम अल्फाज़ उसकी हिचकियों में डूब गए थे...। काँपती धरती-सा उसका जिस्म अपनी बाँहों में थामे अब वो मुआफी के सारे लफ्ज़ दोहरा रहा था...फिर अचानक आए भूकंप-सी उसकी रुलाई जैसे उठी थी, वैसे थम भी गई... रमन के कन्धों को थामते उसकी दोनों बाँहों में बला का जोर आ गया था, फिर उसकी आँखों में सीधा ताकते वो ठहरी आवाज में बोली थी... "तुम नहीं समझ सकते, तुम कैसे समझ सकते हो...? तुम एक ऐसे घर में पले-बढ़े, जिसमें भरपूर दरवाजे, खिड़कियाँ थीं...मैं उस घर में रही हूँ... वो जो एक बड़े ऊँचे से बुर्ज पे छोटा-सा घर था, जिसमें बस बेशुमार चौखटें थीं, बड़ी-बड़ी,

खुली-खुली, जिसमें हर तरफ से तेज हवा आती थी...कोई ओट नहीं थी मेरे पास... बस, एक बादल का टुकड़ा था, जो मैं माँ का घर छोड़ते साथ लाई थी। उसे ही ओढ़ते-बिछाते मैं जीती रही...। तेज...खूब तेज हवा चलने पर उसे ही अपने गिर्द पर्दे की तरह तान लेती...। मेरी तकलीफ, मेरे दुख के क्षणों में मैंने जितने आँसू बहाए है, वो एक भी मिट्टी में नहीं मिला, सब–सब उस बादल के टुकड़े में जज़्ब हो गए...। जानते हो रमन, जिसे बारिश कहते हैं ना, वो... दरअसल ऐसी तमाम आँखों का पानी होता...औरों के पास भी तो ऐसे ही बादलों के टुकड़े होते होंगे ना...जब खूब-खूब भर जाते हैं, तो वो टुकड़े खुद को निचोड़ देते हैं...लोग कहते हैं 'बरसात हो गई।' इसी बरसात में अपने सतरंगी पंख फैलाए ए सपनों का मोर भी न होता, तो जीवन कैसे कटता? बोलो...दीवालियाँ कैसे कटतीं, दशहरे के मेले कैसे बीतते बिना रोए-धोए।...इन्हीं सपनों में अपने पिता की उँगली थामे जीवन के इतने बरस बिताए हैं मैंने...अब इन्हें कैसे छोड़ दूँ, कहो तो...? अब उन्हें कैसे भूल जाऊँ... बोलो तुम...। टूटे घरों के बच्चों के लिए ए मयूरपंखी सपने एकमात्र विरासत होते हैं रमन...सामान की तरह जब सब बँटता है, तो घर के कोने में घुटनों में चेहरा धँसाए टुकुर-टुकुर ताकते बच्चे एक ए ही पूँजी तो समेट पाते हैं...एक आँख में...माँ एक में पिता...और बस...कुछ भी नहीं...कुछ भी तो नहीं।" उसकी आवाज फिर टूट चली थी...। उसे चुप कराने की पुरजोर नाकाम कोशिश के बाद रमन किचन की तरफ लपका था...किचन के सिंक से पीठ टिकाए उसे कुछ वक्त खुद को सँभालने में भी लगा था... फिर जब वो पानी से भरा गिलास लिए लौटा, तो वो बेटे की पीठ पर गाल सटाए आँखें मूँदे पड़ी थी। उसने चाहा था, उसे उठाकर पानी पिला दे, पर फिर ठहर गया था...उसके सपनों के साथ बेअदबी...नहीं...बिलकुल नहीं...उसने चुपचाप गिलास मेज पर रख कर बत्ती बुझा दी थी...।

फ़ितना

इधर नौरंगी कुछ रोज से बहुत परेशान था। आँखों में न जाने कैसी वीरानी उतर आई थी, जो सनीमा के प्रीत प्यार के गाने सुन कर और गहरी हो जाती थी। बहुत दिन पहले कानपुर में दंगे हुए, तभी उस रेलमपेल में उसके हाथ एक टेप रिकार्डर लग गया था। पार साल बस में कहीं जाते हुए उसने अगली सीट पर बैठे ड्राइवर की नजरों से खूब नजरें मिलाते हुए जो कैसेट उड़ाई थी, वह ही अब उसकी जान का अज़ाब हो गई थी। "इस ससुरे अताउल्लाह खाँ ने सारी ग़ज़लें मेरे ही लिए गाई हैं क्या?" अक्सर रो-रो कर हल्कान हो जाने के बाद वह अपने आप से पूछता। शौकिया हज्जाम से गुज़ारिश कर जो कानों के पीछे लम्बे बाल रखवाए थे, अब जैसे उसके जोगी हो जाने का सबूत थे। पूरी रात पूरा दिन खटिया पर गुड़ा-मुड़ा पड़ा रहता, घर भर की बातों का हाँ-हूँ में जवाब दे करवट बदल लेता। माँ की मिरचों की धूनी और चौराहे पे सतनाजे के टोटके भी जब यूँ ही होकर रह गए और नौरंगी की आँखों की वीरानी और-और बढ़ती गई, तब दिन भर की प्लास्टिक की फैक्ट्री की मजूरी और दमघोंटू धुएँ से आजिज आया बाप दहाड़ा, "दुइ लात लगा दे तो एकरा दिमाग ठिकाने...।" पर माँ ने बाप की दुलत्ती को यह कहके फिलहाल पोस्टपोन करवा दिया, "अबहीं तेल देखा तेल की धार देखा। जवान लड़िका के कहीं अहसन? मुदा कहीं चलई गए तो का करोगे?" और नौरंगी के चेहरे पे गीत ग़ज़ल सुन के कभी कए आध, बाज़ दफा नौ के पूरे नौ रस उतरते रहे। बेशक इनमें करुणा का रस प्रधान होता जब वह अताउल्लाह की ग़ज़ल 'इसक में हम तुम्हें का बताएँ...' आवाज में आवाज मिला कर गाता। फिर बाइस नं॰ बीड़ी के कितने खाली बंडल खटिया के पास से सुबह माँ बटोरती और मुहल्ले भर को कोसने भेजती, "अइसन सुन्दर रहा हमार बिटुआ, कौन जाने किसके दीद जले रहे..." यूँ सबको पता था कि ए 'इसक' की चोट गली के नुक्कड़ पे परचूनी लाला की बिटिया ने दी थी नौरंगी को।

परचूनी लाला को जैसे बस्ती का हर बच्चा नाल काटने के वक्त से जानता है। किसी जेल की काल कोठरी जैसी बित्ते भर की दुकान में जैसे मालोअसबाब की पूरी लंका बसा रखी थी लाला ने। बच्चों के पेट चल जाने पर दी जाने वाली हंरड़ से

लेकर सुखी विवाहित जीवन के भी सारे राम बाण अचूक उपाय थे वहाँ। दाल चीनी, नमक, तेल, सूजी और गुड़ की बोरियों के बीच लाला पटरे पर कहाँ कैसे अटका था, बस ईश्वर का ही चमत्कार था। तेल से चीकट बनियान पहने लाला का घर से दुकान और दुकान से घर का कभी न टूटने वाला क्रम बाप के मरने पर भी नहीं टूटा था। सात बजे मरे बाप को आनन-फानन में बारह बजे तक निपटाकर एक बजे दुकान पर पहुँच गया। दबी-दबी जुबान में किसी ने लोक लाज की गुहार लगाई तो लाला का फलसफा जैसे मुँह सिल गया सबका, "देखा भैया, पिताजी ऐन मरे के वखत कहे रहें कि बिटुआ दुकान पर बैठे का फरज आज से तोहार है और ई टूटना ना चाही..." तो आज का जो कल होता तो अभी-अभी जन्नतनशीं हुए बाप की ताज़ी रूह इस सदमे को कैसे झेलती। किसी ने समझा, किसी ने नहीं, पर फिर लाला को टोकने की हिम्मत किसी की हुई नहीं। इसी परचूनी लाला की शोख मोटी-मोटी आँखों वाली, बेशक मोटे-ताजे जिस्म की मालिक बेटी ने बिचारे दुबले पतले नौरंगी को कब आँखों के रास्ते से कलेजे तक घायल किया, मुहल्ले तो मुहल्ले, खुद नौरंगी तक को पता नहीं चला। उस गरीब को तो बस दिन याद है, मंगलवार था। दिन भी यूँ याद रह गया कि माँ ने जब परसाद नौरंगी के हाथ में रखा तो पतंग के पीछे पगलाए उस नामुराद ने हथेलियों की अंजुली ना बना बेपरवाही से एक ही हाथ में परसाद झपट लिया था और जीने की तरफ पैर बढ़ाया था कि माँ ने उसे इस बेपरवाही पे हैजा, ताउन हो जाने के कतई जाने पहचाने शाप दे दिए थे, जो कभी फले नहीं थे। "परसाद का अपमान करोगे तो बजरंगबली का कहर टूटेगा" और उस दिन जो कहर छत पर नौरंगी पर टूटा वह खुदा का नाज़िल किया हुआ ही था। वरना नौरंगी क्या ऐसा था कि किसी देसी साबुन से धोई जुल्फों के पेंच में फँस जाता और फँसता भी ऐसा कि जीना तो जीना, मरना भी मुहाल हो जाता। पर छत में बाल सुखाने को खड़ी लाला की बेटी रसवंती में उस दिन नौरंगी के कमरे की पूरी ही तो दीवार हथियाए अधगीली साड़ी में लिपटी हीरोइन पोस्टर से उतरकर बस गई थी और बेचारा नौरंगी जब छत से गई शाम नीचे उतरा, तो पैर किसी लम्बी बीमारी के बाद उठे रोगी से काँप रहे थे। हलक सूखा था जो नीचे आकर छह-सात गिलास पानी पी लेने के बाद भी सूखा ही रहा।

फिर दिन गुज़रे, हफ्ते गुज़रे। नौरंगी पतंगें थाम सुबह छत पर आ बैठता। पतंगें उड़तीं, पेंच लड़ते और विरोधी खेमे के पतंगबाज भौंचाए से नौरंगी की कटी पतंगें सहेजते रहे। पेंच आसमान में होते और नौरंगी की आँखें छत पर कभी पापड़, कभी धनियाँ, तो कभी लाल मिर्च सुखाती रसवंती की बिना पतंग की डोर में ऐसी उलझतीं कि इसी डोर में गरीब का दिल उलझा उसकी छत पर जा गिरता और आसमान की पतंग दुश्मन लपक लेते। इस दुतरफा नुकसान को झेलता नौरंगी रोज सुबह शाम जीना चढ़ता रहा। आसमान में बादल होने पर बीड़ी की तलब लिए लाला की दुकान

पर आता तो आँखें उस दरवाजे पर लगी रहतीं जो घर और दुकान को जोड़ता था। हाथ में चाय का लोटा और स्टील का गिलास थामे रसवंती आती भी और बाप को चाय थमा चट् से चली भी जाती पर नौरंगी के बीड़ी के धुएँ के छल्लों में उसके नक्श बनते और बनते ही रहते, बिगड़ते यूँ नहीं बस कि ग़म का मारा नौरंगी बीड़ी बुझने कहाँ देता था।

यह लुका-छिपी का खेल चलता ही रहता अगर इश्क में रसवंती ने ख़तोकिताबत का सदियों पुराना सिलसिला शुरू न किया होता। नौरंगी हर्फों से उलझा रह गया और रसवंती ने घड़े के ठीकरे में जो कागज लपेटकर उसकी पीठ पर दे मारा उसने सारा मंज़र ही बदल दिया। 'खत लिखती हूँ खून से, स्याही ना समझना' का हौलनाक काम लड़की ने लिखा ही नहीं था, कमबख्त ने कर भी डाला था। याद आया नौरंगी को, आज सुबह छत पे कपड़े सुखाते उसने उसके हाथ की तर्जनी पे बँधी पट्टी देखी तो थी। कलेजा मुँह को आ गया था नौरंगी का। आँखों के आगे छाया अँधेरा खत की आखिरी लाइन पर आ के और गहरा गया। "कल शाम घूरे बाबा के मसान पर मिलना।" बित्ते भर की छोकरी और ऐसी हिम्मत! घूरे बाबा के मसान की तरफ लोग दिन में जाते कतराते थे तो शाम को।...भूत, चुड़ैल, डकिनिया, पिशाच सभी तो वास करते थे वहीं, अम्मा ने बताया था नौरंगी को। पूरी रात घिग्घी बँधी रही नौरंगी की। सुबह हुई तो लगा साँस ठीक से आ जा नहीं रही। क्या-क्या न करके साँस को सिलसिलेवार किया नौरंगी ने दोपहर तक। पर शाम के आते-आते फिर वही आलम। अलगरज़, उलझा-उलझा सा नौरंगी उन्हीं उखड़ी साँसों के साथ मसान पर पहुँच गया, जहाँ 'वह' पहले से मौजूद ऊँचे चबूतरे पर बैठी पाँव हिला रही थी। नजरें मिलीं और जाने कौन सी बिजली लपकी कि बेचारे नौरंगी की आँखें ज़मीन में जा गड़ीं। 'देखो ना हमारी तरफ' की सीधी-सीधी फरमाइश पर भी लोकलाज के सताए नौरंगी ने अपनी आँखें न उठाईं तो क़यामत ही टूट पड़ी। ऐसी बेज़ा हरकत उसके साथ आज तक न हुई थी। तब भी नहीं जब लुका-छिपी खेलते उसने नीम अँधेरे का फायदा उठा कर पड़ोस की धनपतिया को चूम लिया था। पत्ते सी काँप गई थी लड़की। 'छोड़ो कोई देख लेगा,' कहकर वह घर की तरफ लपक ली थी। फिर एक दो दफ़ा ऐसे ही मौके आने पर 'कोई देख लेगा' का मीठा डर नौरंगी के पूरे जिस्म में सनसनी फैला जाता था। उसके अन्दर का 'मर्द' गहरा सुकून महसूस करता था कि यह डर किसी लड़की को उसका दिया हुआ है। प्यार के लम्हों में अपने पूरे वजूद को एक पूरे माहौल पर छाए देखने के आदी नौरंगी को गहरा झटका लगा जब उस शोख बिंदास लड़की ने उसके होठ चूम लिए और वह घबराकर चिहुँक उठा, "ए...ए...कोई देख लेगा...।" "कोई नहीं देखेगा, और देखता हो तो देखे" का जंगी ऐलान करती वो उसके सीने पर पसर गई थी। नौरंगी हाय-हाय करता रह गया और 'वह' उसके तमाम सीखे सिखाए, किताबों से ज़हन में दर्ज हुए 'इश्किया दरसों' पे झाड़ू फेर कर उसे आँधी के बाद

तहस-नहस हुए शहर सा छोड़ कपड़े झाड़ कर यूँ चल दी मानो कुछ हुआ ही न हो। लुटा-पिटा नौरंगी घर लौटा तो दरवाजे पर ही अम्मा ने माथे को छू के बहुत तेज ताप का अनुमान लगा लिया। लाला की दुकान से मँगाई 'आनन्दकर' की दवाई और रात भर अम्मा का पट्‌टी पे पट्‌टी बदलने का जतन भी इस बुखार को तोड़ने में नाकामयाब रहा। सुबह माँ ने ही बाप को किसी भूत पिशाच का असर होने के खौफनाक अन्देश से वाकिफ करवाया। चूँकि नौरंगी रात भर बुखार की बेहोशी में कैसी-कैसी आवाजें निकाल रहा था। 'छोड़ो, देखो देख लेगा कोई' कह के नौरंगी ने जब नीम बेहोशी में माँ का सीने पर रखा हाथ दबा दिया तो जानकार अम्मा को समझने में पल न लगा कि हो न हो, भूत कोई औरत का है। पर बुखार टूटा छत पर जाकर, जब अपनी छत की बरसाती की ओट में खड़ी रसवंती ने उसे अपना निचला होठ दाँतों में दबा कर फिर वहीं मिलने का इशारा किया। अजब बुखार था। सुबह उतरता तो शाम होते-होते उसका पूरा जिस्म तपने लगता। उस तूफ़ानी बला के सामने पहुँचते ही उसका सारा वजूद जैसे भट्‌ठी हो जाता था। शुरू के दिनों में ऐसे मौकों पर नौरंगी हनुमान चालीसा का पाठ किया करता पर जब उस शैतान की ख़ाला ने कतई बेहतियातन तरीके से उसे इश्क के मजे देने शुरू किए तो नौरंगी ने बजरंगबली को इस मुआमले से हटा दिया। सोचा होगा—बेचारे 'ब्रह्मचारी' की भी क्यों मिट्‌टी ख़राब करवाऊँ अपने साथ। सो बिना किसी देव या भगवान की ओट के सीधे-सीधे इस तूफान के हवाले खुद को करता रहा नौरंगी। रोज-रोज घूरे बाबा के मसान पर धूनी सा तपते उसके जिस्म का पोर-पोर रफ्ता-रफ्ता इस अघोरन के पास गिरवी हुआ जा रहा था। यूँ वो कुछ खास करती नहीं थी, पर कपड़े निहायत ग़ैर सलीकेदार पहनती थी। कुरते का गला ऐसी बेहूदगी से नीचे तक कटा रहता कि एक-आध दफा नहीं बल्कि कई दफा नौरंगी मुँह के बल गहरे गड्‌ढे में गिरता-गिरता बचा। पीठ पीछे से इतनी नंगी कि उसे गले से लगाए उसके हाथ जब भी उसकी पीठ के उस हिस्से को छूते तो जैसे हजारहाँ चींटियाँ उसके बदन में रेंगती रहतीं। कभी साँस आती, कभी जाती और वह एक 'टेमर' की तरह अपनी आँख के इशारे से जरूरत के पिंजड़े में कसे इस शेर को बस ज़िन्दा भर रहने को दो बोटियाँ दे अपनी राह लेती। भूख दहाड़ती रही-दहाड़ती रही। और इसी बीच कहर यह टूटा कि न जाने कैसे घूरे बाबा की मसान पर जलने वाली इस रोज़मर्रा की धूनी का धुआँ लाला की नाक ने सूँघ लिया। सो इस किस्से के इब्तदा में दर्ज नौरंगी का यह 'बेहाल' हाल उसी दौर की दास्तान है, जब रात होने पर बुखार चढ़ा तो, पर घर में ताले में कैद रसवंती के न दिखने पर उतरा नहीं। बौराया नौरंगी रोज धूनी पर जाता, लौट आता। आँखें रात-रात भर जाग कर जैसे सुर्ख अनार हो गई थीं। उसे किसी का होश नहीं था, न खबर थी। यह खबर भी नहीं कि इसी मुद्‌दे पर लाला और उसके बाप में आज सुबह खूब जूतम-पैजार हुई थी। एक-दूसरे की माँ-बहन को चौक में इकट्‌ठी भीड़ के सामने

जलील कर दोनों अपने-अपने धन्धे पर लौट गए थे। नौरंगी छत से आँगन, आँगन से गली और गली से फिर घर के चक्कर लगा-लगा कर पगला गया। यूँ पड़ोस की धनपतिया भी थी, मुसद्दी चाचा की रधिया भी थी जिसके साथ नौरंगी ने बीते साल सनीमा देखा था। सनीमा क्या देखा था। बस यूँ ही अँधेरे में जरा हाथ आजमाए थे और पूरी फिल्म के दौरान सैकड़ों बार 'कोई देख लेगा, छोड़ो ना' का दिलनशीं जुमला सुना था। पर आज कोई भी, कोई भी तो नहीं चाहिए था उसे रसवंती के सिवा। कभी-कभी उसे लगता था कि बोटियों की दी हुई इस भूख को झेलने से क्या ही अच्छा होता अगर वो एक ही झटके में पूरी की पूरी रसवंती को निपटा देता पर दिल में जानता था कयामत कर देती वह। कौन जाने बोटियों से भी महरूम कर देती। यूँ शायद वो आम औरत है भी नहीं। आम औरतें उसकी अम्मा की तरह होती हैं, जो रात में कैसे भी इधर-उधर सामान असबाब की तरह बिखरे बच्चों से पैरों को बचाती बाप के कमरे में जाती हैं और फिर पन्द्रह मिनट बाद लौट भी आती हैं। ऐसे प्यार कैसे हो जाता है? हैरान तब होता था नौरंगी, अब नहीं होता कि उसका बाप गाहे-बगाहे गजरा लपेटकर घर लौटता है और खूब पिए होता है।

उस पर फाश हो गया था तमाम किस्सा कि कुछ भी पूरा पा जाने के बाद किसी अनछुए की प्यास मर्द के हाथों की लकीरों में दर्ज होती है। बेमुरव्वती से पटके पेट भर गोश्त से कहीं बेहतर लगती है रूह को तस्कीन देने वाली वो बोटियाँ जिसमें प्यार के वो मजे होते हैं जो अक्सर इन्सान और खुदा ताल्लुक आसान कर देते हैं थोड़े पर भी पूरे पा जाने की खुशी, फुर्सत और तजुर्बों की चाशनी में पगी हुई।

दिन, हफ्ते गुजरे। रसवंती नहीं दिखी तो नहीं दिखी। कहीं कोई मौका न दिखता था। यूँ महराजिन से पता चलवा लिया था नौरंगी ने बख्शीश देके कि रसवंती के लम्बे-लम्बे बालों में खूब ढेर सारा सरसों का तेल डाल के जब भी उसकी माँ चुटिया बनाती है तो यूँ ही एहतियातन बाल खींच के उसे ब्याह से पहले ही रांड हो जाने का श्राप सुबह-शाम दे देती है। इन दिनों रसवंती का घरेलू नाम 'रस्सो' कम पुकारा जाता था। मुँहजली, करमजली, निगोड़ी के हाल ही में अता हुए नामों में बदस्तूर इजाफा हो रहा था और लड़की थी ऐसी ढीठ कि मजाल है, मुँह से कुछ फूटे, "कहाँ मिलती थी? कहीं मुँह तो नहीं काला करवा लिया?" के तमाम सवालों पर वह पैर के उसी अँगूठे से जमीन कुरेदने लगती, जिस अँगूठे को नौरंगी के पैरों की उँगलियों में फँसाकर उसे बजरबट्टू सा घुमाया था लड़की ने।

न जाने यह सब कब तक चलता रहता कि भगवान ने जैसे खुद आकर मोर्चा सम्हाल लिया इस असम्भव से काम का। हुआ यूँ कि एक दोपहर तमाम घरों के ताले धमाधम बंद होने लगे। मुद्दतों तक हिन्दुस्तान में बहने वाली भूली बिसरी दूध की नदियाँ आज फिर बहने लगी थीं। जिसे देखें, दूध का लोटा हाथ में लिए मंदिर की तरफ भागा जा रहा था। नौरंगी की माँ भी गई, भाई बहन भी गए। गणेश जी

की 'दूध' की ललक आज कैसे भी बुझाती नहीं थी। धनपतिया की माँ, इसकी-उसकी चाची, ताई, बुआ, फूफी सब ही तो अपने-अपने हिस्से का पुण्य बटोरने में लगे थे। ऐसे में न जाने कैसे लाला की बुद्धि में भी बैकुंठ का मोह पसरकर बैठ गया था। ललाइन को ले उसने भी मन्दिर की राह ली पर जाते-जाते दरवाजे पर पिताजी के ज़माने का अलीगढ़ से खरीदा वह ताला ठोंक दिया जिसका किस्से मुहल्ले वाले यों बयान करते हैं आज भी नुक्कड़ों पर कि "चोरों के तमाम औजार फेल कर दिए इस ताले ने। कोई लोकल मेड ताला होता तो लाला के घर दुअन्नी न बचती।" बस इसी ताले के भरोसे रह गया लाला और जब दूध के कइयों चम्मच अपनी बेटी का नौरंगी से कैसे भी पीछा छुड़ाने के एवज में गणेश जी को पिला वह लौटे तो चिड़िया उड़ चुकी थी। रोने पीटने के बाद लाला ने अनुमान लगाया कि शायद जल्दबाजी में वह चाबी को पूरा ताले में उमेठना भूल गया था।

उधर रसवंती न जाने कौन से गाँव में और किस के घर में कपड़ों की गठरी सी बँधी-बुँधी बैठी थी। सब कुछ ऐसी जल्दी में हुआ था कि उसे तो याद है बस रिक्शा में नौरंगी के दोस्त सदाकत अली की बहन का बुरका पहन के स्टेशन तक आना, वहाँ नौरंगी का मिलना, फिर रेल की छुक-छुक। किसी स्टेशन पर उतरकर सूने प्लेटफॉर्म और बाहर आने पर ढोरों डंगरों की आवाजों से, खेतों से अन्दाजा लगाया कि कोई गाँव है। वहाँ से गाँव की सीमा पर बसे एक छोटे से मन्दिर में नौरंगी ने जब उसे गणेश जी की मूर्ति के आगे न जाने कब का खरीद कर रखा चाँदी का मंगलसूत्र पहनाया तो रसवंती की आँखों में प्यार के ढेरों ढेर दरिया उमड़ आए वरना अब तक उसे बराबर उन तमाम लड़कियों की याद आती रही थी जो घर से भागने के बाद मुंबई के फारस रोड पर अपने शहर के लोगों ने ही देखी थीं। सुकून और इत्मिनान के उस चनाब में उसने अपने आपको फिर ढीला छोड़ दिया था। ज़हन अब किसी डर से आज़ाद था, रूह किसी दोशीजा का पाक साफ दामन थी। किसी दोस्त के घर लाया था उसे नौरंगी। घर की औरतों ने उसे अपना किसी अज़ीज़ा सा पहलू में लपक लिया था। दोस्त की अम्मा ने दरवाजे पर उससे पानी में सिक्का डलवाकर उसे बाक़ायदा एक बहू का दरजा दे दिया था। तमाम दिन किसी रौनकख़ेज सिलसिले की मानिन्द गुजरा। फिर जब उसे घर की सबसे अलग कोठरीनुमा लेकिन साफ-सुथरे कमरे में बिठा घर की औरतें चली गईं तो रसवंती को पहली बार अम्मा पिताजी की याद आई। आँसू छलके तो पल्लू में जज़्ब हो गए। माँ-पिताजी के साथ ही याद आ गई थी घूरे बाबा के मसान की। एक बिजली सी लपक गई उसके पूरे बदन में। न जाने वह कब तक अपने ही माज़ी की यादों में मुब्तला गुलनार होती रहती कि कमरे में आकर नौरंगी उसके पास बैठ गया। गठरी और सिकुड़ गई भीगी हुई, जैसे किसी ने अभी-अभी घाट पर धुले कपड़ों की, बिना सुखाए पुटलिया बाँध दी हो। अजीब चुप्पी थी, नौरंगी हैरत में था। भला इतनी देर उससे ऐसे दूर कहाँ बैठती थी

वह। इत्ती सी देर में तो घूरे बाबा के मसान पर जाने कै दफा इसी रसवंती ने लगभग उसकी इज्जत पर हमला ही बोल दिया था। पलंग की पाटी पर जैसे-तैसे टिका नौरंगी धड़कता दिल और उखड़ती साँसोंवाला वही नौरंगी था, जो मसान पर अपने साथ हुए कतई गैर शरीफ़ाना हादसों का जिक्र कभी अपने करीबी दोस्तों से भी यूँ नहीं करता था कि कौन यकीन करेगा। फिर आज इसे क्या हो गया है? हैरान परेशान नौरंगी ने जैसे-तैसे थूक गटकते हुए पूछा था, 'कोई खता हो गई का हमसे?' गठरी थोड़ी हिली, फिर सिमट गई। अब नौरंगी का कलेजा हिल गया। जैसे-तैसे हौसला कर उसने चादर के भीतर हाथ डाल कर उसके मुँह को ऊपर उठाया तो चौंक गया। दूर-दूर तक भी उन मोटी-मोटी आँखों में कहीं कोई अद्धा या पव्वा नहीं था जिसे पीकर वह हमेशा से होश खोता आया था। पलकों की कोरों पर दो सितारे टिमटिमा रहे थे, जो यकीनन आँसू थे, यह नौरंगी ने अपने होठों में उन्हें छुपाने पर जाना। फिर आहिस्ता से दो होठ हिले, "हम वैसी नहीं हैं जइसन तुम समझते हो। हम जानती हैं, तुम क्या सोच रहे हो, पर हम और का करते। लखपतिया थी, सरोज थी, उषा थी और भी न जाने कौन-कौन रहीं। सबने ही बताया था हमें कि तुम बोले थे, उन्हें कि 'यह कोई देख लेगा क्या होता है? प्रेम में कैसा डर?' हम भी जो यह कहते तो उनकी तरह हमें भी न छोड़ देते तुम? तुमसे प्रेम करते थे सो हम अपनी लाज-सरम सब आज तक के बख्त के लिए भूल बैठी थीं। पर अब हमसे नहीं होगा। ना। नहीं होगा। हम वैसी नहीं हैं।"

जाने कितने रोज, कितने हफ्तों, कितने महीनों से भूखा शेर अपनी भूख बिसरा पूँछ दबाकर बैठ गया था। आसमान के चाँद ने उस रात एक जानवर का इन्सान में तब्दील हो जाना खूब देखा था। उस रात बिस्तर पर रात भर जो एक दूसरे से दीवानावार लिपटे पड़े रहे, वे एक आदम और एक हव्वा अपने-अपने जिस्मों के साथ ही नहीं, रूहों से भी एक थे। सुबह लड़की की पलकें चूमते मर्द ने नींद में खो जाने से पहले डूब कर कहा था, 'मैं तो शुरू से ही जानता था, तुम वैसी नहीं हो।

□□□

सीमा शफ़क

जन्मतिथि : 11 सितम्बर, 1963

स्थान : मलेर-कोटला (पंजाब)

शिक्षा : एम.ए. (अंग्रेजी)

लिखने की शुरुआत नज़्मों से की! पहली कहानी सन् 1996 अगस्त के वागर्थ में *नई कलम* के तहत छपी। उसके बाद लगभग सभी साहित्यिक पत्रिकाओं में कहानियाँ प्रकाशित, कुछ कहानियों का पंजाबी में अनुवाद् यह पहला संकलन।

संप्रति : द्वारा श्री जियालाल आर्य, आर-65, आवास विकास, शिवालिक नगर, रानीपुर, हरिद्वार (उत्तरांचल)